完全掌握 JLPT 新日檢【N2 讀解】，

系統化分析考題類型 + 累積扎實閱讀力，

徹底加強作答實力，滿分衝刺大作戰！

　　新日本語能力測驗始於1984年，至今已舉辦了三十多年，對日語學習者來說是非常權威和重要的考試。新日本語能力測驗的主辦方在2010年針對考試內容進行全新的改制。改制後的考試更注重測驗考生的日語理解能力及運用日語溝通和解決實際問題的能力。

　　從新日本語能力測驗讀解部分的內容和題量來看，不管如何改革，讀解部分都相當重要。新日本語能力測驗在讀解測驗加重檢驗考生的閱讀能力程度，該部分的題量大、涉獵廣，且內容難度較高。因此，如何提升閱讀能力一直是困擾著考生的難題。而閱讀能力的提升並非考前臨時抱佛腳多做幾本閱讀測驗就能立竿見影、一蹴可幾，而是必須在日常的學習就不斷努力，拓展閱讀的深度和廣度，才能達到預期的效果。

　　目前市場上各類的新日本語能力測驗讀解書籍，大多題量多、形式單調，很容易讓考生打退堂鼓，降低準備考試的熱情。為此，我們從日語原版圖書和可信度高的日語網頁中搜集了各類能反映日本社會、文化、風俗、歷史等的文章，編寫了本系列考試用書。本書主要想幫助考生透過日常的朗讀和練習，逐漸提升日語的閱讀能力。內容方面，本書也讓考生在做考題之餘還能欣賞好文，突破了一般考試用書的傳統編寫模式，是一次全新的嘗試。希望本書不僅是考生們用來應對考試的參考書，也能成為日語從教人員豐富課堂內容的輔助性教材。期望廣大的日語愛好者透過朗讀本書的文章，能加強語感、掌握文法、豐富知識、瞭解日本。

本書的構成：

　　本書以實戰篇為主，理論篇為輔，另附各類題型的解題技巧供考生參考。

　　理論篇首先概述了新日本語能力測驗的發展和現狀，並緊密結合歷年考古題，對讀解部分的出題類型、數量、範圍、特點等作了詳盡的分析。然後透過例文來解析文章的結構，例如：如何劃分段落，如何從「頭括型」、「尾括型」、「雙括型」的文章中找到主題，如何判斷「起承轉合」各個部分的內容等。學會如何從結構上分析文章之後，考生在閱讀和答題的過程中，就可以做到有的放矢，用最短的時間找出正確的答案，達到事半功倍的效果。

實戰篇按照新日本語能力測驗讀解部分的出題方式和文章類型一共分為九章。前八章針對不同的出題方式和文章類型加以練習，即主題主旨類、原因理由類、指示詞類、細節類、句意分析類、對錯判斷類、比較閱讀類、資訊檢索類等。文章主要以短篇和中篇為主，輔以少量長篇，每一類題型均附有解題技巧。第九章為綜合練習，每種題型各一篇，文章以中篇和長篇為主，旨在訓練考生長篇文章的閱讀能力。

本書的特點：

❶ 文章精挑細選，讀起來琅琅上口，內容發人深思。

❷ 每篇文章都標注了讀音，方便學生朗讀及閱讀。

❸ 兼顧各種文章體裁、篇幅以及題型，全面涵蓋讀解考試範圍。

❹ 搭配1～2道特別練習和答題解析，幫助考生從平日的累積中輕鬆提高閱讀能力。

❺ 每篇文章針對相關的詞彙和文法，精心注釋，幫助考生全方位提升日語能力。

❻ 每篇文章都有參考譯文，考生可以透過譯文，檢測自己對文章細節的理解是否到位。**全書參考譯文收錄於本書最後面，書中皆有清楚標示頁碼提供對照，如下圖示：**

本章譯文
請見P.212

　　在此建議考生每天抽出10～20分鐘時間大聲朗讀，再做一兩道練習題。這樣不僅不會有太大的負擔，還能夠培養出語感、豐富的知識，並養成閱讀的好習慣。對於利用本書應考的讀者，只要扎扎實實的理解每一篇文章的內容，認真總結分析做過的每一道題，努力堅持下去，相信閱讀能力就能確實進步，同時，日語整體的能力也會更上一層樓，有效提升。

　　本書由陝西現代日韓語職業培訓學校組織編寫，在編寫過程中得到了西安外國語大學日本文化經濟學院多位老師、日本國立大學多位博士研究員、在讀博士以及八戶學院大學玉川惠理女士的大力支持，在此表示衷心的感謝！

　　本書在編寫過程中傾注了我們大量的心血，但由於編寫的時間有限，難免存在疏漏和不足之處，在此真誠希望使用本書的同行和日語學習者不吝賜教！

編者

理論篇

實戰篇

附錄篇

讀解策略　**理論篇**

第1章 新日本語能力測驗 N2 讀解部分題型 分析及解題對策

1 ▶ 新日本語能力測驗 N2 讀解部分題型分析

　　日本語能力測驗是由日本國際交流基金會與日本國際教育協會（現稱日本國際教育支援協會）所創建的考試評量系統，開始於1984年，考試的對象為母語不是日語的學習者。近年來，日本語能力測驗的成績，已經成為升學及就業時，衡量日語程度的重要標準，也得到了各個國家的高度認可。隨著日語學習者不斷的增多，台灣也有越來越多的人參加這個考試。

　　由於參加的考生範圍擴大，報考的目的也越來越多樣化，有關考試的建議和要求不斷增多，於是日本語能力測驗的主辦方，在2010年針對考試內容全新改版，由原來的4個級別（1級、2級、3級、4級）改為5個級別（N1、N2、N3、N4、N5），N2的難度與原來的2級相比稍有增加，N1的難度與原來的1級差別不大。改版後的日本語能力測驗，更著重在測驗考生的日語理解能力，以及運用日語溝通和解決實際問題的能力。

　　日本語能力測驗中讀解部分的測驗內容和分數比重，有很大的變化，我們也針對這部分的出題類型、數量、特點等作了詳盡分析，具體內容參見如下。

考古題號	出題類型	出題數量	出題特點	得分範圍	合格線	考試時間
10	內容理解（短篇文章）	5	閱讀200字左右的短文回答問題，文章形式多樣，內容涉及學習、生活、工作等。			
11	內容理解（中篇文章）	9	閱讀500～600字左右的文章回答問題，文章多為隨筆、評論、解說等，主要測驗細節、關鍵資訊或因果關係等。			
12	綜合理解	2	閱讀兩篇主題相同、觀點有異的600字左右的文章，比較分析觀點的異同。	0～60	19	語言知識、讀解共105分鐘
13	論點理解	3	閱讀900字左右的長文回答問題，多為較抽象、邏輯性較強的評論性文章，主要測驗考生對文章主題主旨的掌握能力。			
14	資訊檢索	2	從廣告、宣傳單、產品使用說明書、會議通知、公司介紹或內部郵件等700字左右的資訊題材中，尋找答題所需線索。			

新舊日本語能力測驗讀解部分最大不同在於，新日本語能力測驗增加了綜合理解和資訊檢索兩種題型，而內容理解和論點理解的試題除了文章長短和問題數量外，並沒太大不同。因此，我們結合歷年考題，針對讀解部分的出題類型作詳細的介紹。

（1）內容理解（根據文章長度又分為短篇、中篇兩種）

① 短篇文章

字　　數：200字左右。
文　章　數：5篇。
文章內容：多為節錄的一段記敘文，或1～2篇完整的涉及學習、生活、工作等方面的文章。
測驗題數：一篇文章1題，共5題。
測驗內容：透過畫線形式測驗對文章細節的理解，以及測驗對文章主題主旨的掌握度。

例題　　旅に出る時はいつも、少し気が重いのです。面白くて刺激的な出来事が旅先で待っているであろうことは理解しているけれど、何ら不便を感じることのない日常世界から少しのあいだ離れなくてはならないのが、不安でありおっくうであり。

一方で旅は、日常生活から逃げるという行為でもあります。面倒臭い諸問題や憂鬱な気分から一時的に足抜けするために、人は旅に出るのでもありましょう。

ぬるま湯から出る時のような「このままでいたいのに」という気分が、半分。できるだけ早く遠くまで逃げたい気分も、半分。そんな気分で私は、出発の日を迎えました。

（酒井順子「韓流鉄道ぐるり旅」『鉄道ひとり旅』2004年8月号による）

問題　「そんな気分」とはどんな気分のことか。

1．日常生活から離れたくない一方で、その中の面倒なことから逃げたい気分
2．普段の生活の中にはない刺激的な出来事を、旅で見つけてみたい気分
3．日常生活を不安に思いながらも、旅に出るのはおっくうだという気分
4．普段の生活では楽しめないことを、旅の間は大切にしようという気分

（2009年12月日本語能力試験2級　正解：1）

②中篇文章

字　　　數：500〜600字左右。
文章數：3篇。
文章內容：多為隨筆、評論、解說類文章。
測驗題數：一篇文章3題，共9題。
測驗內容：測驗對文章關鍵資訊和因果關係的理解能力。包括以畫線形式測驗對文章細節的理解，以及對文章主題主旨的掌握，並且測驗對指示詞的指代關係的理解。

例題　　忘れがたい記憶として心に残っている親子がいる。勉強が苦手で、運動も苦手。場の空気もうまく読めない。いじめの対象にならないか心配で、私もその子の状態に注意しながら、指導していた。

　　ある日、家庭訪問をした。お母さんと話をしていたところ「私は親というものがどうすべきものかわからない。いつも迷ってばかりで、①こどもいるのがつらい」

　　と言う。幼少のころ家庭環境に恵まれず、家族や家庭に幸せなイメージを持てないでいるつらさが伝わってきた。

　　私は衝撃を受けた。それまで②家族の喜びを、当たり前のものとして考えていたからだ。だが、そのお母さんの言葉は、家族のいる幸福が決して当たり前でなく、学習や経験をして初めて得られるものだということを示していた。

　　以後思う。子どもに大人になっても幸福な生活をおくらせたいなら、まず子どもの今を幸せに生かしてやることだ。

ところが、受験競争の中で睡眠時間を削って勉強し、成功をつかんだ若者は、③睡眠時間を削ることを恐れない。ビジネスマンとなっても、睡眠時間を削って働く。

　子どものころ家族だんらんなどに縁のないまま育ったとすると、親になっても、その必要を感じないことだってあるだろう。

　　　　　　　　　　（陰山英男『子どもと伸びる』日本経済新聞2008年5月10日付朝刊による）

空気を読めない：まわりの人の考えや気持ちを感じ取れない

家庭訪問：親と話し合うために学校の教師が子どもの家を訪問すること

幼少のころ：子どものころ

衝撃を受ける：とても驚く

ビジネスマン：サラリーマン

家族だんらん：家族が集まり、楽しい時間を過ごすこと

縁のない：ここでは実際に経験したことがない

問題1　この母親が①こどもいるのがつらいと感じていたのはなぜか。

1. 子どもが勉強も運動も苦手で場の空気も読めないから
2. 子どもが学校でいじめの対象になっているから
3. 親としてどうすべきなのかが分からないから
4. 親が子どもに勉強をどう教えたらいいかしらないから

問題2　②家族の喜びとは、どのようなものか。

1. 家族のために自分にも何かできることがあるという喜び
2. 家族のメンバーが受験や仕事などで成功して感じる喜び
3. 家族と一緒に楽しく過ごすことによって感じる喜び
4. 家族が学校に幸せなイメージを持っているという喜び

問題3　③睡眠時間を削ることを恐れないとあるが、なぜか。

1. 睡眠時間を削ってでも、家族だんらんの時間を作ろうとしているから
2. 睡眠時間を削って勉強することによって、それまで成功してきたから
3. 睡眠時間を削らないと、大人になって幸せになれないと信じているから
4. 睡眠時間を削ることが当たり前で、それが家族にとって幸せだから

　　　　　　　　　　（2009年12月日本語能力試験2級　正解：3、3、2）

（2）綜合理解（即比較閱讀）

字　　　數：600字左右。

文　章　數：2篇。

文 章 內 容：針對同一話題但觀點不同的兩篇文章。

測 驗 題 數：2題。

測 驗 內 容：比較分析兩篇文章，掌握對同一現象或問題的相同或不同的看法。大多圍繞兩篇文章共同的觀點或不同的主張來提問。

例題 次のAとBは 100 メートル走についての文章である。AとBの両方を読んで、後の問いに対する答えとして最もよいものを、1・2・3・4から一つ選びなさい。

A

逃げたくなるほどつらいことがあっても、逃げられない人がいる。スピードや効率性ばかりを求められ、自己責任が声高に問われる現代社会に、とことん追い詰められながらも、過剰なまでに踏ん張り続けている人がいる。

そういう人たちは、「耐える」「踏ん張る」という選択肢のほかに、「逃げる」という選択肢を持っておくことも大切だと思う。

どうしようもない時には、逃げればいい。

いつもいつも逃げてばかりいては、どうにもならないけれど、逃げるというカードを1枚だけ持っておいてもいいのではないか。

B

「逃げることは負けることだ」「逃げることは恥だ」という考え方がある。一方、現代は「自分の好きなように生きる」ことが許され、「逃げる」ことも否定されなくなってきた。そのため、仕事などで壁にぶつかったとき、自分の選んだ生き方は正しかったのか、もうやめた方がいいのではないかと迷い、今自分が置かれている道から逃げたいと思う人も増えている。

「逃げたい」と思う人はそこでよく考えてほしい。「逃げる」ことが解決の道なのだろうかと。どんな仕事も大変なときはあり、時が解決してくれることもある。逃げたいと思ったときこそ、その気持ちとしっかり向き合うことが大切だ。それでも逃げることが正しいと確信したなら、逃げることは負けることではなくなる。

効率性：ここでは、一定の時間に水準の高い多くの仕事ができること

声高に：声を大きくして

とことん追い詰められる：逃げる道のないところまで追われる

踏ん張る：ここでは、我慢する

問題1 AとBの文章で共通して述べられていることは何か。

1. どんな仕事でも逃げたいと思うことがある。

2. つらいと思ったら迷わず逃げても構わない。

3. 逃げることは必ずしも悪いことではない。

4. 逃げるという選択をすれば楽な生き方ができる。

問題2 逃げたいと思うことについて、AとBはどのように述べているか。

1. Aは逃げる決断を急がないほうがよいと述べ、Bは逃げることは負けることだと自分に言い聞かせたほうがよいと述べている。

2. Aはとてもつらいときなどには逃げてもよいと述べ、Bは悩みが解決できないなら逃げてもよいと述べている。

3. Aはいつでも逃げるという選択をしたほうがよいと述べ、Bは逃げたくなったときこそ自分の将来をよく考えるとよいと述べている。

4. Aは逃げたいという気持ちを持ってもよいと述べ、Bは逃げたいと思っている自分の 気持ちをよく見つめた方がよいと述べている。

（2012年7月日本語能力試験2級　正解：3、4）

（3）論點理解

> 字　　數：900字左右。
>
> 文 章 數：1篇。
>
> 文章內容：較抽象、邏輯性較強的評論性文章。
>
> 測驗題數：3題。
>
> 測驗內容：測驗對作者的觀點、主張及文章大意的歸納、理解能力，有時也會測驗對關鍵細節的掌握能力。出題形式多為針對畫線部分的細節理解題或主題主旨題。此類文章答案往往無法一目了然，有時候各選項間差異不大，容易感到困惑。考生應仔細閱讀文章，深入思考，掌握文章整體內容，精簡和歸納文章主題。

例題　最近、人間の認知、つまり、「人がどのようにものを見、どのようにものを感じるか」についての研究が進んでいて、それについて勉強する機会が増えました。

　①そこで知ったことなのですが、人間は、起こっているすべてのことを見たり、感じたりするのではなく、そのほんの一部の情報のみを処理するということです。ちょっと言葉が難しくなりましたが、時計を見ている人には時計のことはよくわかっていても、同じ部屋の、たとえばテレビの番組には目もやっていなければ、音がしていてもほとんど何を聴いているのかを無視してしまうのです。

　記憶についても同じことが言えて、やはり自分の中で気になっていることはよく覚えているし、よく思い出すのですが、そうでないことはほとんど覚えていなかったり、覚えていたとしても思い出すことがほとんどないのです。

　すると、こういうことが起こります。

　たとえば、自分が気に入っている人や好きな人については、いい面ばかりが見えるし、やってもらったいいことばかりを思い出すのに、嫌いな人については悪い面ばかりが見えたり感じられたりする。その人がしたことについては、悪いことばかりを思い出すのです。たとえば、②意地悪な上司がいたとしても、意地悪だけをしていたら、仕事にはなりません。

　たぶん、通常業務の命令や指導もしているはずなのに、そのことはまったく目に入らなかったり、記憶に残らないのに、その人のきついことばや、その人にされたことだけを思い出すのです。

　つまり、自分のことを不運だ、不幸だと思っている人は、今いる世界の中で、不運なことや嫌なことばかりが目についたり、感じられたりするし、記憶の中の不幸なこと・不運なことばかりが思い出されるのに、幸運だ、幸せだと思っている人は、同じような体験の中からでも、幸せなこと、幸運なことを感じ取るし、記憶の中でもいいことを思い出すということなのです。

　これは、本人の主観的な幸福や不幸につながるのですが、それだけではありません。

　幸福で幸運だと思う人は、より積極的に行動をしようとするので、実際の幸運や幸福をつかみやすいのに、不運で不幸と思う人は、どうせやっても無駄、うまくいくわけがないと思ってしまって、行動まで消極的になって、現実を打開するチャンスを失ってしまうのです。

（和田秀樹『あなたは、絶対幸運をつかめる心理学』による）

上司：職場で立場が上で、指示を与える人

通常業務：普段の仕事

体験：自分自身で経験したこと

主観的な：自分個人だけの考え方や感じ方による

打開する：問題を解決して先に進む

問題1 ①そこで知ったこととあるが、筆者は何を知ったのか？

1. 人間は、勉強する機会が増えると処理する情報も増えること
2. 人間は、起こっているすべてのことを見たり感じたりすること
3. 人間は、すべての情報を利用しているわけではないこと
4. 人間は、一部の情報しか使わないのにすべてを理解していること

問題2 ②意地悪な上司の説明として、本文と合っているものはどれか。

1. いつも意地悪しかしないので、仕事にならないことが多く、部下は嫌な思いをしている。
2. 部下に意地悪な上司だと言われているので、通常業務の命令や指導を聞いてもらえない。
3. いい人なのだが、きついことばで言うことが多いので、部下から意地悪な上司だと思われていまう。
4. 通常業務の命令や指導もしているが、意地悪もするので、そればかりが部下の記憶に残ってしまう。

問題3 筆者の考えと合っているものはどれか。

1. 自分のことを幸運だ、幸せだと思っていても、悪いことばかり思い出すと、実際より不幸になってしまう。
2. 自分のことを幸運だ、幸せだと思っていると、積極的に行動できるので、実際に幸福になれることが多い。
3. 自分のことを不運だ、不幸だと思っていると、積極的に行動しても、実際に幸福になれるチャンスは少ない。
4. 自分のことを不運だ、不幸だと思っていても、いいことを思い出すようにすれば実際に不幸にならない。

（2009年12月日本語能力試験2級　正解：3、4、2）

（4）資訊檢索

例題　下はある冷蔵庫の取扱説明書の一部である。下の問いに対する答えとして最も
良いものを、1、2、3、4から一つ選びなさい。

故障かな?

　こんなときは、まず次の点をお確かめください。

こんなとき	お確かめください	こうしてください
よく冷えない	大量の食品を入れていませんか?	食品はすき間をあけて収納してください。
	温度設定が「弱」になっていませんか?	温度設定を「中」か「強」にしてください。
	冷蔵庫の周囲に熱を逃がすスペースがありますか?	据え付けの位置をチェックしてください。
冷えすぎる、凍ってしまう	温度設定が「強」になっていませんか?	温度設定を「中」にしてください。
	冷蔵庫がある場所の気温が5℃以下になっていませんか?	温度設定を「弱」にしてください。
冷蔵庫の側面が熱くなることがある	冷蔵庫は、内部の熱を外測に出すことで、内部を冷やしています。それで、側面が熱くなることがあります。	異常に熱くならないか注意してください。そうでなければ心配ありません。
揺れることがある	冷蔵庫が水平に設置されていますか?	冷蔵庫が水平に設置されているかどうか確認してください。水平になっていなかったら、左右の高さを調節してください。
においが気になる	においの強い食品をそのまま収納したりしていませんか?	ラップをかけるなどして収納してください。
	内部にプラスチック部品を多く使用しているので、においがすることがあります。	冷えるまでお待ちください。プラスチックのにおいは庫内が冷えてくると少なくなります。

音が気になる	庫内の温度が高くなって、再び冷やし始めたときに音が出ることがあります。	冷えるまでお待ちください。十分冷えると音が小さくなります。

● 次のような場合はすぐに使用を中止し、点検をご依頼ください。
　・電源コードが異常に熱くなる。
　・電源コードに深いきずや変形がある。
　・何かが焦げるようなにおいがしたり、運転中に急に激しい振動がある。
　ご不明な点はお買い上げの販売店、サービスセンターにお問い合わせください。

問題1　ジョージさんはこの冷蔵庫を使っているが、最近、中の食品があまり冷えない。ジョージさんが確認する必要がないことはどれか。

1. 冷蔵庫の温度設定
2. 冷蔵庫の中の食品の量
3. 冷蔵庫の周囲のスペース
4. 冷蔵庫がある場所の気温

問題2　この冷蔵庫の使用中にすぐに使うのをやめて販売店などに故障かどうか調べてもらったほうがいいのは、次のうちのどれか。

1. 冷蔵庫から食品のにおいがもれてくる。
2. 冷蔵庫の側面を触ると熱く感じる。
3. 冷蔵庫が激しく振動することがある。
4. 冷蔵庫から大きい音がすることがある。

（2012年12月日本語能力試験2級　正解：4、3）

　　以上，我們從大方向歸納整理和分析新日本語能力測驗N2讀解部分的測驗重點。為幫助考生有效且快速的提高閱讀能力，本書按照新日本語能力測驗讀解部分歷屆考題的出題方式，對內容理解、綜合理解、論點理解、資訊檢索這四大部分分別剖析，將題型具體歸納為主題主旨類、原因理由類、指示詞類、細節類、句意分析類、對錯判斷類、比較閱讀類、資訊檢索類八種，並分別加以練習。實戰篇前八章的針對性練習所選取的文章，主要以短篇和中篇為主，輔以少量長篇，每類題型前均附有解題技巧供考生參考。第九章針對不同的出題類型作綜合練習，每種類型各一篇，文章以中篇和長篇為主，主要是訓練考生長篇文章的閱讀理解能力。

　　接下來，我們先整體的為新日本語能力測驗N2讀解部分的解題對策，提供一個詳細的建議。

2 ▶ 新日本語測驗 N2 讀解部分解題對策

　　透過整理分析新日本語能力測驗讀解部分的題型和內容,我們發現新日本語能力測驗N2讀解部分,著重在測驗考生的細節掌握能力,和主題精簡能力,同時,資訊檢索能力也是測驗的重點之一。閱讀能力是項綜合能力,要提升非一蹴可幾,不是讀幾篇文章就能達到立竿見影的效果。考生必須在日常學習中不斷的努力,拓展閱讀的廣度和深度。每天堅持練習,反覆思考,扎扎實實的理解文章內容,認真的歸納分析做過的每一道題,這樣一來閱讀能力才能確實提升。

　　做讀解練習時,要注意以下幾點:

・通讀全文
　　雖說在做讀解題時,我們建議考生先看後面的問題,再閱讀全文。但要注意,不要一看了問題就馬上去文章中找問題的蛛絲馬跡,這樣做不利於掌握整體文章。在看完問題後,考生要養成通讀全文的習慣,把文章從頭到尾快速瀏覽一遍,瞭解文章大意和篇章結構。這樣有利於考生釐清文章的脈絡,全方位掌握文章的內容。

・先局部後整體
　　讀解題無非是測驗對文章某一部分或文章整體內容的理解。就文章局部內容進行提問的題相對簡單一些,只要弄清文章某個段落的語境及上下文關係,就可找出答案。我們建議考生先從這類題目下手,一方面可以提高考生答題的信心,另一方面可以幫助考生理解局部的內容,進而加強對文章整體的掌握。

　　針對文章整體內容提問的題目多會涉及文章的主題主旨、作者主張等。除了要有理解局部內容的基礎,考生還要注意文章的開頭、結尾、重點段落或文章中多次出現的詞語,這些都是選擇答案時不可忽視的重點。

‧ 先易後難

透過前面的分析可知，新日本語能力測驗N2讀解部分，在文章長度方面分為短篇文章和中篇文章。我們應先從短的、易讀的文章入手，逐漸進步到長的、難的文章。

‧ 先分類後模擬

一開始就做模擬題或考古題，一來題量太大，二來題型太多，會讓考生無所適從而覺得恐慌，進而打擊考生應試的信心。透過分析歷年的新日本語能力測驗考題，我們發現，讀解題的問題設定有一定的規則可循。考生按照本書提供的練習方法，透過大量的分類練習，確實掌握各類題型的閱讀方法和解題技巧，再做模擬題和歷年考題，可以達到更好的效果。

‧ 訓練閱讀速度

考試時間有嚴格的限制，但是讀解部分的題量大，有相當多考生沒時間閱讀完全部的文章。為了保證在考試時能順利讀完文章，平時練習就要掌握好時間，透過設定閱讀時間，刻意的不斷提升自己的閱讀速度。

第2章 閱讀文章基礎知識

在近年的考試中，讀解題占的比例越來越大，文法部分也會針對閱讀能力作測驗。想提高閱讀能力，瞭解文章的結構很重要。因此在本章裡，我們將對文章中最基礎的段落、文章整體結構以及閱讀的方法加以剖析，希望能幫助考生答題時達到事半功倍的效果。

1 ▶ 段落

段落簡稱段，是文章中最基本的單位。在內容上，它具有一個相對完整的意思。我們一般將其分成「形式上的段落」和「意思上的段落」。

在日語中，「形式上的段落」是指文章中空一格開始寫的那一個自然段。而「意思上的段落」是指從內容和含義上劃分的段落。也就是說，一個或幾個自然段合起來表示一個更完整的、相互有關聯的意思。

2 ▶ 段落的劃分

段落的劃分在這裡指的是「意思上的段落」劃分，我們可以透過以下幾步來劃分段落：

- 按照文章原有的段落順序閱讀文章，並理解文章大意。
- 留意文章中反覆出現的詞彙或句子，觀察它在全文中出現的位置。

- 注意文章中列舉的例子，留意作者的想法和意見。
- 注意句子的內容，哪幾句表達的意思相同或是相反。
- 按照文章大意劃分段落。
- 觀察文章以哪段內容為轉折，決定劃分段落的地方。

3 ▶ 文章結構

　　文章的結構有很多種，在這裡我們介紹最常見的兩大類。一類為「序論（緒論）」、「本論（正文）」、「結論（結論）」型，另一類為「起（起）」、「承（承）」、「転（轉）」、「結（合）」型。

　　第一類的「序論」、「本論」、「結論」型還可以細分如下：

(1)

頭括型（とう かつ がた）

「結論」 ⟶ 「本論」

結　論

　↓　　↓　　↓

説明　説明　説明

搶分關鍵看這裡

例文 頭括型

　現在では、日本の多くの企業が毎年、環境報告書を発行し、どれだけ二酸化炭素の排出を減らしたかを発表するようになってきた。しかし、エネルギーシステムの交代には長い時間がかかる。技術だけでなく、税制や社会制度が整備され、人々のライフスタイルの変化を促すことができるようになれば、エネルギーの利用効率が高く、環境に対する負荷の小さいシステムへと変化してゆくことであろう。

作者提出自己的觀點，即「結論」。

解釋說明能源系統交替需要很長時間，即「説明」。

（槌屋治記「日本は環境に優しいエネルギーを創出する」『にっぽにあ』2004年3月第28号による）

(2)
尾括型（び かつ がた）

「序論」（本論） ⟶ 「結論」

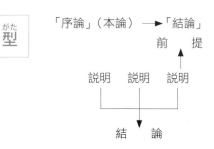

前　提

説明　説明　説明

結　論

例文 尾括型

　英語という言語の習得は、年齢、学年や性別そして国籍に関わらず学習者にとって容易なものではない。私の20年以上にわたる日本とオーストラリアでの英語教育の指導経験をもとに両国における英語指導の相違点や意外な共通点を探ってみる。

　小中高において必須科目である英語は、主に日本人教師により文法やスペリングを中心に論理的に、体系的に日本語で指導される。そのため、学習者には高い日本語の運用能力も必要となる。地方都市の高校では、生徒のほとんどが英語を使用して英語母国語話者と会話する機会は多くない。

　日本人英語教師の英語文法に対する理解は英語母国語話者より優れていることが多い。無意識のうちに"言葉"として英語を習得する母国語話者とは大きく異なり、外国語として学習する場合、細やかな文法や語彙の理解が不可欠であるといわれ、意識的な努力が必要とされる。このことから平均的なオーストラリア人生徒より日本の生徒のほうがスペリング能力が優れているのでは、と考えることもある。

　日本人にとって英語が外国語であるのと同様に、多くのオーストラリア先住民にとって英語（オーストラリア標準英語SAE）が第一言語であるとは限らない。彼らの中で英語に接するのは、学校の授業のみという生徒もいる。英語が母国語の教師が、英語を第2言語とする先住民の生徒たちに彼らの第1言語で英語を指導することはないし、英語を外国語として指導するような特別な英語教授法を習得していることもない。さらに第2言語としての英語指導の必要性に全く感知しない教師もいるのが実情である。

　英語指導の問題に関して、日本とオーストラリアには意外な類似点と明らかな相違点が存在する。個々の問題解決は簡単ではないが、オーストラリアの教師達も日本における英語指導法から学び得ることも多々あるのではないか。

（Jodie Hogan作・法官憲章訳『CAMPUS八戸学院VOL. 49』による）

(3)

「序論」（本論）━━→「結論」

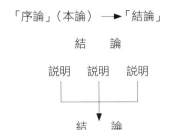

搶分關鍵
看這裡
⬇

例文 双括型

第一段 ┃ 提出問題。

　インターネットの普及により、誰もがすばやく情報を手に入れられるようになった。このような時代に、新聞という紙のメディアは残していくべきなのだろうか。

第二段 ┃ 展開問題。

　確かに、新聞はインターネットに比べて、情報が遅くて知りたいことを待たなくてはいけなかったり、与えられた情報を読むことしかできないので、インターネットという双方向メディアの時代には、役割が限られている。また、オンライン上で情報が無料で得られる時代に、購読料が必要な新聞のようなメディアは、不利だとも考えられる。しかし、紙の新聞は、これからも残すべきである。

作者提出了自己的觀點，即「結論」。作者認為今後報紙也應該被保留下來。

　なぜなら、新聞のほうが、じつは多様な意見や情報に触れやすいからだ。インターネットを使う人は、基本的には、自分の都合のいい時に、自分が知りたいこと、興味のある情報だけを知ろうとする。それに対して、新聞の場合は、紙の紙面の一定のスペースの中に、興味のある情報もない情報も同じように並べられているので、それらに嫌でも目を通すことになる。そうして、自分とは考え方の違う人、世代の違う人などの意見に触れ、考え方の幅が広がることも少なくない。

第三段

　このような点から、紙の新聞の必要性は、まだ残っていると考える。したがって、紙媒体の新聞は残しておくべきである。

（樋口裕一『小論文これだけ——法・政治・経済編』による）

結論。作者再次提出自己的觀點，與第二段相呼應。

　以上我們對「序論」、「本論」、「結論」型文章作了分析以及介紹。下面我們再來分析「起」、「承」、「轉」、「結」型文章。這類型的文章，中文乃稱為「起承轉合」型。而這裡所提到的

「起」，乃是表示起因，是文章的開始。「承」是事件的發展過程，「轉」是事件轉折，是文章的高潮部分。「合」是該事件的結論，是結尾。「起」、「承」、「転」、「結」型本是中國絕句的一種寫法。後來日本也沿用這種説法。

在日本，大家常用江戶後期的歷史學家、思想家賴山陽先生的通俗民謠來舉例：

京の五条の糸屋の娘

起　講述一個事實，是導入部分。「京の五条の糸屋の娘」意為「京城五條線鋪的女兒」。

姉は十七妹十五

承　事情的發展部分。「姉は十七妹十五」意為「姐姐十七、妹妹十五」。

諸国大名は弓矢で殺す

転　文章的中心部分。「諸国大名は弓矢で殺す」意為「各國大將用弓箭射殺（敵人）」。

糸屋の娘は目で殺す

結　結果，留下餘韻。「糸屋の娘は目で殺す」意為「線鋪的女兒用眼睛殺了（男人）」。

但是，閱讀大量文章後，我們會發現以上講解的幾種類型在實際的文章中未必會規律的出現，有時會發生一些變化。這就需要考生自己好好的運用上述理論去閱讀、理解文章。

4 ▶ 讀解部分的閱讀方法

想要提高閱讀能力，就要掌握基本的閱讀原則。在此，我們簡單的介紹如下：

- 快速瀏覽整篇文章，找出重點段落，並總結段落大意。
- 理解前後段落之間的關聯。將自然段分成「意思上的段落」。
- 注意連接詞的用法。連接詞的種類很多，有表示順接，例如「したがって」「だから」；表示逆接，例如「が」「けれど」「しかし」；表示並列，例如「それに」「しかも」等。此外，還有表示選擇的「あるいは」，表示補充説明的「つまり」等。
- 注意指示詞的用法。幾乎每年的考試都會出現指示詞，所以要掌握好代表性指示詞「これ」「この」「それ」「その」所指代的內容。具體的答題技巧請參照實戰篇的第3章。
- 注意理解全文的中心思想。如何找出中心思想，可以參考本章的第3小節。

實際演練　實戰篇

第1章 主題主旨類題型

1 ▶ 主題主旨類題型解題技巧

　　主題主旨類題型是日本語能力測驗讀解部分最常見的題型，出題數量一般2～5題不等。常出現在內容理解的短篇文章和中篇文章中，以及論點理解的長篇文章中。題目具體分為兩種，一種是測驗對文章整體內容的掌握，一種是測驗對作者意見或主張的理解。

　　做第一種類型的題目時，首先要抓住每一段的關鍵句，弄清楚每一段作者主要闡述的內容。因為舉例或說明都是圍繞這個關鍵句敘述的，所以了解關鍵句的意思，就等於掌握了段落的基本內容。其次要注意「～ではないか」、「～たい」、「私は思う」等表達作者意見或主張的語句，把這些語句和各個段落的關鍵句結合起來，就能找出文章整體所要闡述的內容。

　　做第二種類型的題目時，首先要把作者闡述的事實、現象和作者的意見區分開來。一般作者為了強調自己的意見或主張，會在文章中用各種方式重複表述，尤其常在文章的末尾再次申述其意見或主張。另外，作者還會在文章中提出質疑，緊接著對質疑做出解答，而作者做出的解答一般就是作者的意見或主張。

主題主旨類題型常見的出題方式：

・この文の内容と合っているものはどれか。

・筆者の考えに合っているのは次のどれか。

・筆者が伝えたいことはどれか。

・筆者が言いたいことはどれか。

・筆者が一番言いたいのはどれか。

・筆者は○○についてどう思っているのか。

・筆者が主張したいことはどれか。

・この文章のまとめとしてもっとも適当なものはどれか。

・この文章の中で筆者が述べていることはどれか。

・○○に最も近いものはどれか。

・○○とは、どのようなものか。

・○○にはどうすればいいと筆者は述べているか。

・筆者は○○をどのようなものだと考えているか。

・このメールの要件は何か。

・筆者が○○を通して最も強く感じたことは何か。

**搶分關鍵
看這裡**
⬇

例題1：

日本には、自然音を生活に取り入れる伝統があり、それを日本人は、ことのほか心地よいものとして愛してきた。例えば、風鈴の音を聞くことによって涼しさを感じたり、玉砂利を踏んで神社に初詣に行き厳粛な気持ちになったり、川のせせらぎの音を交えながら能を見たり、竹林の中で尺八を吹いたり……空気の動き、つまり、風の音、水の流れの音、鳥の声、玉砂利や落ち葉の上を歩く音など、西洋では音楽を聞くために邪魔者扱いにされ、閉めだされていた自然音や生活音を、日本の伝統音楽は自ら求め、共存しながら生まれ、発展してきたといえよう。

（高如菊、曹珺红《日本語中級讀本》による）

這是本段的關鍵句，也是作者的觀點，後面是對此句的詳細說明。

作者透過比較西洋音樂和日本傳統音樂對待自然音的不同態度，重申自己的觀點。

問題 作者が言いたいことはどれか。

1. 日本人は涼しさを感じるために風鈴の音を聞く。
2. 日本の音楽は西洋のと同じように素晴らしい。
3. 日本人は自然音を好んで音楽に取り入れる。
4. 日本人は生活音を音楽の邪魔者扱いにする。

答案：3

搶分關鍵
看這裡

例題2：

叱るときにはタイミングが大切である。叱るときにはすぐに叱らなくてはならない。ヘマをした部下は上司から呼び出されて叱られることを待っているものだ。ところが、上司は忙しさに取り紛れているのか、あるいはその事を無視しているのか、一向に呼び出される気配がない。その事が気になって部下は仕事が手につかない。

1週間ほどして、突然思い出したように部下を呼び出して、こっぴどく叱りつける。これでは部下はたまったものではない。叱らなければならないときは、できるだけ早い時期に叱ってその問題を解決してしまうこと。

月曜日に遅刻した部下を週末の金曜日につかまえて「なぜ月曜日遅刻したんだ。理由を言いたまえ」と叱ったところで部下は面食らうだけである。叱るタイミングが遅すぎるために、これでは叱る効果がちっとも出てこない。

叱るタイミングを逸してそのまま叱らずにいると、部下との間に「ミスをしても上司は叱らない」というまずい風潮をつくってしまう。叱らなければならないと感じたときに即刻その場で冷静に叱ること。それが上手な叱り方である。

（児玉光雄『会社に残れる人材になりたかったら読みなさい』による）

この是作者的觀點，也是文章的關鍵句。

作者重申自己的觀點。

透過一個具體例子說明如果不及時批評對方，批評就會毫無效果。

錯過批評時機造成的惡果。

最後再次總結自己的觀點。

問題 叱るタイミングについて筆者が主張したいのはどれか。

1. 部下のミスに気づいたら、その場で叱るべきだ。
2. 部下のしたヘマを叱るより無視すべきだ。
3. 部下のミスは1週間ほど経ってから叱るべきだ。
4. 部下のしたヘマを金曜日に叱るのが効果的だ。

答案：1

① 地球環境問題について

本章譯文
請見P.212

　地球は私たち人間をふくめて多くの生き物にとってかけがえのないものです。ところが、最近、人間の活動が原因で、地球の環境に変化が現れてきています。

　たとえば、地上付近の気温が上昇している、上空のオゾン層が破壊されている、酸性雨が降っている、砂漠が広がっている、熱帯の森林が減少しているといった、地球全体にひがるような広い範囲での環境の変化が進んでいます。

　こういった環境の変化は、これまで生きてきた多くの生き物にといって悪い影響をあたえるものです。実際、これまでに多くの野生の生き物が絶滅しています。そして、これらの原因の多くが私たち人間の活動によるものなのです。

　この地球上で、人間だけが便利で都合よく生きていくことは出来ません。人間と多くの生き物が共に生きていかなければなりません。地球の環境を守るということは、人間を含めた多くの生き物を守ることにつながっていくのです。そして、このことは、私たち人間にしかできないことであり、私たちがしなければならないことなのです。

關鍵詞彙

かけがえのない：無可替換，無可取代。

絶滅：滅絕，消滅。

主題主旨類特別練習：

文章の内容に合っているものは下記のどれか。
1. 地球の温暖化は人間とまったく関係ない。
2. 地球で人間さえ楽に生きていけばいいのだ。
3. 地球の環境を守ることは人間を含めた多くの生き物ができることだ。
4. 地球の環境が悪くなるとともに、多くの野生の生き物が絶滅している。

答案：4

解析 文章第一段提到「最近、人間の活動が原因で、地球の環境に変化が現れてきています」，因此選項1錯誤。最後一段提到「人間と多くの生き物が共に生きていかなければなりません」，即「人類和其他生物必須共存」，因此選項2錯誤。最後一段還提到「このことは、私たち人間にしかできないことであり」，其中「このこと」指的是「地球の環境を守るということ」，即「保護地球環境是只有我們人類才做得到」，因此選項3也是錯的。文章第三段提到「実際、これまでに多くの野生の生き物が絶滅しています」，由此可知，正確答案為選項4。

難點：

1. ～といった：前接名詞或指示詞等，表示列舉，意為「……等的」「像……樣的」

例 ATI東京日本語學校には、タイ、ベトナム、マレーシアといった東南アジアの国からの留學生が增えているらしい。／據説ATI東京日語學校裡，從泰國、越南、馬來西亞等東南亞國家來的留學生越來越多了。

例 これといった長所もない男だが、悪い人間ではない。／雖是沒有能拿得出手的優點的男人，但也不是壞人。

② 送別会のご案内

平成〇年〇月〇日

部員 各位

幹事 鈴木孝雄

今年も4年生の先輩方50名が無事にご卒業され、社会へと大きな一歩を踏み出されることとなりました。

つきましては、例年どおり卒業祝賀会を以下のとおり開催しますので、在校生は、スケジュールを調整して必ず参加するようにしてください。この時期、予定もあるでしょうが、お世話になった先輩方を皆で送りだせるようご協力をお願いします。

　日程と時間は下記のとおりとなっていますので、参加できない方は3月11日（月）までに幹事（073-100-2569）にご連絡ください。

記

1. 日時　3月25日（土曜日）　午後6時〜

2. 会費　3500円

3. 場所　居酒屋どん

主題主旨類特別練習：

この案内の要件は何か。

1. 今年の卒業生の状況を知らせること。
2. 卒業を祝うパーティーの参加を呼びかけること。
3. 先輩たちのお手伝いを呼びかけること。
4. 調節したスケジュールを幹事に知らせること。

答案：2

解析 這是一則舉辦畢業生歡送會的通知，題目問的是通知要點為何。文書、通知類的文章都有一大特點，就是文章的開頭多為寒暄，很少講重點，此篇文章也是如此。選項1的內容確實在第一段有所提及，但正如上文所述，第一段僅僅是為下文做鋪陳，不是本文的重點。選項3意思為「幫學長做事」，這在文中並沒有提及，所以是錯誤選項。選項4意為「將調整後的日期告知幹事」，這個在文中也沒有提及，所以是錯誤選項。此篇文章的關鍵句是「……卒業祝賀会を以下のとおり開催いたしますので……必ず参加するようにしてください」，意為「希望大家安排出時間參加歡送會」，所以正確答案是選項2。

③　心のコミュニケーションは「聞く」ことから

　人と人とのコミュニケーションが希薄な時代になったといわれます。

　たしかに同じマンションのお隣さんの顔も知らない、なんてことは今やめずらしくもありません。縁側のある昔の日本家屋なら、夕涼みがてら通りすがりのご近所さんとなんやかんやと会話を楽しむのが一日の終わりの当たり前の光景だったものですが。

　奥さん方のゴミ出しついでの井戸端会議もあまり見かけなくなりましたね。これも大型マンションに立派なゴミ集積所が設置されるようになったからでしょうか。

　少子化、核家族化でただでさえ家族の人数が少ないのに、食事時に全員が顔を合わせることも減っているようです。

　——と、こんなことをいっていると若い人の中には、いや今はメールがあるから以前よりもコミュニケーションをとっているんだという人もいます。

　けれど彼らの話を聞いていると、どうも表面的なやり取りが多いようです。

　「今どこにいるの？」「何してるの？」「週末、予定ある？」

　いってみれば時間と場所の確認。心の深いところでのやり取りというのは、メールではやはり難しいのではないでしょうか。

それによく話をする間柄といっても、今日はほとんどが仕事上のこと。出来事や考え方を伝える頭のコミュニケーションが中心で、たがいに心をあっため合う心のコミュニケーションは置き去りにされがちです。

（近藤勝重『あなたの心に読むスープ・しあわせの雑學笑顔編』による）

主題主旨類特別練習：

筆者が一番言いたいことは何か。

1. 少子化、核家族化で食事時に全員が顔を合わせることが減っていること。
2. メールがあるから、以前よりもっとコミュニケーションをとるようになったこと。
3. メールで心の深いところでのやり取りをもっとすべきこと。
4. 互いに心を暖めあう心のコミュニケーションは忘れてはいけないこと。

答案：4

解析　這篇文章的關鍵句是最後一句的「出来事や考え方を伝える頭のコミュニケーションが中心で、たがいに心をあっため合う心のコミュニケーションは置き去りにされがちです」。正確答案是選項4。選項1、2雖然與文章內容相符，但不是本文的中心思想，而選項3的內容與文中「心の深いところでのやり取りというのは、メールではやはり難しいのではないでしょうか」不符，所以選項3也是錯誤的。

難點：

1. ～がてら：接在動詞ます形或名詞的後面，意為「順便……」。

　　例　散歩がてら、パンを買いに行こう。／我去散步，順便買點麵包吧。

例 運動がてら、近所の町を歩き回った。／出去運動的時候，也在附近的街道轉了轉。

2. ～がち：在動詞ます形或動作性名詞的後面，用於負面評價，表示會帶來不好的結果，意為「動不動就……」「有……的傾向」「可能」。

例 最近は曇りがちです。／最近老是陰天。

例 田中さんは体が弱いから、風邪をひきがちです。／田中先生的身體弱，動不動就會感冒。

④ 笑う門には福が来る

昔からよく、「男の出世は嫁次第」といわれる。家庭を理想的に支えてくれる伴侶を得てこそ、男は仕事に打ち込めるというわけだ。

しかし、結婚後も共働きを続ける世帯が、決して珍しくない昨今。いまの時代において、男はどんな女性と結ばれるのが理想なのだろう？心理学者の内藤誼人先生に聞いてみよう。

「それは間違いなく『よく笑う』女性でしょうね。笑いというのは伝染しますから、よく笑う人と一緒にいれば、自然と自分も笑顔でいることが多くなります。そして、笑う頻度の多い人というのは、やっぱり人脈形成やチャンスの獲得の面で有利なんですよ。」

これは実際に心理学的な調査で実証されているという。

「米カリフォルニア大學の心理學者ダフィン・ビューゲンタル氏は、複数の母子のやり取りをビデオで撮影し、笑いの回数を測定しました。さらに、その世帯の社会的な属性（裕福度）を同時に調査して比較したところ、下層階級の母親の笑いの頻度は13％にとどまったのに対し、上流階級の母親のそれは77％に達したそうです。この結果からビューゲンタル氏は、社会的な成功を得るために笑顔は非常に大切な要素であると結論づけています。」（中略）

もちろん、もともと裕福だから笑顔でいられるという、逆説的な見方も成り立つかもしれない。けれど、貧しさから抜け出すためには、笑いの作用は無視できないはずだと内藤先生は補足する。

　「笑いが伝染するのは、ミラーニューロンという神経細胞の働きによることが判明しています。映画を観て泣いたりするのも、これによる共感が起こす現象です。笑うことで免疫が活性化するのは有名ですし、いつも愚痴ばかりいっている人よりも、苦しいなかでも笑っていられる人が身近にいた方が良い影響を受けられることは間違いありません。」

　笑う門に福が来るのは、仕事も恋愛も同様なのだ。

關鍵詞彙

打ち込む：熱衷，專心一致。

やり取り：對話，交流。

とどまる：停止，停留。

愚痴：發牢騷，抱怨。

主題主旨類特別練習：

筆者によると、今の時代において「男の出世は嫁次第」という言葉はどんな意味になるのか。

1. 嫁が家庭を支えてくれるかどうかが、夫の出世に大きく関係している。
2. 嫁がよく笑う女性であるかどうかが、夫の出世に大きく関係している。
3. 結婚後嫁が仕事を続けるかどうかが、夫の出世に大きく関係している。
4. 嫁が上級階級の出身であるかどうかが、夫の出世に大きく関係している。

答案：2

解析 作者在文章開頭指出，過去「男の出世は嫁次第」的意思是「家庭を理想的に支えてくれる伴侶を得てこそ、男は仕事に打ち込める」，而在現在這樣一個婚後夫妻雙方都工作的時代，男性的理想伴侶是什麼樣的呢？作者借用心理學教授內藤誼人的話指出「それは間違いなく『よく笑う』女性でしょうね」。並透過「この結果からビューゲンタル氏は、社会的な成功を得るために笑顔は非常に大切な要素であると結論づけています」，進一步證明這個觀點，所以正確答案為選項2。

難點：

1. ～次第（1）：接在名詞的後面，表示後項的結果由前項的條件決定，意為「全憑」「要看……來定」「取決」。

   例 この計画をどう実施するかはあなた次第です。／這個計畫怎麼實施就全看你了。

   例 結婚相手次第で人生も決まることがある。／有時候跟誰結婚也會決定人生。

2. ～たところ：接在動詞た形的後面，表示做完某事後就出現了某種結果，意為「結果」。

   例 先生の家に伺ったところ、残念ながら留守だった。／我去拜訪老師了，很遺憾老師不在家。

   例 レストランで食べた料理を自分で作ってみたところ、おいしくできた。／我試著做了在餐館吃過的菜，結果做得很好吃。

⑤ 食べ物は薬ではない

　　10年ほど前、テレビ番組で食品がもたらす健康効果がひんぱんに取り上げられ、評判を呼んだことがありました。納豆のネバネバ成分に血行をよくする効果があると特集されると、全国のスーパーで納豆が売り切れになるなどの現象が相次ぎました。この頃から、体に油がつきにくい食用油など、「トクホ（特定保健用食品）」と呼ばれる厚生労働省から認可された食品が多数発売されるようになりました。日常的にサプリメントを摂取している人も多くなってきました。

食品には、薬のように病気を治す作用はありませんが、長期的な摂取で、体を健康な状態に保つ作用があります。わかりやすい例では、高血圧と塩分の関係があります。塩分（ナトリウム）を過剰にとることは血圧を高めるとわかっているので、高血圧の人、高血圧予備軍は、減塩することで、血圧を下げることが期待できます。このように、科学的に証明された事実に基づいて、病院では、栄養による治療「栄養療法」も行われています。

特定保健用食品は、高血圧や高血糖、骨粗しょう症など、体に問題を抱える人を対象にした商品が多く発売されていますが、心の病気に向いた特定保健用食品はありません。また、インターネットなどを検索すると「うつ病に効果的なサプリメント」などたくさんの情報を目にしますが、これらは科学的に証明されたものではありません。サプリメントとは、通常の食事だけでは、不足しがちな栄養素を補うものですから、薬のようには考えないほうがよいでしょう。

關鍵詞彙

取り上げる：採納，受理，提出。

ネバネバ：黏糊糊。

相次ぐ：相繼發生，連續不斷。

サプリメント：營養補充品。

骨粗しょう症：骨質疏鬆症。

向く：適合。

うつ病：憂鬱症。

主題主旨類特別練習：

解析 此題為典型的主題主旨類題型。首先要讀懂題目，然後快速閱讀文章，釐清文章結構，找出關鍵字句，歸納段落及文章大意。本文的關鍵句是最後一句，即「サプリメントとは……薬のようには考えないほうがよいでしょう」。這句和文章的題目相呼應，因此，很清楚的表達了作者的觀點。由此可知正確答案是選項4。

難點：

1、〜に基づいて：接在名詞的後面，意為「基於……」「根據……」。

例 これは事実に基づいて書かれた小説だ。／這是根據真實事件改編的小說。

例 経験に基づいた今回の判断は正しかった。／根據經驗，這次的判斷是正確的。

⑥ 復興（ふっこう）

三月十一日午後二時四十六分、あの瞬間、私は家で遅めの昼食を取っていた。私の家は地所柄、日常でもかなり揺れるのであの瞬間は地震だと思わなかった。それからすぐにすさまじい揺れを体験した。我が家も食器棚が開き、檻のなかにいたうさぎが飛び出した。家族はどうにか帰ってくるだろうと思い、とりあえずツイッターを見た。驚愕した。

そういえば、翌日にベリーズ工房のライブが仙台で行われるんだった。たしかフォロワーさんで前乗りしている人がいたはず。そんなことをつぶやいた。的中だった。

彼は仙台市街で被災した。彼は大阪から翌日のライブを観るために前日に仙台に

入っていた。ツイッターで無事をつぶやき、停電で新幹線が止まって帰れなくなっていることも添えた。彼のフォロワーは、動けなくなって憔悴している彼の代わりに帰宅ルートを探していた。皆が必死だった。

最終的に、彼は高速バスで山形に行き、山形空港から羽田空港で乗り継ぎ、伊丹空港へと帰還できた。旅券はフォロワーが手配した。

少なくとも、彼とフォロワーの関係は共通の趣味を持つ人でしかない。私もそのうちの一人に過ぎないのだが、まるで目の前で話している感覚の分、危機的状態で立ち上がるフォロワーも多かったと思う。

ツイッターといえば、プレイ・フォー・ジャパンのハッシュタグをつけた祈りのメッセージが世界中からつぶやかれた。日本は愛されていると心から感じた瞬間だった。

私のオーストリア人の友人は、動画サイトで得た知名度を生かしてすぐに祈りのメッセージ動画を投稿してくれた。心のつながりを感じた。

私には、インターネットという媒体を通じてでしか会話ができないが、いざとなったら助けるし助けてくれる友人がいる。そのなかには今回の地震で職を失った人もいる。しかし、つながりがあるから、いつもお世話になっているから、借りがあるから、誰に構わず皆が皆、いち早く救いの手を差し伸べることができたのだと思う。

今、実生活で人とあまりつながれなくても、関わりを断ってはいけない。さまざまな方向にアンテナを張り、趣味でもいいから関わりを持つ。こうしたことが途切れない限り、日本はどんなに困難な道のりでも必ず乗り越えられるだろう。それを証明するために今、私達が一歩一歩動き始めたところである。

（大久保万智「第11回毎日新聞インターネットによる高校生小論文コンテスト優秀賞」による）

地所柄：地域特徵。

ツイッター：英文名為「Twitter」，中文為「推特」。

ライブ：演唱會。

ハッシュタグ：標籤。

主題主旨類特別練習：

> 筆者が一番言いたいことは何か。
>
> 1. ツイッターは人と関係を持つには最適なツールだ。
> 2. 共通の趣味を持つ彼とフォロワーとの関係は感動的なものだ。
> 3. いざとなったときに備え、何らかの形で人と関わりを持たなければならない。
> 4. 危険に陥っているフォロワーに救いの手を差し伸べなければならない。
>
> 答案：3

解析 這篇文章敘述了一位網友在地震中被困，其他網友透過「推特」得知該情況後互相轉告，幫助他安全逃離災區的故事。從這個故事作者又聯想到地震後在「推特」上日本收到了來自世界各國發來的慰問信。最後一段作者總結：哪怕是透過興趣愛好，也要與人建立聯繫，只要這種聯繫不斷，日本就能克服任何困難。所以正確答案是選項3。選項1最容易感到猶豫，的確從這些事例中，可以看到在現代的網路社會，「推特」在人與人建立聯繫中發揮著重要的作用，但作者並未明確提及它是最合適的工具，因此可以排除。選項2、4也不是作者最想表達的主題。

難點：

1. 〜ない限り：接在「名詞＋で形」、動詞ない形、形容詞く形、形容動詞て形的後面，表示只要不符合此條件就會產生後面的結果，意為「除非……否則就……」「只要不……就……」。

   例 あの人は病気でない限りは授業を休んだことがない。／那個人只要不生病就不會缺課。

   例 仕事が忙しくない限り、ぜひ行きたい。／只要工作不忙就想去。

⑦　カタカナ語は享受すべきか

　「日本・日本語・日本人」の中で森本哲郎は、カタカナ語を使うことで、言語の持っている歴史性を失う。ひとつの単語にも、そのことばにまつわる情緒なり価値観なりがぎっしり詰まっている。それを記号化することで、とたんにことばの持つ重みがなくなってしまう」と、「外来語の氾濫」を強く非難します。さらに、同書の中で「カタカナ語が氾濫する現在の日本の状況は、奈良朝から平安期の漢語輸入時代と少しも変わらない。このような一知半解の外来語の洪水で、日本人の思考力はどのようになってしまうのだろう。漢語と同じようにカタカナ語を和製英語にして日本語化する可能性は十分考えられるが——いや、すでにそうなりつつある——私がいちばん憂えるのは、日本語の骨格そのものまでが崩れて、そのあげく変質した日本語が思考や感情を奇妙にゆがめてしまうのではないか、という点である」と述べ、そして、こう続けます。「日本人に課せられているのは、自分たちの精神を形づくっていることば、日本語の性格を、あらためて反省し、自覚し、的確な、そして美しい言語へと高めていくこと、それ以外にない。」このようにして「外来語」の排斥は「正しい日本語」「美しい日本語」の出張へとつながっていくのです。

　このような、断固としたカタカナ語敵視論がある一方で、「平成十四年度国語に関する世論調査」（文化庁）では、「カタカナ語を交えて話したり書いたりしていることについてどう思うか」という質問に対する回答として、「好ましくないと感じる」36.6%、「好ましいと感じる」人16.2%、「別に何も感じない」人45.1%という結果が出ています。「好ましい」人と「別に何も感じない」人を加えると61.3%、これは「好ましくないと感じる」人の倍近い数値になり、カタカナ語に対して日本人はそれほどの「敵意」を抱いていないことがわかって、ほっとした気持ちになります。

（川口良・角田史幸『日本語はだれのものか』による）

まつわる：有關係。

ぎっしり：擠得滿滿的，裝得滿滿的。

ゆがめる：曲解，扭曲。

主題主旨類特別練習：

筆者の意見として最も適切なものはどれか。

1. カタカナ語を使うことで、言語の持っている歴史性を失う。
2. 漢語と同じようにカタカナ語を和製英語にして日本語化する可能性がある。
3. 外来語の排斥は「正しい日本語」「美しい日本語」の出張へと繋がっていく。
4. 日本人はカタカナ語に対してそれほどの「敵意」を抱いていない。

答案：4

解析 題目測驗的是作者的意圖，要求考生準確掌握文章大意，找出「誰的觀點」、「什麼觀點」等。文章分為兩大段，分別闡述了對外來語的兩種對立的觀點，解答此題的關鍵在於弄清楚作者到底抱持哪種觀點。文章的最後一句「カタカナ語に対して日本人はそれほどの『敵意』を抱いていないことがわかって、ほっとした気持ちになります」表達了作者的態度，即選項4「日本人はカタカナ語に対してそれほどの『敵意』を抱いていない」。

難點：

1. ～つつある：接在動詞ます形的後面，表示動作正在進行或變化正在發生，意為「正……」。

    例 この川の水は、年々汚くなりつつある。／這條河的水一年比一年髒。

    例 新しい日本の文化が現在作られつつある。／現在新的日本文化正不斷被創造出來。

第2章 原因理由類題型

1 ▶ 原因理由類題型解題技巧

原因理由類題型也是讀解部分常見的題型之一，出題數量一般2～5題不等。它既可能出現在內容理解的短篇文章和中篇文章中，也可能出現在論點理解的長篇文章裡。有時論點理解的3道題中包含了2道原因理由類題型。可見掌握好此類題型的解題技巧十分重要。

一般來說，對原因和理由的提問大致可以分為兩種：

• 詢問某件事的原因和理由。這些原因和理由一般可以從文中直接找到答案。
• 針對某個人物的心情、想法詢問原因和理由。這些原因和理由一般暗含在文意之中。我們在做這種題型時，一定要注意文章中對出場人物的言語、態度和表情等的描寫，再作判斷。

在原因理由類題型中，常見的疑問詞有「なぜ」「どうして」。回答時多使用「～から」「～ので」「～ため」的形式。

答題時，可將選項代入問題的「なぜ」處，檢驗看看。

原因理由類題型常見的出題方式：

・○○の理由は何か。

・○○のはなぜだと筆者は述べているか。

・筆者によると、なぜ○○のか。

・○○の理由をどのように考えているか。

・○○とあるが、なぜか。

・○○と筆者が考えているのはなぜか。

・筆者はどうして○○のか。

・筆者はなぜ○○だと考えているか。

・筆者は、○○の原因はどこにあると考えているか。

・○○ことが何々になったのはなぜか。

・筆者はなぜ○○で何々をしたのか。

・誰々が○○と主張する根拠は何か。

・筆者が何々のは、なぜか。

・○○とあるが、その一番の理由は何か。

搶分關鍵
看這裡

本段的重點句。作者首先提出了自己的觀點，然後對此觀點作了說明。

例題：

　　仕事を好きになる。この努力を怠ってはならない。平日のあなたの持ち時間のほとんどが仕事のために費やされていると考えたら、仕事を好きになるしかない。これまでは、仕事が好きになれなくても、勤務時間中会社にいれば給料がもらえた。しかし、時代は年俸制やフレックスタイム、あるいは在宅勤務などにより、確実に時間から実績への評価に変わりつつある。

　　仕事が面白くないと考えるか、あるいは仕事が楽しいと感じられるか。それは仕事内容が決めることではない。あなたの思考パターンがそれを決定づけるのだ。どんな仕事でも好きになれば、自然に業績は上がるものだ。

　　　　　（児玉光雄『会社に残れる人材になりたかったら読みなさい』による）

總結第一段裡作者提出的觀點。說明了要不斷努力去喜愛工作的原因。作者認為不論什麼工作，只有喜愛它，才能提高業績。

解說：

なぜ 仕事を好きになる努力を怠ってはならない。

搜索「なぜ」的内容

▲將選項1的內容代入問題中，即：

いまの時代は実績評価になりつつあるから、仕事を好きになる努力を怠ってはならない。

不構成因果關係，所以為錯誤答案

▲將選項2的內容代入問題中，即：

会社から給料をもらっているから、仕事を好きになる努力を怠ってはならない。

與原文中「これまでは、仕事が好きになれなくても、勤務時間中会社にいれば給料がもらえた」的意思不符，所以為錯誤答案

▲將選項3的內容代入問題中，即：

仕事を好きになれば業績が自然にアップするから、仕事を好きになる努力を怠ってはならない。

與原文中結尾處總結的內容相符，所以為正確答案

▲將選項4的內容代入問題中，即：

そうしないと、仕事の内容が面白くなくなるから、仕事を好きになる努力を怠ってはならない。

與原文中「……仕事が楽しいと感じられるか。それは仕事内容が決めることではない」的意思不符，所以為錯誤答案

2 ▶ 原因理由類題型實戰演練

① 花のような人

本章譯文
請見P.217

「あなたは、花のような人ですね。」と、あるイタリアの男性に言われたことがあります。「さすがイタリア人、口がうまい」なんて、そんなに感心しないで下さい。私は誉められたわけでも、口説かれたわけでもないのです。

そのイタリア人というのは、私が通っている英会話学校のマ

ネージャーでして、毎年、春になると「今年こそ頑張ります！」なんて意気込んでやっては来るけど、夏の陽が照り始める頃にはパッタリ姿を現さなくなってしまう、そんな気まぐれな生徒の私を、花になぞらえてからかったのでした。

(檀ふみ『ほろよいかげん』による)

關鍵詞彙

意気込む：振奮，鼓足幹勁。

パッタリ：突然。

気まぐれ：心情浮躁，心血來潮。

なぞらえる：比喻，比作。

原因理由類特別練習：

「あなたは、花のような人ですね。」とあるが、なぜそういわれたのか。

1. 花のように美しいから。
2. イタリア人は口がうまいから。
3. 頑張り屋だから。
4. 気まぐれな人だから。

答案：4

解析 這道題的關鍵句是「毎年、春になると『今年こそ頑張ります！』なんて意気込んでやっては来るけど、夏の陽が照り始める頃にはパッタリ姿を現さなくなってしまう、そんな気まぐれな生徒の私を、花になぞらえてからかったのでした」，所以正確答案是選項4。在這裡如果理所當然的按照中文裡的比喻去選擇，就會錯選為選項1。

難點：

1. さすが～：接在名詞的後面，意為「不愧是……」。

　　　例　さすが先生ですね。／真不愧是老師啊。

　　　例　さすが専門家です。／真不愧是專家啊。

2. 〜わけではない：接在名詞、動詞、形容詞、形容動詞的名詞修飾形的後面，意為「並非……」。

> 例　私はふだんあんまり料理をしないが、料理が嫌いなわけではない。忙しくてやる暇がないだけなのだ。／我平常不太做飯，但並非討厭做飯，只是太忙了沒有時間做。

> 例　弁解をするわけではありませんが、昨日は会議が長引いてどうしても抜けられなかったのです。／並不是我想辯解，但昨天開會時間延長，我實在沒辦法中途溜出去。

②　マーケティングラインとは何か

　どんなビジネスにおいても、徹底したマーケティングは必須です。お客様というのは商品に価値を見出せたら多少高くても買う。一方で、いくら安くても価値を感じなかったら買わない。2,000円でも1,000円でも売れなかったものが500円になったら急に売れ出す、これがマーケティングラインです。このマーケティングラインを把握することができなくては利益を上げることはできません。僕たちはこのマーケティングラインを徹底的に調べあげたというわけです。

（内田雅章『五つの仕事力』による）

關鍵詞彙　マーケティング：市場行銷。

原因理由類特別練習：

> 「どんなビジネスにおいても、徹底したマーケティングは必須です。」とあるが、なぜか。
>
> 1. 商品に価値を見出せたら、多少高くてもお客様が買ってくれるから。
> 2. 徹底した安い値段でないとお客様に買ってもらえないから。
> 3. マーケティングラインが把握できなくては利益が上げられないから。
> 4. どんな商品がお客様に人気か把握しなければならないから。
>
> 答案：3

解析 這篇文章一開始就指出「どんなビジネスにおいても、徹底したマーケティングは必須です」，最後以「このマーケティングラインを把握することができなくては利益を上げることはできません。僕たちはこのマーケティングラインを徹底的に調べあげたというわけです」解開了答案，「徹底」一詞前後呼應，所以正確答案是選項3。在文章中尋找前後呼應的關鍵字，也是快速解題的方法之一。

難點：

1. ～わけだ（1）：接在名詞、動詞、形容詞、形容動詞的名詞修飾形的後面，表示原因、理由。

   例 A：今年は冷夏だったんだよ。
   B：それで米のできがよくなかったわけだ。
   A：今年夏天天氣涼。
   B：所以稻米的收成不好。

   例 おや、外は雪だ、なるほど寒いわけだ。／啊，外面下雪了，難怪這麼冷。

③ 小さな自然

　東京の郊外のある町で、歩行者専用道路に人工の川や林を作り、子供たちが虫を捕らえたり水に入ったりして、楽しく遊んでいるという記事を読んだ。自然と遊ぶ機会を得た子供たちの表情が生き生きとしているのが、記事でもわかった。

　子供たちにはザリガニや虫を捕らえて遊んでほしい。うっかりして殺してしまうこ

ともあるだろう。小さい生き物が自分の手で死んでしまったときの悲しさは長く心に残るものである。殺すことの心の痛みを知らないと、学校で友達をいじめすぎて自殺させてしまうようなことになる。自然との付き合いで、生き物と付き合うことを学ばないと、感情の安定した人間になれない。この町の試みには大賛成である。

生き生き：生動，活潑。
うっかり：無意中，不小心。
試み：嘗試。

原因理由類特別練習：

筆者はなぜこの町の試みに大賛成であるのか。
1. 自然と遊ぶ機会が増え、子供が生き物と付き合うことが学べるから。
2. 自然と遊ぶ機会が増え、子供が生き生きした人間になれるから。
3. 自然と遊ぶ機会が増え、子供が体の丈夫な人間に育つから。
4. 自然と遊ぶ機会が増え、子供が心の綺麗な人間に育つから。

答案：1

解析 「この町の試みには大賛成である」之前的「自然との付き合いで、生き物と付き合うことを学ばないと、感情の安定した人間になれない」是解題的關鍵句，意為「只有透過與大自然接觸，學習如何與生物打交道，才能成為一名情緒穩定的人」。筆者從這一角度考慮，贊同該城市的新嘗試。選項2有文中出現的「生き生き」一詞，是最易掉入陷阱的選項。

難點：

1. 〜てほしい：接在動詞て形的後面，表示說話人的願望或希望別人做什麼。

   例 この国がいつまでも平和であってほしいものだ。／希望這個國家永遠和平。

   例 その荷物を2階に運んでほしいのですが。／想請你把那件行李搬到2樓。

④　その言葉に、「愛情」はあるか

　失礼なことを言ったり、悪口を言ったりするけれど、なぜか大きな問題にならずに、逆に好感を持たれる人がいます。

　一方では、口が悪いままに、嫌われてしまう人も大勢います。

　この違いはどこにあるのでしょうか。

　それは、ひと言でいえば、愛情の差ではないかと、私は思っています。

　愛情がないと、強いことやキツイことはなかなか言えません。愛情がないのに、強いことやキツイことを言うと、相手の心を傷つけてしまうだけでなく、反感や恨みを買ってしまうことにもなるでしょう。

　NHKで「週刊こどもニュース」を担当していたころ、私はスタッフの若い連中をよくからかったり、けなしたりしていたものです。反感を持たれていたかも知れません。

　でも、自分で言うのもなんですが、自分がボロクソに言っていたにしては、彼らからそれほど反感を持たれていなかったという思いがあります。私は彼らに愛情を持っていたからです。

　たまに面と向かって真面目に褒めると、その意外感から、相手が感激してくれるという意外な副産物もありました。

　相手に対する愛情が根底にあるかどうか、そして、互いの信頼関係が築かれているかどうかで、表面上は同じ言葉であっても、相手に与える印象は大きく異なるものです。

（池上彰『伝える力』による）

關鍵詞彙

連中：夥伴，同夥。

からかう：戲弄，調侃，開玩笑。

けなす：貶低，詆毀。

ボロクソ：一文不值，廢物。

原因理由類特別練習：

「自分がボロクソに言っていたにしては、彼らからそれほど反感を持たれていなかった」のはなぜか。

1. 若いスタッフが私に愛情がなく、私の言うことを気にしていないから。

2. 愛情を持ってからかったりけなしたりしていることが彼らに分かっているから。

3. 若い連中の心まで傷つけるようなひどい言葉は言わないから。

4. からかったりけなしたりするだけでなく、たまには真面目に褒めてあげるから。

答案：2

解析 緊跟在畫線句子後的「私は彼らに愛情を持っていたからです」補充解釋了這句話的原因，所以正確答案是選項2。選項1和選項3的內容在文中並未被提及。文中和選項4內容相關的句子是「たまに面と向かって真面目に褒めると、その意外感から、相手が感激してくれるという意外な副産物もありました」，但選項4與此句意思不符，為錯誤選項。

難點：

1. ～ては：接在動詞て形、形容詞て形、形容動詞で形的後面，表示消極的假設，意為「如果……的話」。

例　そんな話をしては嫌われるよ。／如果説了那樣的話就會被討厭。

例　そんなことをしては、全て無駄になってしまう。／要是那樣做的話一切就泡湯了。

⑤ 記者の年末年始

年に一度、記者がゆっくりできるのが年末年始の休み。**たまりにたまった有給**を使って、クリスマスが終わるぐらいから年明けまでの約10日間、**インドア派**の記者は、のんびり映画を見たりドラマを見たりなど主にテレビを見て過ごすことが多い。では、世のなかの人はどうか？

スカパー！が、全国の20代〜40代の男女300名に調査したところ、年末年始の過ごし方は「自宅で過ごす」(86.4%)がもっとも多く、イエ（自宅）派かソト（外出）派では、「どちらかといえば自宅にいることが多い」(52.3%)が過半数で、「ほとんど自宅にいる」(26.9%)を加えると、「イエ派」は79.2%。全体の約8割が記者と同じであることがわかった。**ちなみに**年末年始を一緒に過ごす相手は「家族」(90%)が圧倒的に多く、「友人・知人」(17.9%)、「恋人」(10%)と続く。もちろん、一人で過ごす人も13.6%いる。さらに自宅での年末年始の過ごし方について聞くと、「テレビを見て過ごす」が84.9%と8割超に。その理由は「年末年始のテレビ番組を見ると年の瀬やお正月を感じる」(81.7%)、「年末年始には楽しみにしている番組がある」(49.7%)というもの。やはり、今でもテレビは年末年始に欠かせない存在なのだ。パソコンを手放せず常にネットにつながっている記者も、田舎にいた頃と同様、正月は家族でテレビを見て過ごすというスタイルを今も続けている。

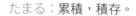

たまる：累積，積存。

インドア派：居家派，指喜歡在室內、家裡活動的人。

スカパー：Sky PerfecTV，指日本有線電視頻道的名稱。

ちなみに：順便，附帶。

年の瀬：年末，年底，歲暮。

手放す：放下，放手。

原因理由類特別練習：

「今でもテレビは年末年始に欠かせない存在なのだ。」とあるが、その理由として
もっと適切なのはどれか。

1. 年末年始を一緒に過ごす相手が家族であるから。
2. 年の瀬やお正月を感じられるから。
3. 年末年始の番組は何でもおもしろいから。
4. 年末年始はほとんど自宅で過ごすから。

答案：2

解析 調查顯示約八成民眾與記者相同，選擇在家中度過年末年初的假期。同時，進一
步的調查顯示他們之中的八成，假期裡大多數時間是在家看電視。理由有兩個，一是
「年末年始には楽しみにしている番組がある」，二是「年末年始には楽しみにしてい
る番組がある」。由此作者得出結論「今でもテレビは年末年始に欠かせない存在なの
だ」。題目詢問為什麼得出這一結論，那麼正確答案應從上述兩個理由中尋找。選項中
與上述理由相符的是選項2，所以正確答案為選項2。選項3很讓人猶豫，但「何でもおも
しろい」和「楽しみにしている番組」意思不符，所以是錯誤選項。

難點：

1. ～に～：以「動詞ます形＋に＋動詞」的形式，意為「……了又……」「反覆……」
「再三……」。

例 待ちに待った帰国の日がついにやってきた。／盼望已久的歸國之日終於到來
了。

例 彼の死を悼んで、人々は泣きに泣いた。／哀悼他的死，人們哭泣不已。

⑥ 全然違う！日本と海外の学校

　私は生まれた時からずっと海外に住んでいた。10歳で日本に帰国したとき、日本の学校と現地の学校の違いに興味を持ち、調べることにした。

　私が住んでいたシンガポールと友達が住んでいたアメリカの給食と運動会の違いを比べてみた。私が通っていた学校も、友達が通っていた学校も現地の公立校だ。

　アメリカもシンガポールも休み時間にお弁当を持ってきて食べてもいいし、買ってもいい。休み時間は学年によって違う。アメリカの学校はほとんどの人がカードで買っていて、お金で買う人もいる。そして売っている物は曜日によって違う。

　シンガポールの学校は、マレー人、インド人、中国人がいるので、給食のメニューは、マレー料理、インド料理、中華料理、そしてスナック菓子もあって、自動販売機もあった。コンビニみたいにペットボトルのジュースも売っていて、それは必ず1ドル以下だ。文房具や本も売っていた。

　シンガポールにいた時は、お茶を持って行っていたし、その他はほとんどお金で買っていたので、日本に来てお茶もお金も持っていけないことを知って、とてもびっくりした。日本の給食のように一緒に同じものをみんなで食べるのより、シンガポールやアメリカみたいにいろんな物を食べられる方が絶対いいと思う。

　次は運動会のことを比べてみた。アメリカには運動会はないそうだ。シンガポールの運動会は、ドッジボールとかけっこぐらいしかない簡単な運動会だ。日本は休日にあり、親も来るし、全体競技もあり、まるでお祭みたいだ。

　他の国々はどうだろう？調べてみると、カナダにはなかった。オーストラリアはシンガポールとほとんど同じだ。

　運動会の事を調べてみて、海外には日本と全然違う所がたくさんあることに気付

いた。運動会がない国があるのを知ってとても驚いた。私の個人の考えは運動会が

あったほうがいいと思う。なぜなら年に一度どこの国でもスポーツフェスティバルが

あると楽しいからだ。

　運動会と給食のことを調べてみると、国によって色々違う所があり、とても驚

いたし、興味深く感じた。その違いが生まれるのは、国々の文化が現れているから

だと思う。色々な文化を感じることができて、今回調べた国と違う国についても、

もっと知りたいと思った。これからも、他の国々と日本との違いについて考えていき

たいと思う。

（http://www.cenews-japan.org/news/international/071123_tigau.htmによる）

関鍵詞彙

ペットボトル：寶特瓶。

ドッジボール：躲避球。

かけっこ：賽跑。

フェスティバル：節慶，節日，盛會。

原因理由類特別練習：

> 筆者によると、日本と海外の学校がそれぞれの面において違うのは一体なぜか。
>
> 1. 外国の法律やルールが日本と違うから。
> 2. 外国の学校の仕組みが日本と違うから。
> 3. 外国の公立校と日本の私立校が違うから。
> 4. 外国の文化や伝統が日本と違うから。
>
> 答案：4

解析　這是一篇中學生寫的調查報告，前面是將日本和國外的學校作了各方面的比較，最後一段是對調查結果的分析，其中「その違いが生まれるのは、国々の文化が現れてい

るからだと思う」是解題的關鍵句，答案中多了「伝統」這個詞，雖然這個詞在文中沒有提到，但是根據常識可知文化往往和傳統息息相關，所以正確答案是選項4。

難點：

1. 〜によって：接在名詞的後面，意為「因為……」、「依據……」、「根據……」。

   例 野菜の値段は季節によって違う。／蔬菜的價格根據季節變化而不同。

   例 地震によって大きな被害を受けた。／因為地震造成了很大的損失。

2. なぜなら：連接詞，連接兩個句子，表示原因，意為「其原因是」。

   例 今は発表できない。なぜなら、まだ重役会で検討中からだ。／現在不能公佈結果，因為高層還在開會討論。

   例 わたしはレモンが好きだ。なぜなら、あの色がすばらしい。／我喜歡檸檬，為什麼呢？因為它的顏色很棒。

⑦ 席を譲ること

　電車やバスで子供たちが座席を占領してしまい、お年寄りが乗ってきても無関心で席を譲ろうとしない。最近の子供は、なぜ席をゆずるということを知らないのだろうか。

　その理由は、まず、電車やバスでお年寄りに席をゆずろうとする雰囲気がないからである。大人たちも席をゆずらない。だから、子供にも「席をゆずりなさい」といえなくなってしまっている。特に、親がつい自分の子供に甘くなり「席をゆずる」というしつけをしないことが一番の理由だと思う。専門家によると、5歳以上になれば休まずに30分は立っていられるし、7歳になれば1時間立っていても大丈夫だという。

　もう一つの理由は、子供に席をゆずってもらったときに、お年寄りが遠慮してしまう場合が多いからである。しかし、遠慮するということは、子供が席をゆずろうとした勇気を無視することになる。お年寄りに席をゆずって「ありがとう」と一言いわれ

たら、その時の喜びはとても大きくて、子供は大きな影響を受けるという。逆に、「大丈夫、いいですよ」と遠慮されると、次から譲る勇気がなくなってしまうと思う。

　今の時代、人々は、周りの人にあまり関心がない。たしかに他人にあまり干渉するのもよくないと思う。しかし、「席をゆずる」のような他人に対する小さな思いやりは、子供にとって貴重な体験である。言葉だけ教えるのではなく、そういう機会を子供たちに与えて行くことが、大人たちの責任ではないだろうか。

（倉八順子『日本語の作文技術　中・上級』による）

關鍵詞彙

譲る：讓。

占領：占領，占據。

しつけ：教育，管教。

無視：無視，視而不見。

干渉する：干涉，干預。

思いやり：關心，體貼。

与える：給，給予。

原因理由類特別練習：

> 「なぜ席をゆずるということを知らないのだろうか」とあるが、その理由として一番適切なのはどれか。
> 1. 大人たちがすぐ席を譲るから。
> 2. 親がそういったしつけを普段しないから。
> 3. 子供が電車の中で立っていられないから。
> 4. 子供が年寄りに「ありがとう」と言われないと思うから。
>
> 答案：2

解析 題目問的是孩子們不知道讓座的原因。文章分成兩段分析了最近孩子「席をゆずることを知らない理由」，一是大人不教育，二是老人拒絕了孩子讓座的好意。顯而易見，與文章內容相符的是選項2。在選項2裡「そういったしつけ」指的是「席をゆずるというしつけ」。若能理解這個指示詞的意思，就能選出正確答案。

難點：

1. ～ようとする：接在動詞意志形的後面，意為「打算……」「想要……」。使用「～ようと（も／は）しない」形式時，意為「不打算……」「都不……」。

   例 いくら思い出そうとしても、名前が思い出せない。／無論怎麼想也想不起他的名字。

   例 隣の奥さんは私に会っても挨拶ひとつしようとしない。／隔壁的太太看見我連個招呼都不打。

第3章 指示詞類題型

1 ▶ 指示詞類題型解題技巧

　　指示詞類題型一直是新日本語能力測驗N2讀解部分的常見題型。出題數量不多，一般0～2題不等。它通常出現在內容理解的中篇文章裡。

　　指示詞的基本作用是使話語或文章顯得簡潔，因而在許多情況下，指示詞可以用文章中的具體詞句替換。除此之外，指示詞還有加強文章上下文的聯繫，或避免提及不便明示的內容等作用。因此，如果不能正確理解指示詞所代替表示的內容，則可能造成誤讀或斷章取義。考生需瞭解指示詞的基本特點，加強對指示詞的理解及運用。

　　「コ、ソ、ア」系列指示詞的主要用法如下：

- 作者或說話人在接下來將要提到的話題一般用「コ」系列指示詞，這種用法在會話中很常見，而在文章中卻不常使用。

  例 これはまだ内緒にしてほしいんだけど、近いうちに転職しようと思っているんだ。

- 作者或說話人提及之前說過的內容時一般用「コ」系列詞彙。

  例 来年の春、イギリスへ留学に行くの、でも、これは野口君に言わないでね。

- 「ソ」系列指示詞多指作者或說話人知道得很詳細，而聽話人不太熟悉的事物。

> **例** 店で新型の携帯を見たんだ。<u>それ</u>はけっこう使いやすいよ。

- 作者或説話人在提及別人或聽話人剛才提及的內容時，也多用「ソ」系列指示詞。

> **例** Ａ：山田君は事故で入院したんだって。
> Ｂ：それは大変だな。

- 作者或説話人在提及自認為讀者或聽話人了解、熟知的內容時，多用「ア」系列指示詞。「ア」系列指示詞也可以指代時間較久遠的事，或再次提及前文已經提到的事物。

> **例** ああいう人、辞めさせたほうがいいのよ。

指示詞類題型常見的出題方式：

- これ／それ／あれとあるが、何を指しているか。
- これ／それ／あれとは何のことか。
- その人／あの人とは誰のことか。
- 「このように／そうのように」とあるが、どうのような意味か。
- このような／そのような○○は具体的にどんなこと／ものか。

例題：

　今の学校は、学級崩壊や校内暴力、いじめ、いじめによる自殺などの問題を抱えて、授業の出来る環境ではありません。

　この主たる原因は、生徒の多くが自己中心的な考えを持っていることにある、と考えています。生徒が<u>そのような考え</u>を持つようになったのは、親の影響を受けたからです。

　親の意識改革をするにはかなりの時間がかかるので、<u>それまで</u>待ってはいられません。学校問題は、国の根幹に係わる課題であるので、緊急を要します。よって、学校でやるしかありません。学校問題の原因は生徒の心にあるので、心の教育が必要です。

　私の考えている心の教育とは、生徒が他人に対する思い遣りの心や道徳心、自立心、向学心を持つよう、育む教育です。

問題1 「<u>そのような考え</u>」とあるが、どのような考えを指しているか。

1. 今の学校に対する考え
2. 学生の自己中心的な考え
3. 親の学校に対する考え
4. 授業環境に対する考え

答案：2

解析 畫線句子中指示詞指代的部分正是作者在前一句提到的內容。作者認為讀者已經充分明白了文章的內容時，用「ソ」系列指示詞指代前文的內容。因此在前文中可以找出「そのような考え」指的是「自己中心的な考え」。

> **問題2** 「それまで」とは具体的にいえば、いつまでなのか。
>
> 1. 学校の問題を解決するまで
> 2. 生徒の心が変わるまで
> 3. 親の意識改革が完成するまで
> 4. 心の教育が実施されるまで
>
> 答案：3

解析 以「それ」指代「親の意識改革」，此時可以將前句提到的內容代入「それ」的位置，確認句子是否通順，即「親の意識改革まで待ってはいられません」，符合文章大意，所以正確答案為選項3。

---

2 ▶ 指示詞類題型實戰演練

**本章譯文
請見P.222**

① 子供の教育で大切な事

　子供に大切なのは、自信と自分を大切にする力です。それは植物の根のようなもので、深く広く張るほど大きな実りをもたらします。その子が大きく育つことを信じて心に豊かな水や栄養を与えましょう。

　そして、その水や栄養となるのが、子供のよいところを見出し、誉めることです。叱るべきときは叱り、誉めるべき時はちゃんと誉める。一つ叱ったら三つ誉めるぐらいのバランスを心がけましょう。誉められることで子供は喜びを感じ、自信や自尊心を育てていくのです。

（文部科學省『家庭教育手帳』による）

実り：成果，果實。

誉める：稱讚，表揚。

心がける：留心，注意。

指示詞類特別練習：

「それは」の指す内容はどれか。

1. 子供のよいところを見出すこと。
2. 水や栄養となるもの。
3. 植物の根のようなもの。
4. 自信と自分を大切にする力。

答案：4

解析 問題是在文中找出指示詞指代的內容。由「それは植物の根のようなもので、深く広く張るほど大きな実りをもたらします」可知選項3是錯誤的。由「その水や栄養となるのが、子供のよいところを見出し、誉めることです」可知，選項1、2也是錯誤的。「それは」指的是前句裡說的「自身と自分を大切にする力」，所以正確答案是選項4。

難點：

1. ～ほど：接在名詞、動詞、形容詞的名詞修飾形的後面，表示成比例的變化，意為「越……越……」。

   例 駅に近いほど家賃は高くなる。／距離車站越近房租越貴。

   例 年をとるほど体が弱くなる。／年紀越大身體越弱。

②　仕事に対する心の持ち方について

　仕事をお金を稼ぐだけの手段と考えると、ちょっと長く続けると、仕事が味気のないものに感じられてきてしまうはずです。当然、誰しも仕事をしていてモチベーションがガクッと落ちることがあると思います。そんな時、単なるお金を稼ぐだけの手段と考えている人だと、再びモチベーションをあげるのが非常に難しくなってしまうはずです。それどころか、仕事そっちのけで遊びに行きたいといった気持ちになってしまうことにもなりかねません。

　いっぽう、仕事を自己表現の手段だと思えば、そんなことにはなりません。自己表現、自己実現をしたくない人など、この世にいるわけがないのですから。

（内田雅章『五つの仕事力』による）

關鍵詞彙

味気のない：沒意思，無聊，乏味。

誰しも：（表示強調）無論任何人。

モチベーション：動力，刺激。

ガクッと：突然，一下子。

そっちのけ：扔在一邊，置之不理。

かねる：接在動詞ます形後，意為「難以……」。以「かねない」的形式，意為「很可能會……」。

指示詞類特別練習：

文章の中で「そんなことにはなりません」の「そんな」は何を指しているか。

1. いくら仕事を長く続けても、味気のないものとは感じられない。
2. 誰しも仕事をしていてモチベーションがガクッと落ちる。
3. 再びモチベーションをあげにくくなってしまう。
4. 仕事はそっちのけで遊びに行きたい気持ちになりかねる。

答案：3

解析 本題測驗「そ」系列指示詞的用法。「そ」系列指示詞指代上文剛剛提過的內容。上文指出如果將工作視為賺錢的手段，時間一長就會覺得工作很乏味，因而失去熱情。選項3意為「很難再提起工作幹勁」，與文意相符，所以正確答案是選項3。而選項1意為「不會感覺乏味」，選項4意為「難以產生把工作扔在一邊想出去玩」，均與文意不符。選項2最讓人感到猶豫，但選項2中的「不管是誰」，會把那些視工作為自我展現手段的人也包括在內，所以是錯誤的。

難點：

1. ～どころか：接在名詞、動詞、形容詞、形容動詞的常體後面，但形容動詞或名詞通常不接「だ」，可使用「形容動詞な形」，意為「哪裡是……」「何止是……」。

   例 この夏休みはゆっくり休むどころか、仕事に追われどおしだった。／這個暑假何止是沒有好好休息，還一直被工作壓著。

   例 病気どころか、ぴんぴんしている。／哪裡是生病了，有精神得很。

   ～どころか～ない：後接否定時，意為「別說……連……」「別說……就是……」。

   例 フランス語どころか、英語もできない。／別說法語了，連英語都不會。

   例 彼女の家まで行ったが、話をするどころか、姿も見せてくれなかった。／去了她家，別說跟她聊聊天了，連見都沒見到。

2. ～わけがない：接在動詞、形容詞、形容動詞的名詞修飾形的後面，表示說話人從道理或情理上認為某件事是不可能的，意為「不會……」「不可能……」。

   例 あんなものは売れるわけがない。／那種東西不可能暢銷。

   例 あいつが犯人なわけがないじゃないか。／他怎麼會是罪犯呢？

③　消費者情報誌がない日本

「消費者が王様」というのは、正しい面もあるし、正しくない面もある。製品やサービスが最終的には消費者を満足させるためにあることは間違いないが、消費者は、不正確な情報に基づき、あるいはいいかげんな印象で、商品を選択していることもある。そして、「それが典型的なユーザーだ」と供給者が思い込むことが、最大の問題だ。

このような状態を改善するには、的確な情報が消費者に提供され、それが供給者にフィードバックされる仕組みを作る必要がある。日本で不十分なのは、この仕組みである。

その証拠に、日本には本格的な消費者情報誌がない。アメリカ人の友人が日本にカメラを買いにきたとき、消費者情報誌から実に詳細で的確な情報を得ていたので、感心した。

この類の客観的な情報は、日本では非常に少ない。広告は洪水のように流されているにもかかわらず。

メーカーから完全に独立した製品情報誌を作るには、大変なコストがかかる。製品をすべて自己の費用で購入しなければならないからだ。しかし、そうしたものが現れない限り、「生活者優先社会」は実現しないだろう。

（野口悠紀雄『「超」整理日誌』による）

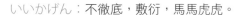

いいかげん：不徹底，敷衍，馬馬虎虎。

思い込む：深信。

供給者：供給方。

フィードバック：反饋。

コスト：成本，生產費用。

關鍵詞彙

指示詞類特別練習：

文章の中で「この仕組みである」の「この」は何を指しているか。

1. 消費者が、不正確な情報に基づき、商品を選択している。
2. メーカーから完全に独立した製品情報誌を作る。
3. 消費者情報誌から実に詳細で的確な情報を得て、買い物をする。
4. 的確な情報が消費者に提供され、それが供給者にフィードバックされる。

答案：4

解析 問題是在文中找出指示詞「この」所指代的內容。選項1意為「消費者根據不正確的訊息選擇產品」，這屬於第一段提出的「最大の問題」。選項2意為「製作完全獨立於廠家的產品資訊雜誌」。選項3意為「從消費者雜誌上得到詳細而準確的資訊後購買產品」。選項4意為「提供消費者準確的資訊，並將這些資訊回饋給商家」。文章中寫到「このような状態を改善するには、的確な情報が消費者に提供され、それが供給者にフィードバックされる仕組みを作る必要がある」，意為「要想改善這種狀況，必須提供消費者確切的商品資訊，並建立一個完整的體系，將這些資訊回饋給商家」。選項4與文章內容相符，所以正確答案為選項4。

難點：

1. ～にもかかわらず：接在名詞、動詞、形容詞、形容動詞的常體後面，但是名詞和形容動詞不接「だ」，而用「名詞＋である／形容動詞語幹＋である」的形式，意為「儘管……卻……」。

   例 一生懸命頑張ったにもかかわらず、負けてしまった。／儘管拼盡全力，可是還是輸了。

母が止めたにもかかわらず、息子は出かけていった。／儘管母親出面阻止，可是兒子還是出去了。

2. 〜限り：前接動詞常體，意為「在……的範圍內」「只要……就」。

私の知る限り、彼は絶対にそういう人ではない。／據我所知，他絕對不是那種人。

學生である限り、學校のルールを守るべきだ。／只要是學生，就應該遵守學校的紀律。

④ ブランドの由来と意味

「ブランド」という言葉を頻繁に目にする。では、ブランドとは何か。一般的に「ブランド」とは、銘柄のことである。すなわち、同一カテゴリーに属する他の商品（財またはサービス）と明確に区別する特性を持っているものである。たとえば名前、表現、デザイン、シンボルその他の特性を持った特定の商品と考えられる。なお、法律上ではブランドに相当する用語は商標（trademark）である。商標はいわば、ブランドに法的な保護を与えたものといえよう。

もともとブランドは、牛の所有者が自身の牧場の牛であることの証明のために、焼印を押したことに由来している。「これは俺の牛だ」という証拠である。それは牛の所有者自身の頭文字を用いたり、象徴的な記号や図柄を用いたものであった。

このように、ブランドは自分の所有するものと他者が所有するものとの区別のために用いられていた。それが、その商品を保証する信用となり、それを利用して差別化することになったものである。すなわち、ブランドは、商品の提供者からは他者との差別化、そしてそれを受け入れる消費者からはその商品に対する信用という付加価値になったといえよう。この信用という付加価値が、その商品やその提供者へ

のイメージを形成していくのである。そして、現在、ブランドは消費者のイメージに支えられて、付加価値をもった商品として存在しているのである。

（辻幸恵「製品政策としてのブランド戦略」による）

關鍵詞彙

銘柄：品牌，商標。

すなわち：換言之，正是，則。

属する：屬於。

焼印：烙印。

証拠：證據，證明。

象徴：象徵。

用いる：使用。

指示詞類特別練習：

「それ」の指す内容は何か。

1. 牛の所有者
2. 焼印
3. 所有者自身の頭文字
4. 象徴や図柄

答案：2

解析 題目測驗的是指示詞指代的內容。首先，閱讀並理解含有指示詞「それ」的句子。「それは牛の所有者自身の頭文字を用いたり、象徴的な記号や図柄を用いたものであった」，意為「那個一般會使用養牛人姓氏的第一個字母，或使用有象徵意義的記號、圖案等」。接著，我們要找出做什麼東西時，使用姓氏的第一個字母或有象徵意義的記號、圖案。選項1為牛的主人，選項2為烙印，選項3為所有者名字的第一個英文字母，選項4為象徵或圖案。由此可知烙印（現稱品牌）使用姓氏的第一個字母或有象徵意義的記號、圖案等。所以正確答案是選項2。

難點：

1. 〜とは：接在名詞的後面，表示下定義，一般以「……とは……ものだ／のことだ／ということだ」的形式使用，意為「所謂的……就是……」。

   例 パソコンとは、個人で使える小型のコンピューターのことだ。／電腦就是個人使用的小型計算機。

   例 私にとって家族とはいったい何なのだろう。／對我來説家庭到底是什麼？

2. なお：連接詞，連接兩個句子。用於暫時中斷話題、追加與之相關的附加條款、補充說明等。

   例 参加希望者は葉書で申し込んでください。なお、希望者多数の場合は、先着順とさせていただきます。／請以明信片形式報名參加。不過，如果報名人數太多，我們將按照報名的先後順序決定。

   例 毎月の第三水曜日を定例会議の日とします。なお、詳しい時間などは、一週間前までに文書でお知らせすることにします。／將每月的第三個週三定為例行開會日。而詳細的時間會在一週前以書面形式另行通知。

3. いわば：書面語。後多接容易理解的、非抽象的名詞或動詞，意為「比方說」「可比喻為……」。

   例 この小説は、いわば現代の『源氏物語』とでもいったような作品だ。／這部小説可以説是現代的《源氏物語》。

   例 見知らぬ遠い親戚から突然遺産が手に入ったときには、いわば宝くじに当たったようなものですから、本当に驚きました。／突然從未曾謀面的遠房親戚那裡繼承了財產，簡直就像中了樂透一樣，真讓人吃驚。

⑤ 世界異常気温の原因

　2012年の世界の気温は平均を上回る高さだったが、今後10年間はさらに気温が上がる可能性が高いと、米科學者らが15日発表した。

　米航空宇宙局（NASA）によると、2012年の世界の平均気温は統計を取り始めてから9番目に高い14.6度で、20世紀の平均より0.6度高かった。20世紀平均を上回るのは

1976年から36年連続。統計の始まった1880年以来、世界の平均気温は0.8度上昇したという。

　NASAゴダード宇宙研究所のジェームズ・ハンセン所長は記者会見で、2013年の世界の平均気温が2010年の過去最高記録を破る可能性が高いと語った。

　「海洋が暖まっている。これは地球がバランスを失っていることを示している。放出されるエネルギーより入るエネルギーの方が多くなっている。それゆえ、今後10年間が過去10年間より暖かくなることを確信を持って予測できる」

　主流科学者の大半は、世界の気温上昇および異常気象増加の原因が産業の排出する二酸化炭素などの温室効果ガスにあると考えている。

關鍵詞彙

上昇：上升，升高。
温室効果ガス：溫室氣體。

指示詞類特別練習：

「これ」の指すことは何か。

1. 2013年の平均気温が上がる可能性があること。
2. 世界気温の統計が始まったこと。
3. ジェームズ・ハンセン所長が記者会見をしたこと。
4. 海洋が暖まっていること。

答案：4

解析　首先閱讀句子「これは地球がバランスを失っていることを示している」，意為「這一現象説明地球失去了平衡」，所以我們要在文章中找出什麼現象説明地球失去了平衡。前句就是「海洋が暖まっている」。所以正確答案是選項4。

難點：

1. それゆえ：連接句子，表示句子之間的因果關係，是一種較鄭重的文言表達方式，意為「所以……」「因而……」。

   例　二つの辺が等しい。それゆえ、三角形ABCは二等辺三角形である。／因為這兩條邊長相等，所以三角形ABC是一個等腰三角形。

   例　最近、腸チフスに感染して帰国する旅行者が増加している。それゆえ、飲み水には十分注意されたい。／最近出國旅行時感染傷寒的人數不斷增加。所以，希望大家注意飲水衛生。

⑥　懐かしい風景

初めて来た場所なのに、懐かしい。一人暮らしの物件探し、駅を降りて真っ先にそう思ったから私はこの物件に決めた。

繁華街までの距離は近いのに、交通上少し面倒な場所。繁華街の雰囲気を残しながら田舎でもあった。

風が生温くなった頃の晴れた日曜日。仕事が休みの私は駅の裏の神社へ向かった。越して来る時、ここに桜が植わっていたのに気がついて、春を楽しみにしていたのだった。

階段を上がる。広がる視界。綺麗と思わず口から漏れそうな風景があった。桜は堂々と境内から裏道へ並び、風が吹く度にふわふわと枝が揺れた。

導かれるように、惹き付けられるように、私は静かな神社を歩く。

実家周りに神社なんてなかったはずなのに、懐かしい。懐かしいのに、知らない土地。

ゆらっと桜が舞い散った、凛とした甘い香り。

気が付けば随分と歩いていた。思い出したように私は立ち止まる。どのくらいの場

所にいるのだろう。懐かしいとはいえ、知らない土地に変わりなく、土地勘はなかった。

でも、このままもう少し懐かしい桜の中を歩いていたかった。私は奥へ向かおうと歩きだそうとした、その時。

「もう、帰りなさい。」

落ち着いた女性の声が聞こえた。誰かの声に似ていた。

「帰れなくなってしまうわ。」

あ、母の声。ずっと昔に聞いた。もう居るはずのない母の姿を見つけようと、見渡す。

「時計を見て。帰ってゆっくり明日のお仕事に備えるの。」

私ははっと腕時計を見る。もうすぐ夕暮れだ。

見上げれば、少し赤みを帯びた光が桜の上で踊っていた。

私は道を引き返し始めた。声はもう聞こえなかった。

そう、死んだ母がいるはずがない。

日が落ちるのが予想より早く感じたのは、やはりここは慣れない土地であるからだろう。

懐かしくても、ここは育った地ではない。

部屋に戻る頃には、すっかり太陽は見えず、風は冷え始めていた。

あの時、母をなくしてから、私は心の隙間を埋めるように熱心に勉強した。思い出、ましてこういう街並みで過ごした思い出なんて皆無に近かった。

私の懐かしい風景は、始めから、教科書とノートにしかなかったのに。

それでも、未だに、この街は懐かしい気がして仕方がないのだった。

關鍵詞彙

真っ先：最先，首先。

生温い：稍稍暖和的。

越す：搬家。

土地勘：熟悉當地（的地理和情況）。

まして：況且，何況。

未だに：至今仍然，至今還是。

指示詞類特別練習：

「あの時」はどんな時を指すか。

1. この町に引っ越してきた時
2. 女性の声が聞こえた瞬間
3. 借りた部屋に戻るごろ
4. 母がなくなったあと

答案：4

解析 這是一篇類似隨筆的短篇小説，主要描述了作者懷念去世的母親的心情。此題為指示詞類問題，題目測驗文中「あの時」所指何時，要從「あの」的用法入手，找出文中對應的句子。「あ」系列指示詞通常指的是説話人和聽話人雙方均了解的內容，或者指時間較久遠的事情，還可以用於再次提及前文已經提到的事物。題目中的「あの時」並不是在對話中出現的，因此它屬於第二種和第三種用法，指的是前文提及的母親去世後的那段時間。所以正確答案為選項4。

難點：

1. とはいえ：接在動詞、形容詞等的常體後面，或者連接兩個句子，意為「雖說……但是……」。

   例 彼は不満らしい、とはいえ、まったく反対でもなさそうだ。／他似乎有些不滿，但卻不是完全反對。

例 人数は少ないとはいえ、意気込みは盛んだ。／雖説人數很少，但（大家）都很有幹勁。

2. 〜はずがない：接在動詞、形容詞等的名詞修飾形的後面，意為「不可能……」。

例 こんな時間では間に合うはずがない。／現在這個時間不可能趕得上。

例 彼は、勉強せずに毎日遊んでばかりいるから、大學に合格できるはずがない。／他每天不學習，只知道玩，是不可能考上大學的。

3. 〜て仕方がない：接在動詞、形容詞、形容動詞的て形的後面，意為「……得不得了」。

例 残念で仕方がない。／遺憾得不得了。

例 嬉しくて仕方がない。／高興得不得了。

⑦ 魔法の言葉

「ない。財布がない」。

　頭の中は真っ白。目の前は真っ暗。JR線券売機の前で私は呆然としてしまった。これから向かうのは就職希望先の会社。今日はその入社試験日なのだ。家に財布を忘れた。どうしよう。手の中にあるのは、駅までのバスと私鉄の定期券だけ。この駅に私鉄は通っていない。家まで戻るか？いいや、自宅から駅までは、バスの始発・終点の距離である。往復すれば一時間はかかってしまう。もちろん、バスや電車が多少遅れることも想定して、ある程度の余裕を持って出てはきたが、さすがにそこまでのゆとりはない。「駅まで財布を持って来て」とお願いしたくても、家には誰もいないし、電話代さえも持ち合わせていない。ピンチだ。どうしよう。

　今でも何故そんな行動をとったのか不思議でならない。気がつくと、駅ビル内の洋服店の前に立っていた。そして、深呼吸を一つして店内に入り、

　「あのー、突然すみません。私、先日ここでスーツを買った者なんですが。実は今日これから入社試験があるのですが、財布を家に忘れてきてしまって。必ず、必

ず今日中にお返しいたしますので、千円、貸していただけないでしょうか」と、無茶なお願いをしていた。確かにここでスーツは買った。でもたった一度、それも一着だけ。確認せずに飛び込んだので、着ていたスーツがこのお店のものかどうか、今も思い出せない。無礼なのは百も承知だが、その時の私には、ただただ頭を下げる以外なす術がなかったのである。

　私の突然の申し出に、営業スマイルの店員さんは一瞬驚きの表情を見せた。が、すぐに大きくうなずいて、

　「事情は分かりました。しかし、お店のお金をお貸しすることは出来ません。ですから、私個人がお貸しするということでよろしいでしょうか」そう言って、店の奥から財布を取り出し、五千円札を差し出してくれた。

　「千円でいいんです」と言う私に、

　「多めに持っていた方が安心ですよ」とすすめてくれ、

　「身分を証明するものはこれしかないので」

　と学生証を置いて行こうとすると、

　「就職試験ですから、学生証は持っていた方がいいですよ」と。さらに続けて耳に入ってきたのは、

　「私、お客様のこと覚えています。」

　温かい魔法の言葉だった。「覚えています」という言葉が「信じています」という思いとなって、私の心の中にしみこんできた。たった一度だけ買い物をした客を本当に覚えているものなのだろうか。プロフェッショナルとはそういうものなのだろうか。真相は分からない。けれども、目の前に居る私を信じてくれたこと、このことは確かなのであった。

「返すのは今日じゃなくていいですよ」店員さんは笑顔でそう言ってくれたけれど、必ず今日中にお返ししよう、私は心に誓った。信じてもらえた嬉しさと同じくらい、信じてよかったと思って欲しかったのだ。

試験を終え、急いで自宅に帰り、財布の中から取り出した五千円札のしわをのばして白封筒に入れ、再び駅に向かった。お金と一緒に菓子折りを手渡し、無事に試験を受けることが出来たと報告すると、店員さんは自分のことのように喜んでくれ、「返すのは今日じゃなくても良かったのに。かえって気を遣わせてしまいましたね」と恐縮していた。最後まで優しい眼差しだった。

帰り道、「忘れ物をするっていうのも、たまにはいいもんだな」と思った。忘れ物をしたお蔭で、「人は、自分を信じて待っている人のために、ひたむきに頑張ることができる。そして、誠実な思いは必ず相手に通じる」シンプルだけど大切なこと、それを実感できたのだから。就職して十三年。うまくいかないこともたくさんある。そんな時、あの日に感じた温かさが今も私を励ましてくれる。

（http://www.promise-essay.com/11th/03.htmlによる）

關鍵詞彙

さすが：真不愧是。

ゆとり：寬裕，綽綽有餘。

持ち合わせる：隨身帶著，現有。

無茶：沒有道理，亂來。

なす術がない：不知所措。

しみこむ：滲入，滲透。

菓子折り：點心盒。

ひたむき：一心一意，專心一意。

指示詞類特別練習：

「そんな行動」とは、どんな行動なのか。

1. 家に財布を忘れて出発したこと。
2. 「駅まで財布を持ってきて」とお願いしたこと。
3. 洋服店に入って店員に事情を話したこと。
4. 試験後、店員にお金を返したこと。

答案：3

解析 這道題要找出「そんな」指代的對象，應該特別注意「そんな行動」前後的語句，然後根據上下文內容上的關聯和邏輯關係確定「そんな」所指代的事物。通讀全文後可以發現文章採用了倒敘的方式，那麼「今でも何故そんな行動をとったのか不思議でならない」這句也就有提示後文的作用，因此「そんな行動」指的是後文中進入服裝店尋求幫助（借錢）一事。

難點：

1. ～お蔭で：接在動詞、形容詞、形容動詞的名詞修飾形的後面，意為「多虧……」「幸虧……」「托您的福……」。

   例　祖父は体が丈夫なおかげで、年を取っても医者の世話にならずにすんでいる。／幸虧祖父身體好，上了年紀也不怎麼看醫生。

   例　あなたが来てくれたおかげで、楽しい会になりました。／多虧你來，今天這個聚會才舉辦得這麼歡樂。

第4章 細節類題型

1 ▶ 細節類題型解題技巧

　　從歷年的考題來看，細節類題型包含的內容很豐富，出題數量比較多，一般在10題左右。它遍佈了整個讀解部分，換句話說，它在內容理解、綜合理解、論點理解和資訊檢索這四大區塊裡都會出現。而細節類題型大致又可以分為：時間類、人物類、地點類、方法類、注意點與重要點類。下面我們分別講解各類型問題的解題技巧。

（1）時間類

　　時間是我們在閱讀過程中常常會碰到的資訊，它經常會成為我們理解文章大意的線索。文章中關於時間的線索大致可以分為以下3種：

- 現在→過去→現在
- 現在→過去a（距離現在很近的過去）→過去b（距離現在很遙遠的過去）→現在
- 過去b（距離現在很遙遠的過去）→過去a（距離現在很近的過去）→現在

　　其次，在文章中常出現的、表示時間推移的表達方式有：「～たことがある」、「記憶がよみがえった」、「思い出した」、「かつて」、「その昔」等。

時間類細節題常見的出題方式：

・「○○」はいつか。

・「○○」とあるが、いつのことか。

・○○年前、○○はどれか。

・「○○」とあるが、「○○」は起きたのか、起きていないのか。

・筆者が考える○○とはいつのことか。

・○○のは、どんなときか。

搶分關鍵
看這裡

例題：

この夏、久しぶりに奥穂高岳に登った。以前、奥穂高岳に行くと必ず泊まることにしていた小屋が立派になったのに感心したが、女性の登山客の多いのにも驚いた。ちょっと見ると女性のほうが多いのではないかと思うくらいだった。

昔、といってもそんなに古いことではないが、昭和16、17年ごろには、白馬や立山は別として、北アルプスとなると女性に会うことはめったになかった。女性が山に登ったりすると「女なのに、山に登る」と言って非難されたものである。

それが、ここ数年来この盛況ぶりである。女性の解放も進んだものだ。このように女性が自由に登山できるようになったのは、女性にはもちろん、男性にとっても悪いことではない。社会の進歩はけっこうなことである。

小屋の中で、こんな事を考えているうちに、ふとおもしろいことに気がついた。ここにいる女性は、だいたいみんな未婚の人たちばかりらしいのである。これだけ山の好きな女性がいるのに、結婚してからはなかなか山に登れないもののようだ。

作者在登山時發現女性登山客增多了。

過去（距離現在很近的過去）人們對女性登山客的看法。

昭和十六、十七年到現在之間的幾十年。

作者注意到新增的女性登山客多是未婚人士，而結婚後還能來登山的女性很少。

問題 女性登山客が多くなったのはいつのことか。

1. この夏

2. 昭和16、17年

3. 近年来

4. 作者が結婚してから

答案：3

（2）人物類

　　人物類細節題也是讀解部分常碰到的一類考題。首先，人物是文章中必不可少的一個因素，有時一篇文章除了作者本人外還會涉及若干個與情節相關的人物。所以在做這種類型的題目時，一定要搞清楚文章描述的場景，以及時間、地點、登場人物的關係、事件、原因等。

人物類細節題常見的出題方式：

- ・「○○」とはだれのことか。
- ・「○○」と答えたのはだれか。
- ・「自分」とはだれのことか。
- ・「○○」とはだれとだれのことか。
- ・「○○」と「○○」はそれぞれだれのことか。
- ・「○○」とあるが、だれがだれに何をさせておいたのか。
- ・「○○」とあるが、だれがそう思っていたのか。
- ・次の○○人のうち、○○の応募条件を満たしているのはだれか。

例題：

　　ヨーロッパ伝来の身体表現の中で、日本人の間にもかなり浸透しているものに握手がある。握手を一度も経験したことがない日本人は少ないだろう。しかし、握手の受容にはそれなりの型があるように思える。典型的なのが政治家の場合である。国会議事堂の中だけでなく、選挙民に対して政治家はやたらと握手をしたがる。あの姿を見ていると握手とは本当に心が通ってはいないのだが、通っているかに見せねばならない相手に対する行為のようにすら見えてくる。そのような政治家でも決して自分の妻や子と握手はしないだろう。日本人の場合、本当に親しい関係にある者は公的な場では、身体を接触させず、ただ、目で意思を相手に伝えることのほうが多いからである。

　　日本人がヨーロッパへ行ってまず戸惑うのも握手である。複数の相手の場合には婦人が優先されるが、手をさしのべるのはまず婦人のほうからであるといったしきたりである。握手をしている最中に述べる口上があって「あなたの帰国はまことに残念ですが、心から健康と今後の発展とご家族の無事を祈っています……」といったような言葉が長々と続く。そのような時、こちらは手を握られっぱなしで、間を持たせるのに苦労をするのである。

（高如菊、曹珺红《日本語中級讀本》による）

> **問題** 「あなたの帰国はまことに残念ですが、心から健康と今後の発展とご家族の無事を祈っています……」と言ったのはだれか。
>
> 1. 日本の政治家
> 2. ヨーロッパの政治家
> 3. 日本人
> 4. ヨーロッパの人
>
> 答案：4

解析 選項1「日本の政治家」出現在文章的第一段，用以說明日本的政治家是最常實踐歐洲握手文化的人。這句話離題目中的畫線句子很遠，所以不是正確選項。選項2在文章中並未被提及，所以也不是正確選項。選項3和選項4要根據最後一段來判斷。文章最後一句「こちらは手を握られっぱなしで」，其中「こちら」一般指說話人、敘事人一方，後面用的「握られ」是被動形式，說明「我們」這一方，也就是作者所代表的日本人一方是被對方握着手的。而且從「といったような言葉が長々と続く」和「間を持たせるのに苦労をするのである」可以看出日本人因為對方冗長的言談而感到很辛苦。因此可以判斷說這句話的一方應該是歐洲人。

（3）地點類

　　　地點類細節題一般為直接理解題，此類問題大多直接與原文掛鉤，只要讀懂文章，並注意文章中出現的與地點相關的詞句，就能從原文中找到答案。考試中出現此類問題的機率不高，出題形式單一，難度也相對較低。

地點類細節題常見的出題方式：

· ○○はどこか。
· ○○の場所はどこ／どれか。
· ○○はどこで○○か。
· 「○○」とあるが、どこにある／いるか。
· ○○はどこから／どこまでか。
· ○○で何が行われたか。

> 「関空」即關西機場。此處省略了主語「わたし」，是說作者自己第一次來到關西機場。那麼機場就成為此行的起點。

例題：

　　関空は初めてだった。建物・設備は新しい空港のことでそれなりだが、慣れた羽田、成田空港とはリムジンバスの利用法が違っていた。まず、リムジンバス停留所近くの自動販売機で乗車券を

購入する。何時のリムジンバスに乗るのかは全く自由で、行き先を確認して乗るだけである。通常のバスの感覚だった。 既に暗くなり、高速道路沿いの夜景を見ながらの移動だった。 他の乗客は阪急ホテルで下車、ヒルトンまで行くのは我々のみだった。

（http://www.5d.biglobe.ne.jp/~hokugyo/osakakyoto/intop.htmlによる）

問題　筆者はどこからどこまでリムジンバスに乗ったのか。

1. 関西空港 → 羽田、成田空港
2. 関西空港 → 阪急ホテル
3. 関西空港 → ヒルトンホテル
4. 羽田、成田空港 → 大阪

答案：3

（4）方法類

　　方法類細節題包括直接理解題和語義理解題兩種，根據問題難易度的不同，有時可以直接從文中找到答案，有時則需轉換原文句子的語義上，或者根據上下文來得到結論。此類的問題難度雖然不大，但出題形式多樣，選擇題、判斷題、排序題等均有可能出現。解題時需要理解全文之後再運用關鍵字查找、語義轉換、相關詞句定位等閱讀技巧。

方法類細節題常見的出題方式：

・○○の正しい手順はどれか。
・○○の方法／対策は何か。
・○○のやり方は以下のどれか。
・○○はどんなことをするか。
・どのような方法を通して問題を解決したか。
・○○とあるが、何が間違いだったのか。
・○○にするには、まず何が必要だと述べているか。
・○○とあるが、筆者は○○をどのように説明しているか。
・○○を○○には、どうしたらよいか。
・○○の方法は以前のものとどのように違うか。

・○○のために○○はどうしなければならないか。

・筆者によると、○○するためにできることは何か。

・○○はどのようにするか。

・○○するためにはどのような手続きが必要か。

例題：

　先日、テレビで「百円玉に愛をこめて」という番組を見た。今世界各国にいる貧しい子どもを芸能人が取材し、募金から百円をもらって、百円分の物をあげるというものだ。

做「取材」這一動作的不是作者，而是「が」前面的「芸能人」。

　この番組を見て、改めて自分がどれだけ裕福な暮らしをしているか、また、私が貧しい子どもたちに何をしてあげるべきか、などを考えさせられた。

　私には今、食べる物も着る物も、生活に必要な物はすべて与えられている。しかし、世界には明日食べるパン1切れが買えない人もいる。そんな人たちのために私は今何をするべきなのか。考えた結果、私なりの結論が出た。それは、

從這句話可以看出接下來的兩點內容是作者本人的想法。

　①自分のおこづかいなどから少しでも多く募金や献金をする。

　②ご飯を食べるときは、自分の食べられる分だけを取り、なるべく残飯を出さないようにする

　の二つだ。この、私の出した結論が最も良いかはわからないが、この二つに気をつけて、これから生活していきたいと心から思った。

　日本ではこのような、貧しい子どもたちを助ける番組を時々やっている。そういう番組を見て、自分の生活をそれぞれが見直して、世界から少しでも困っている人が減るようにみんなで協力したい。そのために、1人1人が少しずつで良いから今自分の出来そうなことを実行することが必要なのだと思う。そうすれば、小さいことが積み重なって大きなパワーになると思う。

從句末的「思う」可以判斷此句的主語是「わたし」，即「思う」之前的內容也是作者的觀點。

　少しでも世界から貧しさに苦しんでいる人たちが少なくなれば、と思う。

（5）注意點與重要點類

　　細節題顧名思義就是測驗文章的細節，除了測驗文章中涉及的人物、時間、地點、方法等之外，還會就文中提到的具體事件進展、筆者獨特的觀點或畫線部分來提問，也可以測驗關鍵字句，這些都可以稱為注意點與重要點類的細節題。

　　由於考試時間緊迫，考生容易忽略細節，所以可先看後面的問題及選項，然後針對性的去閱讀文章。正確選項有時會明確的出現在文章中，有時在文章中有內容較為相似的敘述，較容易選擇。錯誤選項往往不注意文章的邏輯順序或作者的觀點，以偏概全，缺乏對細節的掌握，甚至有時會背離整篇文章主旨。因此除了注意畫線部分的意思，還應注意前後的連接詞是逆接或順接，需注意「……が、實は……」、「……とはいえ」、「……にもかかわらず」、「ばかりではなく」、「だけか」、「しかも」、「まして」、「ただし」、「……んじゃないか」等表示上下文關係的表達方式。

注意點與重要點類細節題常見的出題方式：

・「○○」はこれからどうなるか。
・「○○」とはあるが、これはどういう意味か。
・「○○」について、Aはどう主張しているのか。
・「○○」は具体的にいえば何のことか。
・「○○」について筆者はどういっているか。
・○○の重要性はどこにあるか。
・○○とあるが、どのような点で○○だと筆者は考えているか。
・○○とは何か。
・○○とあるが、どのような状態か。
・○○とあるが、それはどのような現象か。

・○○とあるが、○○とは何を指しているか。

・○○とは何を指すか。

搶分關鍵
看這裡

例題：

　立教大学准教授の社会学者・筒井淳也氏が、論壇サイト「BLOGOS（ブロゴス）」で「晩婚化の原因は『いい男』が減ったから」という論説を発表。刺激的なタイトルが呼び水となって、ネット上で話題となっている。

　筒井氏が述べた説は、一言でいえば「経済が原因で晩婚化が起きている」ということ。筒井氏は、日本の晩婚化の背景には、安定した将来を見込める男が少ないために「ミスマッチ」が生じており、「安定した雇用が提供されていないことによって、男性側も結婚に踏み切れないし、女性側も『コイツとは結婚できない』『相手がいない』となってしまう」と述べている。すると、この記事はネット上にも伝播し、「凄い納得する内容だ」と、氏の論説に賛意を示すコメントが登場したが、それ以上に話題になったのは記事のタイトル。筒井氏のいう、「『いい男』というのは見た目のことではなく、『安定した将来を見込める男』」という意味で使ったようだが、その部分に注目が集まってしまったため、思わぬ形で話題が展開。

　「これはいい釣りタイトル見事に釣られました」「『釣りタイトルに良記事なし』との考えを一新した！」と評価する意見もある一方、「編集部がつけた見出しが残念すぎる良記事」「タイトルの切り取り方が、ミスリードしてる」「内容とミスマッチした題名に悪意しか感じない」と、「釣りタイトル」に違和感を抱く人の声が多数寄せられた。

　とはいえ、結果的にこの記事に対するツイート数は1,000件を超え、2チャンネルに立てられたスレッドも3スレッド目（書き込み数2,000以上）に突入（3月16日現在）。多くの人から反響があったという意味では、BLOGOS編集部の戦略は見事に成功したようだ。

「一言でいえば」表示歸納總結。

「〜し」表示遞進。

此句明確指出文中人物的觀點。

注意話鋒的轉變。

「とはいえ」表示轉折。

前後呼應，點出BLOGOS編輯部的戰略。

釣りタイトル：思わず興味をひかれ、釣られてしまうような
　　　　　　　タイトルのこと

ツイート：コミュニケーションサービス「Twitter」で、書き
　　　　　込みを投稿すること、および、投稿されたメッ
　　　　　セージのことである

スレッド：インターネット上の掲示板などにおいて、特定の
　　　　　テーマに関連した一連の発言

問題1　筒井氏のいう「いい男」はどんな人のことを指しているか。

1. 男らしく振る舞う男
2. 見た目が良くて女性にもてる男
3. 自分の将来を切り開いていける男
4. 経済的に安定した将来を確保できる男

答案：4

問題2　「見事に成功したようだ」とあるが、何に成功したか。

1. 論説の見出しのつけ方に成功した。
2. 晩婚化の原因分析に成功した。
3. 良記事のタイトルと内容を一致させることに成功した。
4. 釣りタイトルに違和感を抱く人の固定的な観念を変えることに成功した。

答案：1

---

2 ▶ 細節類題型實戰演練

本章譯文
請見P.228

① 健康診査のご案内
　けんこうしんさ　　　　　あんない

　　健康診査は、生活習慣病の予防や早期発見のためには欠かせ
　けんこうしんさ　　　せいかつしゅうかんびょう　よぼう　そうきはっけん　　　　　　　か
ません。自分の健康状態について正確な知識を持ち、健康管理を
　　　　じぶん　けんこうじょうたい　　　　　せいかく　ちしき　も　けんこうかんり

続けるために健診を上手に役立ててください。

　町内のさくら病院で行っている健診は次のとおりです。年度内お一人様1回に限り、町内会が健診費用の一部を負担します。

　年1回の定期健診。健診や尿、血液を採取しての検査、胸や胃のレントゲン検査など約30項目の全般的な検査を行います。健診受診の対象者は平成24年度において35歳〜75歳の方です。7月10日〜8月10日の間に健診を受けてください。予約が必要となりますので、事前にさくら病院へお電話でご予約ください。なお、受診の際に健康保険証をお持ちください。

　詳しくは町内のさくら病院にお問い合せください。

關鍵詞彙

欠かす：缺，缺少。

役立てる：發生作用，有用。

レントゲン：X光片。

細節類特別練習：

健診を受けたい場合はどうすればいいか。

1. 町内会から助成金をもらい、なにも持たずに直接病院に行って受診する。
2. 町内会から助成金をもらい、病院に健康保険証を持参して受診する。
3. 電話で町内会を通して予約を取り、なにも持たずに直接病院に行って受診する。
4. 電話でさくら病院へ予約を取り、病院に健康保険証を持参して受診する。

答案：4

解析 問題是如果需要接受健檢應該怎麼做。文中的關鍵句是「事前にさくら病院へお電話でご予約ください。なお、受診の際に健康保険証をお持ちください」。也就是説

接受健檢有兩個條件，一個是打電話預約，另一個是攜帶健保卡去醫院。根據這兩個條件，我們發現只有選項4既提到了打電話預約，也提到了攜帶健保卡去醫院。所以正確答案是選項4。

② 貯金しやすい時期を知っておこう！

貯蓄の方法には大きく2つあって、「月々や半年など定期的に積み立てる」方法と、「余裕があるときにまとめて取り分ける」方法があります。

どちらにするかは家庭の事情によりますが、前者でコツコツとベースを作り、後者で上乗せできると理想的。前者は月々の収入と支出のバランスで計算できると思いますが、後者はいつなのでしょう？

それを知るためにライフプランをたてることが得策です。

ここでいうライフプランとは、将来にわたる家庭の収入と支出の予測をたてること。すると、自分の家庭でいつ余裕が出て、大変なのはいつごろなのかを知ることができます。

でも、自分たちの将来の予測をたてるのは簡単ではないかもしれません。

（育児情報サイト『ベビータウン』http://www.babytown.jpによる）

關鍵詞彙

余裕：寬裕，充裕。
ベース：基本，基礎。
ライフプラン：生活計畫。

細節類特別練習：

> この文章で言う、理想的な貯蓄の方法とは何か。
>
> 1. どの家庭でも月々や半年など定期的に積み立てる方法。
> 2. どの家庭でも余裕があるときにまとめて取り分ける方法。
> 3. 各家庭の事情によって判断された、二つのうちのどちらかの方法。
> 4. 将来にわたる家庭の収入と支出の予測をたてる方法。
>
> 答案：3

解析 文章介紹了兩種儲蓄方法。但文章第三行寫著「どちらにするかは家庭の事情によりますが」，意為「選擇儲蓄方法時，要根據每個家庭的情況判斷」，因此選項1、2都錯誤。選項4是文章原本的內容，但這是選擇第二種儲蓄方法前要做的。因此正確答案是選項3，根據每個家庭的情況來判斷。

難點：

1. ～ために：接在「名詞＋の」或動詞原形的後面，表示目的，意為「為了……」。

   例 世界平和のために国際会議が開かれた。／為了維護世界和平召開國際會議。

   例 ブランドのかばんを買うために、毎日アルバイトをし続けた。／為了買名牌包，每天打工賺錢。

2. ～にわたる：接在表示期間、次數、範圍的名詞之後，表示持續時間長、前後次數多或範圍廣大。

   例 数回にわたる話し合いによって、やっと和解ができた。／經過多次的商談，終於和解。

   例 長期にわたるストレスや夜勤が肥満を招く恐れがある。／長期的壓力或上夜班可能導致肥胖。

③ 「通勤」という名の 小旅行──最終電車

深夜の駅には、もう誰もいなかった。待つのは、私一人である。

売店もとっくに閉まり、反対のホームはすでに終電時間を過ぎているのか、電灯すら消されている。上り方向に当たるこの方面は、やや終電時間を遅く設定してあるの

だろう。そんなことを考えながら、あたりを見回した。

毎朝、わたしはここで降りて、ごった返す改札口へと向かう。

乗降客は比較的おおいものの、自動改札機のゲートは三つしかなく、朝のラッシュ時ともなれば、改札口付近は人間のダムになっていた。

それなのに、いまはもう誰もいない。

缶ジュースの自動販売機がまだ営業中だった。それでも、もうシャッターを半分閉めてある。終電が通り過ぎたら、完全に閉めることにしているのだろう。わたしは財布から百十円（當時は今より十円安かった）を取り出し、缶コーヒーを買った。

深夜時間帯のダイヤは、極端に本数を減らす。その路線は、確か夜11時を過ぎればもう一時間あたり四〜五本しかなかった。當然、零時過ぎは終電一本しかない。

電車の到着までには、まだ十五分ほどの時間があった。

「なんだ……それなら慌てて出ることもなかったな……」

わたしは自分の軽い失敗を口にしながら、木製のベンチに腰を下ろした。

(http://www005.upp.so-net.ne.jpjp/nanpu/novels/trafics_3.html による)

關鍵詞彙

とっくに：早就。

見回す：環視，張望。

ごった返す：十分擁擠，亂七八糟。

腰を下ろす：坐下。

細節類特別練習：

「わたしは自分の軽い失敗を口にしながら」とあるが、どんな失敗だったのか。

1. 終電が15分ほど前にも到着していたこと
2. 終電が15分ほど前にもう出てしまったこと
3. 終電には十分間に合うはずなのに、慌てて出たこと
4. 慌てて出たので、シャッターを半分しか閉めなかったこと

答案：3

解析 要想做對這道細節題，就必須正確理解「慌てて出ることもなかったな……」這句話的意思。「動詞原形＋ことはない」表示沒必要做某事，由此可知作者認為自己沒必要急急忙忙趕過來，因為「電車の到着までには、まだ十五分ほどの時間があった」。但如果粗心的將該句型與「動詞た型＋ことがない」混淆，就會出現理解上的偏差，錯誤的認為因為作者沒有抓緊時間出門，所以才「失敗」。選項3意為「離末班車來的時間還很充裕，但卻（誤以為沒時間了）急急忙忙趕了過來」，因此正確答案是選項3。

難點：

1. 〜ことはない：接在動詞原形的後面，表示沒必要做某事，意為「不必……」。

   例 心配することはないよ。わたしもついていくから。／不必擔心，我會陪你去的。

   例 困ったことがあったらいつでも言ってね。一人で悩むことはないよ。／有什麼困難就和我説，用不著一個人苦惱。

④ 二日酔い

前日にちょっとはめをはずしてしまい、飲みすぎてしまって二日酔いになってしまって困ったなんて経験ありませんか。そんなときは干し椎茸を3枚用意し、茶碗の中に入れて水を注ぎます。10分ほど待てば、椎茸のエキスが十分しみ出してきます。あとはそれを一気に飲みます。そうすれば1時間もしないうちにむかつきが収まってくるでしょう。

また、お酒を飲む時におつまみとしてチーズを食べると二日酔いの予防になります。チーズの中に含まれている良質のたんぱく質の働きによって肝臓の障害を食い止めてくれるのと同時に、二日酔いのもとになる「アセドアルデヒド」をチーズの成分が分解してくれるのです。さらに食前にチーズを食べる事でチーズの成分が胃を覆い、胃への負担を抑えてくれます。

關鍵詞彙

二日酔い：宿醉，醉到第二天。

はめをはずす：盡情，過分。

干し椎茸：乾香菇。

むかつき：反胃，噁心。

食い止める：防止，阻止，擋住。

アセドアルデヒド：乙醛。

覆う：掩蓋，遮掩。

細節類特別練習：

干し椎茸の入った水を飲んで、どれぐらいたてば、むかつきが収まってくるか。

1. 10分
2. 1時間
3. 1時間以上
4. 1時間以内

答案：4

解析　此題是測驗時間的細節題。這類題通常難度較低，且容易從原文中直接找出答案。文章第一段提到「そうすれば1時間もしないうちにむかつきが収まってくるでしょう」，意為「用不了一個小時反胃的感覺就會消失」，因此正確答案為選項4。

難點：

1. 〜すぎる：接在動詞ます形、形容詞詞幹的後面，意為「太……」「過於……」。

    例　このあたりの家はたかすぎて、とても買えない。／這一帶的房子太貴，根本買不起。

    例　タバコを吸いすぎて、肺がわるくなっている。／吸菸過多，肺出了毛病。

2. 〜と同時に：**前接句子普通形，正式場合也可以接禮貌形，意為「同時……」。**

    例　社会に巣立つ若者に対して、期待するところが大きいと同時に些かの懸念も残る。／對於即將步入社會的青年，我很期待他們的表現，同時也有些擔心。

    例　この手術はかなりの危険を伴うと同時に費用もかかる。／這項手術伴隨著相當大的風險，同時費用昂貴。

⑤　一日を36時間にする方法

「1日が24時間じゃ足らない！！」とよく思うことがある。正確にはそんなことも「あった」かもしれない。朝起きて、学校へ行き、部活動に参加して、塾へ行き、帰って寝る……私の毎日はこれのくり返しだ。もっと自分がしたいことだってあるし、学校や塾の宿題が終わらないこともある。そんなときに「もっと時間があったらいいなぁ」と思うのだ。

友達にこのことを言ったら、こんなことを言われた。

「じゃあ1日を24時間じゃなくすればいいじゃないの？」……驚いた。そんなことが出来たらどんなにいいのだろう。どうしたらそんなことが出来るのだろう。次々と湧いてくる疑問を抑えられなくなって、すぐに尋ねた。

「どうしたらそんなことが出来るの？」

大声で笑って、友達は言う。

「1日に24時間あって、その24時間には24時間分のやるべきことがあるでしょ。それが娯楽だったとしても、仕事だったとしても、ただの睡眠だったとしても……だった

ら、24時間という時間の中に24時間以上のやるべきことを詰め込めばいいんだよ。もし、今の方法の1.5倍の効率でいろいろできたら、一日は36時間になるでしょ。」

確かにそうである。

その日から、私の「1日を36時間にする」ための苦労の日々が始まった。一つ一つの行動を素早く行うために携帯電話はリビングに置きっぱなしにし、学校や塾の移動中にも暗記物をし、とにかく時間の密度を濃くしていった。その甲斐あって、一時は生活にも余裕ができた。

しかし、今は違う。今の私は「1日が36時間じゃ足らない！！」と思ってしまう。36時間でもやりきれないほどのやりたいことがあるのだ。

人というのは不思議な生き物で、次から次へとやりたいことが見つかるらしい。残された道はただ1つ。私はこう思った。

——これからは「1日を48時間にする」ために努力をしていこう。

關鍵詞彙

娯楽：娛樂。

詰め込む：裝滿，塞滿。

素早い：快速的，敏捷的，俐落的。

とにかく：無論如何，總之，反正。

密度が濃い：密度大。

甲斐：效果，價值，用處。

細節類特別練習：

1日を36時間にする方法としてもっとも適切なものとは何か。

1. 学校や塾の移動中にも暗記物をすること。
2. 次から次へとやりたいことを見つけること。
3. 仕事や娯楽などやるべきことを詰め込むこと。
4. 今の効率を1.5倍にすること。

答案：4

解析 這道題是測驗方法的細節題。文章説明如何把一天24小時當作36小時來使用。根據題目，我們要找出把一天24小時當36小時使用的方法。首先看選項1，「学校や塾の移動中にも暗記物をすること」，其實是為了「一つ一つの行動を素早く行うため」，顯然與題目不符。選項2「次から次へとやりたいことを見つけること」與題目無關。選項3「仕事や娯楽などやるべきことを詰め込むこと」，意為「把工作、娛樂等該做的事情排滿」，但沒有表達出原文中的「24時間に24時間以上の」的意思。選項4「今の効率を1.5倍にすること」也就是把現在的工作效率提高1.5倍，那麼一天就變成了24×1.5＝36小時。因此正確答案是選項4。

難點：

1. 〜べき：用法為「名詞、形容動詞＋であるべき」「形容詞＋くあるべき」「動詞原形＋べき」，意為「應該……」「應當……」。

   例 学生は勉強す（る）べきだ。／學生應該好好學習。

   例 近頃は小学生まで塾に通っているそうだが、子供はもっと遊ばせるべきだ。
   ／聽説最近連小學生都去上補習班了，但我認為更應該讓孩子自由的遊玩。

2. 〜っぱなし：接在動詞ます形的後面，構成名詞性詞組，意為「放任……」「置之不管」「持續」，或「一直……」「總是……」。

   例 ドアを開けっぱなしにしないでください。／別開著門不關。

   例 うちのチームはこのごろずっと負けっぱなしだ。／我們隊伍最近總是輸。

⑥　百円玉で世界を救う

先日、テレビで「百円玉に愛をこめて」という番組を見た。今世界各国にいる貧しい子どもを芸能人が取材し、募金から百円をもらって、百円分の物をあげるというものだ。

この番組を見て、改めて自分がどれだけ裕福な暮らしをしているか、また、私が貧しい子どもたちに何をしてあげるべきか、などを考えさせられた。

私には今、食べる物も着る物も、生活に必要な物はすべて与えられている。しかし、世界には明日食べるパン1切れが買えない人もいる。そんな人たちのために私は今何をするべきなのか。考えた結果、私なりの結論が出た。それは、

①自分のおこづかいなどから少しでも多く募金や献金をする。

②ご飯を食べるときは、自分の食べられる分だけを取り、なるべく残飯を出さないようにする。

の二つだ。この、私の出した結論が最も良いかはわからないが、この二つに気をつけて、これから生活していきたいと心から思った。

日本ではこのような、貧しい子どもたちを助ける番組を時々やっている。そういう番組を見て、自分の生活をそれぞれが見直して、世界から少しでも困っている人が減るようにみんなで協力したい。そのために、1人1人が少しずつで良いから今自分の出来そうなことを実行することが必要なのだと思う。そうすれば、小さいことが積み重なって大きなパワーになると思う。少しでも世界から貧しさに苦しんでいる人たちが少なくなれば、と思う。

裕福：富裕。

おこづかい：零用錢。

献金：捐款，捐獻。

残飯：剩飯。

パワー：力量，勢力。

細節類特別練習：

> 世界の貧しい子供たちを救う筆者の自分なりの方法は下記のどれか。
>
> 1. 自分のおこづかいをたくさん貯めること。
> 2. 自分の食べる分だけの食事を取ること。
> 3. 残飯をなるべく多くすること。
> 4. 「百円玉に愛をこめて」という番組を見ること。
>
> 答案：2

解析 這道題是測驗方法的細節題，關鍵詞是「自分なりの方法」，需要在文章中找出作者幫助貧困小孩的方法。選項1「自分のおこづかいをたくさん貯めること」，意為「多存零用錢」，但文章寫的是「自分のおこづかいなどから少しでも多く募金や献金をする」，意為「多把自己的零用錢捐給別人」。選項2「自分の食べる分だけの食事を取ること」，意為「盛飯時只盛自己能吃的量」。選項3「残飯をなるべく多くすること」，意為「盡量多剩飯」。文章寫的是「自分の食べられる分だけを取り、なるべく残飯を出さないようにする」，意為「盛飯時只盛自己能吃的量，盡量不剩飯」，選項4用常識判斷也是錯誤的。因此正確答案是選項2。

難點：

1. ～なり：接在名詞、形容詞原形的後面，意為「與……相適」。

   例　私なりに努力はしてみましたが、力が及びませんでした。／我盡我所能了，但是我的能力不足。

   例　彼らは経験が浅いなりによく頑張ってやってくれる。／他們雖然經驗不足，但卻非常努力。

⑦ 捨てられない

寝床以上に大変なのは食べ物の確保だった。私は昼間会社員として勤めているので、稼ぎはあるが、郷に入れば郷に従え、ホームレスの時はなるべく金を持ち歩かないようにしていた。

ボランティア団体による配給などもあるが、やはりホームレスの基本は残飯だ。足を使い、飲食店やコンビニのゴミ袋の中から食べられそうな物を探す。新人の頃は大変だが、慣れれば大体どこの店に何があるのか把握してくるので、効率良く店を回れるようになるらしい。どのホームレスも二、三軒は自分の馴染みの店を持っているものだ。

深夜、新宿西口からほど近い国道沿いにある一軒のコンビニの前で、私は一時間近く店の前を行ったり来たりしていた。

このコンビニに辿り着くまで、既に二十軒以上も回った。ここの、ゴミ置き場なら鍵も掛かっておらず、そこに置かれた半透明のゴミ袋の中には弁当が見えている。やっと見つけた好都合な店だった。なのに私は躊躇していた。理由は単純。他人の目が気になっていた。捨てたはずの（　①　）がわずかに残っていたのだ。

周囲を気にしながら、ゆっくりと忍び寄り、人の気配がするたびに私は慌てて飛び離れ、いなくなったのを確認してから再びゴミ置き場へ近づく。深夜の割りに客の出入りが激しい店で、そんなことをずっと繰り返していた。

一時間後、どうにかして、初めてゴミ袋の結び口に手を掛けることができた。指先に全神経を集中させて結び口を解く。が、異常に小さくて固い結び口に手間取った。

そのせいで、人通りまで気を配れず、ついに店に来たOL風の客と目が合ってしまっ

た。女性は私を憐れんだ目で見ていた。

誤魔化そう。

深夜にゴミ袋をホームレスが漁る姿は、誤魔化しようがないはずなのに、わずかに残っていた私の（　②　）がそれを許さなかった。きっと、彼女が美人だったのも理由だろう。

しかし、咄嗟に口から出た言葉は、情けなくなるほど薄っぺらだった。

「あ、間違えた。」

ゴミ袋を漁って一体何を間違えたんだろうか。

失敗した、そう思った私は慌ててその女性の後を追って店内に入り、念のために持っていた千円札で弁当を買ってしまった。見えるように弁当を手に持って何度か彼女の前を通った。

「私は弁当を買う金を持っています。」

とアピールするためだった。結局、何をどう誤魔化したかったのか自分でもわからなかったが、どう判断するかは彼女の想像力に任せて店を出た。

公園にはすぐに戻らず、弁当の賞味期限が切れるのを待ってから戻った。そして、モーゼ（人名）の元へ行き、

「今日はこれだけでした。」

と言って弁当を食べた。

間違っても買ったなんて言えない、それはホームレスとしての（　③　）だった。

（劇団ひとり『陰日向に咲く』による）

關鍵詞彙

郷に入れば郷に従え：入境隨俗。

辿り着く：到達，好不容易才堅持到。

わずか：稍微，僅僅。

忍び寄る：偷偷接近。

憐れむ：覺得可憐，憐愛。

誤魔化す：蒙混，欺瞞，敷衍。

漁る：尋找食物。

咄嗟：瞬間，立刻。

薄っぺら：膚淺，淺薄。

念のために：以防萬一。

細節類特別練習：

①～③の（　　　）に入る同じ言葉は下記のどれか。

1. プライド
2. 想像力
3. 気持ち
4. 両面性

答案：1

解析 這是篇小說體裁的文章。由於小說有其主觀性、多樣性和自由性，往往難度較大，難以讀懂。考生在解題時要注意不要只停留在表面的文字敘述，而要著眼在作者想抒發的感情及寫作的深層意圖。此題是一道填空型細節，用代入法解題最合適。把4個選項分別代入原文，看句子是否通順，前後片語是否搭配，文章意思是否連貫等。這道題的4個選項中符合以上條件的只有選項1「プライド」。

難點：

1. ～らしい（1）：前接句子常體，表示客觀推測，意為「似乎……」「好像……」。

　　例 彼はもう帰ったらしい。／他似乎已經回去了。

　　例 だめだったらしい。／似乎不行。

2. ～割りに：接在名詞、形容詞、形容動詞等的名詞修飾形的後面，意為「雖然……但是……」「相對而言……」。

   例　この店は安い割にはおいしい。／這家店雖然很便宜，但是很好吃。

   例　この子は小学生の割には、覚えている漢字が多いです。／這個孩子雖然是小學生，但是認識的漢字很多。

3. ～ようがない：接在動詞ます形的後面，意為「沒有……的辦法」「無法……」。

   例　留学という夢をあきらめようがない。／無法放棄留學的夢想。

   例　この問題は難しすぎて、説明しようがない。／這個問題很難，無法解釋清楚。

第**5**章 句意分析類題型

1 ▶ 句意分析類題型解題技巧

　　句意分析類題型多以畫線題的形式出現，也有人叫它是「更換措辭題」，也就是用另一種表達方式來解釋文章句子的意思。這類題有時不單是要解釋一個短語或者句子，往往還需要聯繫上下文，並結合文章的主題等相關知識才能解答。在讀解題中，句意分析類題型屬於涉獵面廣、難度偏大的一類。在N2讀解部分的文章中，每篇文章都可能出現這種類型的題目，每次考試總共有0～2題。

　　此類題的解題方法如下：

　　第一種：在保持原句結構基本不變的前提下，分析關鍵詞彙或者詞組→尋找答案
　　　　　　（如果找不到答案，按照第二種方法繼續解題）
　　第二種：根據上下文分析句意→尋找答案
　　　　　　（如果還找不到答案，按照第三種方法繼續解題）
　　第三種：在掌握文章主題的前提下，原句作一歸納→尋找答案

　　總之，這類題的解題步驟就是分析句子結構，找出關鍵字和關鍵詞所指的具體內容，最後結合整篇文章的中心思想對句子進行歸納。多數情況可以採用刪去法找出正確答案。

句意分析類題型常見的出題方式：

・○○とは何か。

・○○とは何のことか。

・○○とはどんな意味か。

・○○とはどのようなことか。

・「○○」とあるが、どういうこと／もの／内容／意味か。

・下線を引いている文に近い表現はどれか。

・下線部の正しい解釈は以下のどれか。

例題：

　日米貿易収支の不均衡を是正するために、最近アメリカは日本に、アメリカ製品を買うようにという圧力をかけている。仮に日本人がアメリカのフォードやジェネラルモーターズなどの車を買うとしよう。先ず、問題になるのは運転席がアメリカと同じ左側にあることである。交通渋滞が頻繁に起こる日本の道で、左側通行なのに左側に座って運転するのは至極不便である。よくステータスシンボルのためにわざと運転席を左側のままにしておく、と言われるが、実用面から考えるとはなはだ不便極まりない。しかも、アメリカ車は、日本車と比較して車幅がずっと広く、狭い道が多い日本では接触事故等が起こりやすくなるし、車庫に入れる時等余分な神経を使わなければならない。幸い順調に走っている間は問題がない。ところが、一度故障すると実に厄介だ。先ず、部品の交換に時間がかかる。修理工場に部品があればいいが、往々にしてない。そのため何日も車が使えなくて不便な思いをすることがよくある。又、普通は部品の値段が高くて余計に金を払わせられる。時には、使い方の説明書が英語のままであったり、非常に複雑で分かりにくかったりする。面倒臭いことばかりなので、買うのを諦めてしまいかねない。

（http://home.wlu.edu/~ujiek/yomi30.htmlによる）

引出話題：美國向日本施壓，要求日本人購買美國車。

初步分析：實際使用中，美國車在駕駛座設計、車體大小等方面不符合日本人的需求。注意「先ず、しかも」等表達方式。

進一步分析：一旦發生故障可能出現的各種麻煩。

結論：日本人可能不會購買美國車。

搶分關鍵
看這裡

問題1 「余分な神経を使わなければならない」とあるが、どういうことか。

1. 駐車料金をより多く払わなければならないこと
2. 駐車する際に更なる注意と苦労が必要であること
3. 大きい車庫を見つけるのに大変苦労すること
4. 車体が大きいことで断られることが多いこと

答案：2

「躊躇」意為「猶豫」，該選項意為「麻煩事特別多，所以可能會猶豫要不要買」，邏輯關係也成立，很容易會讓人困惑。但畫線句意為「可能會放棄購買」，選項4「断念する」句意更接近。

問題2 「買うのを諦めてしまいかねない」とあるが、それに一番近い表現は次のどれか。

1. 買うのをやめられない。
2. 買うのを躊躇するかもしれない。
3. 買えないのを残念がるかもしれない。
4. 買うのを断念するかもしれない。

答案：4

解説：

問題1

| 余分な神経を使わなければならない | 在前文尋找相關資訊 |

| ①アメリカ車は車幅がずっと広い
②日本は道が狭い | 整合資訊，並且分析它們之間的關係 |

| 車庫が狭いため、車幅の広いアメリカ車を車庫に入れるのが大変難しい | 根據該結論，找出與之相符的選項 |

| 駐車する際に更なる注意と苦労が必要であること | ➡ | 代入題目，看邏輯關係是否成立 |

問題2

| 買うのを諦めてしまいかねない | ➡ | 找出此句的關鍵詞 |

| 諦める、〜かねない | ➡ | 根據詞義與句型理解句意後，選擇與句意相近的選項 |

| 上記したキーワードの意味が分からない場合 | ➡ | 將選項一一代入，看與上文因果關係是否成立，然後將不成立的選項排除，再排除疑惑選項 |

| 買うのを断念するかもしれない |

▶ 句意分析類題型實戰演練

本章譯文
請見P.233

① 過保護（か ほ ご）

最近、部活の練習（れんしゅう）などで遠い場所へ行くと、社会的（しゃかいてき）な常識（じょうしき）というか、やる気（き）のようなものが問（と）われる。なるべく多（おお）くの友達（ともだち）と帰（かえ）るためにはどういうルートをとるべきか、その他、急行（きゅうこう）や準急（じゅんきゅう）なども、どっちの方（ほう）が安（やす）いか、早（はや）いかなども考（かんが）えて、最終的（さいしゅうてき）な判断（はんだん）を下（くだ）さなければならない。

僕（ぼく）の学校（がっこう）でこんな例（れい）を聞（き）いた。その子（こ）はどこに行（い）くにも送（おく）り迎（むか）えをしてもらっていたので、中学生（ちゅうがくせい）になって、いざ電車（でんしゃ）で通（かよ）う段階（だんかい）になるまで切符（きっぷ）の買（か）い方（かた）を知（し）らなかった。だから、新学期最（しんがっきさい）初（しょ）の1か月（げつ）は、学校（がっこう）の最寄（もよ）り駅（えき）まで送（おく）ってもらっていたという。子（こ）どもにも問題（もんだい）はあるが、むしろ中学生（ちゅうがくせい）になるまでそれを許（ゆる）していた親（おや）にも、もっと勇気（ゆうき）が必要（ひつよう）だったと思（おも）う。

逆（ぎゃく）の例（れい）もある。僕（ぼく）の友（とも）だちは部活（ぶかつ）の合宿（がっしゅく）の前夜（ぜんや）まで準備（じゅんび）をしていなくて、練習着（れんしゅうぎ）の洗濯（せんたく）も出（だ）していなかった。そこで怒（おこ）ったお母（かあ）さんは、9時頃寝（じごろね）てしまい、友達（ともだち）は1人（り）で洗濯（せんたく）と準備（じゅんび）をし、洗濯（せんたく）が終（お）わると干（ほ）した。寝（ね）たのは深夜（しんや）になってしまっていたが、これをさせたお母（かあ）さんはとても勇気（ゆうき）があったと思（おも）う。こうしたことの積（つ）み重（かさ）ねによって、本当（ほんとう）に反省（はんせい）し子（こ）どもも成長（せいちょう）する。親（おや）にやってもらえばいいや、という気持（きも）ちではまた甘（あま）えてしまうだろう

親には勇気がない。子どもにも自立心がない。過保護社会と言われ、学校にも親からの理不尽なクレームが増えている。「可愛い子には旅をさせよ」と昔からよく言う。僕の好きな歌にも、こんな一節がある。「過保護に包み込んだ炎は、自らの煙に沈むんだ」。厳しい言葉かもしれないが、胸の奥に刻んでおくべき言葉だと思う。

關鍵詞彙

いざ：一旦。

最寄り駅：最近的車站。

理不尽：不合理，不講道理。

句意分析類特別練習：

「可愛い子には旅をさせよ」とはあるが、適切な解釈はどれか。

1. 子供のことを可愛いと思うなら、各地に旅をさせて視野を広げたほうがよい。
2. 子供が可愛いなら、甘やかさないで世間に出して苦労をさせたほうがよい。
3. 可愛い子のために、親として世間の辛さを知っておいたほうがよい。
4. 子供を可愛くするために、親として旅行をいっぱいさせたほうがよい。

答案：2

解析　「可愛い子には旅をさせよ」是一句日語諺語，如果以前學過這句諺語就很容易找出答案，如果沒有學過也可以透過分析文章的主旨來尋找答案。這篇文章的題目是《過度保護》，主要講述了作者反對父母溺愛和過度保護孩子，因為父母這樣做會導致孩子沒有獨立自主能力。作者提倡孩子應該多鍛鍊、多吃苦，他認為家長也應該意識到這一點。明確文章的主旨之後，觀察每個選項，選項1意為「愛孩子就要讓孩子去各地旅行，開闊眼界」，選項2意為「愛孩子就不要溺愛孩子，並且讓孩子經歷世間的磨難」，選項3意為「為了孩子，父母要知道世間冷暖」，選項4意為「為了讓孩子更可愛，父母要讓他們多去旅行」。我們可以立即排除與主旨不相符的選項3和選項4。選項1和選項2的主要區別在於對「旅」這個詞的理解，既然是諺語，「旅」在這裡就不是字面上的「旅行」的意思

了，應該考慮它更深層的含義，因此就排除了選項1，正確答案是選項2。

難點：

1. むしろ～：連接兩個句子，意為「倒不如說……」「反倒……」。

   例　景気はよくなるどころか、むしろ悪くなってきている。／經濟狀況非但沒有好轉，反而越來越糟。

   例　彼は金儲けばかり考えているから、医者というよりむしろ商人だ。／他光想著如何賺錢，與其說是一名醫生，還不如說是一名商人。

②　左右バラバラ

　　現代人の無意識についての状態を象徴的に示しているかのように見えるのが、右脳と左脳が分離している患者である。彼らはそれぞれの脳が正反対のことをやろうとする。左脳が靴下を脱ごうとしているのに、右脳は逆に履こうとしていたりする。

　　外から見ると、この人の右手は靴下を脱ごうとしているのに、左手で抑えている。左脳にある意識は、なぜそうなるのかわからない。本人には、左手がそんな風に意識しないところで妨害していることはわからないのだ。

　　実は、人間誰もが似たような状況にあるのではないか。つまり、迷っている、悩んでいる、という場合、そういう状態だったりする。自分の中にも別の自分＝無意識がいるし、それは往々にして意識とは逆の立場をとっている。

　　だから人間は悩むのが当たり前で、生きている限り悩むものなのだ。それなのに悩みがあること、全てがハッキリしないことを良くないことと思い、無理やり悩みを無くそうとした挙句、絶対に確かなものが欲しくなるから科学なり宗教なりを絶対視しようとする。

（養老孟司『バカの壁』による）

往々にして：經常，常常。

絶対視：看法絕對。

句意分析類特別練習：

> 「科学なり宗教なりを絶対視しようとする」に最も近い言い方はどれか。
>
> 1. 科学と宗教を絶対化しようとする。
> 2. 科学や宗教などを絶対に無視しようとする。
> 3. 科学でも宗教でも絶対的に考えようとする。
> 4. 科学なら宗教なら絶対に大切にしようとする。
>
> 答案：3

解析 首先觀察這4個選項，會發現關鍵就在於對畫線部分中「～なり～なり」和「絶対視」這兩個詞的理解。對於「科学なり宗教なり」這個部分，即使不知道它確切的意思，也可以從這個形式推測它表示列舉或者選擇。而「絶対視」這個詞，我們可以從前句推測出它指的是「用絕對的眼光來思考或者判斷某事」。弄清楚這兩個關鍵部分，就可以用刪去法來尋找正確的答案。選項1和選項4，對兩個部分的解釋都不正確，選項2對「絶対視」的解釋也不正確，所以正確答案為選項3。

難點：

1. ～挙句：接在「名詞＋の」或動詞た形的後面，表示狀態持續了一段時間後有了不好的結果，意為「結果……」「最後……」。

   例 彼は三度の手術の挙句、とうとう死んでしまった。／他做了三次手術，最後還是去世了。

   例 あの人は生活に困った挙句、泥棒になった。／那個人生活很拮据，最後成了小偷。

2. ～なり～なり：接在名詞、動詞原形的後面，意為「或者……或者……」。

   例 電話なり手紙なりで知らせる。／打電話或者寫信通知對方。

   例 叱るなり褒めるなり、はっきりとした態度をとらなければだめだ。／是批評還是表揚，必須有個明確的態度。

③ 日本の「絶食系男子」

少子化や晩婚化が叫ばれ、「結婚」についての問題がメディアでも大きく報じられるようになった。結婚したくてもできない。そんな人が増えている現状は、この連載でも度々触れてきたとおりである。

しかし、足もとで進行している状況は、そんな悠長なものではない。「できない」のではなく、「そもそもしたくない」と考えている人が増加してきているからだ。

ライフネット生命保険が全国の20代独身男性に調査したところ、「将来的にも結婚したくない」と考えている人は35.3%にも及んでいる。フリーターだけのデータでは、47.3%が「結婚したくない」と回答しているというから深刻だ。

結婚情報サービス会社のオーネットが、こうした「絶食系男子」のことを詳細に分析しているので、チェックしていこう。

25～34歳の独身男性に対する調査の中で、「恋愛に興味はなく、女性なしで人生を楽しめる」と回答した絶食系男子の割合は14.4%。そのなかで交際経験がない男性は51%、つまり二人に一人にも及んだ。

ちなみに、話題の草食系男子のうち交際経験がないのは17%だった。「恋愛にガツガツ」しないと言いながらも、8割以上は交際経験を持っているのだ。自分からは積極的に女性にアプローチしないものの、機会があれば交際するというスタンスなのだろうか。

肉食系女子は「最近の男子は草食系で困る」と感じているかもしれないが、相手が草食系なのか絶食系なのか見極めなければ、「押しても押しても、反応がない」という悲しい結果に終わってしまう可能性もある。

職業別に絶食系男子の割合を見ると、農林水産業従事が38%でトップ。続いてSE／プログラマーが29%、建設／工事従事が20%という結果になった。

（http://diamond.jp/articles/-/27706による）

關鍵詞彙

フリーター：自由工作者。

ガツガツ：貪婪。

スタンス：姿勢，態度。

見極める：看透，看清。

句意分析類特別練習：

「押しても押しても、反応がない」とあるが、それはどんなことを指すか。

1. プレッシャーを与えても与えても、反応がないこと。
2. 無理に物事を進めても進めても、反応がないこと。
3. 結果を確かめても確かめても、反応がないこと。
4. 積極的にアプローチしても、反応がないこと。

答案：4

解析 這道題裡的「押す」是一個多義詞，僅靠題目中的這句話很難判斷它具體的意思，必須透過上下文來推測。文中「押す」的主語是句首的「肉食系女子」，對象是「草食系、絕食系男子」，也就是指女性主動向男性示好，而男性卻沒有反應。那麼和這個意思最接近的就是選項4「積極主動去接近對方，對方卻沒有反應」。

難點：

1. そもそも：副詞，後接句子，意為「原本……」「本來……」。

   例 この喧嘩はそもそも君の誤解から始まったんじゃないか。／這次爭吵本來就是你的誤解導致的。

   例 そう考えるのがそもそも間違っている。／那樣想本來就是錯的。

④　子供の学び

　あなたが子どものころ、友達と仲良く遊んでいたのに、<u>ふとしたきっかけ</u>でけんかになり、また仲直りした経験はなかっただろうか。大人になっても、自分と相手の意見が対立し、それを解決するために互いの意見を調整して、納得できるところを探っていく場合がある。この過程は、相手の立場を尊重する態度や、その上で自分の意見を伝えて調整する方法などを学ぶことにつながる。子どもは、友達と遊ぶという行動を通して、この学びを体験する機会を得ている。

　現代では、同世代の子どもの数が減り、地域などの生活の場において集団で交流する体験が希薄化していると言われる。一方、インターネットの普及で、直接は対面していない人と情報の交換をしながら、ゲームを楽しむこともできる。このように、子どもどうしの直接的な交流が減っているなかで、現代の子どもは、人間関係における態度や方法をどう学んでいくのか。その答えを見つけるには、子どもの成長を長期的にみる必要があるだろう。

　人間関係の背景として、時代による社会変化は無視できない。それでも、互いを尊重して調整し合う態度や方法を身に付けておくことは、いかに社会が変化しても大切だろう。これから、あなたが成長していくなかで、そういった態度や方法を、よりいっそう意識して身に付けていってほしい。

（「2013年度センター試験」による）

關鍵詞彙

ふと：意外，偶然。

いかに：無論怎麼也。

よりいっそう：更加，越發。

句意分析類特別練習：

「ふとしたきっかけ」とは何のことか、一番近い内容を選びなさい。

1. 些細な意見
2. 突然出てきた話
3. 意外と思ったもの
4. 偶然起きたトラブル

答案：4

解析 這道句意分析題實際測驗的是對兩個關鍵詞的理解，即「ふと」和「きっかけ」。要分析這兩個詞的意思和用法，除了通讀全文瞭解作者的意圖以外，還要看上下文的意思。它的前文是「あなたが子どものころ、友達と仲良く遊んでいたのに」，其中「のに」是表示遺憾及責備的逆接連接詞。而它的後文是「また仲直りした経験はなかっただろうか」。由此可以看出「きっかけ」指的是「けんかになる始まり」，可能是一件小事，也有可能是具體的事物或者話語，那麼涵蓋了這些含義的語詞，就是選項4中的「トラブル」。而「ふと」又意為「意外，偶然」，那麼正確答案就是選項4。

難點：

1. ～につながる：接在名詞或「動詞原形＋こと」的後面，表示導致、引起某一結果，意為「引發⋯⋯」「帶來⋯⋯」。

   例 一人一人の努力が環境保全につながる。／每個人的努力都與環境保護息息相關。

   例 飲酒運転は大事故につながるから危険だ。／酒後開車會造成重大交通事故，很危險。

2. 〜において：接在名詞的後面，相當於格助詞「で」。表示動作進行的場所、時間、範圍、領域等，意為「在……方面」「在……地點」「在……時候」。

例 日本においては、20歳未満の飲酒は法律で禁じられています。／在日本，法律禁止20歳以下的年輕人飲酒。

例 最近、人々の価値観において、小さな変化が見られます。／最近，可看到人們的價值觀發生了微妙的變化。

3. 〜における：「において」的連體形，以「名詞＋における＋名詞」的形式表示動作進行的場所、時間、範圍、領域等，意為「在……方面的」「在……的」。

例 海外における日本企業の数は年々増えています。／在海外發展的日本企業的數量年年增加。

例 山田先生は現代における最大の言語学者です。／山田先生是現代最有名的語言學家。

⑤ 専業主婦になりたいニッポン女子

昨今、ようやく女性が本来持っていた能力をビジネスにも発揮できる環境が整いつつあります。この状況はばりばりのキャリアを志向する女性たちにとっては、長年待ち望んでいたことがようやく実現するという意味で、喜ばしい出来事だと思います。

しかし、日本では、まだまだ専業主婦を志向する女性の数は少なくありません。資格講座の通信教育を行っている(株)ユーキャンがPRエージェンシーの(株)アイシェアと共同で行った調査では、未婚女性の半数以上が、出産後は「専業主婦になりたい」と回答しています。特に20代の「専業主婦」希望は58.5％と高く、若い世代ほど出産後専業主婦になりたいというあこがれを持っていることが浮き彫りになっています。

独身女性の半数以上が「出産後専業主婦になりたいと思っている」という調査の

結果と合わせて 考えると、日本ではいまだ男性が女性を 養うのを当然とする風 潮 が残っており、また、 養ってもらいたいと思っている女性がまだまだたくさんいるという事実を裏付けるものだと言っていいでしょう。

　ひところはやっていた婚活パーティーでは、弁護士や医師など、一般的に高 給 取りだと 考えられている 職 種の男性との出会いを求める女性が多く、こういう 職 業に就いている男性を優遇する婚活会社もあると聞いたことがあります。

　このように、「経 済 力」のある独身男性は引く手あまたですが、一方で、「男性不 況」のさなか、急 増している低所得男性にとっては、「経 済 力」のなさが結婚の足かせになってしまっているのが実態です。

昨今：最近，近來。

喜ばしい：可喜，高興，喜悅。

浮き彫りになる：顯現。

裏付ける：證明。

ひところ：曾有一時。

高給取り：高收入。

引く手あまた：搶手，受歡迎。

男性不況：近年來，日本社會中男性社會價值下降的情況。

足かせ：累贅，牽絆。

> 「急増している<u>低所得男性にとっては、「経済力」のなさが結婚の足かせになってし</u>
> <u>まっているのが実態です</u>」の背景となるのは以下のどれか。
>
> 1. 女性が自己能力を発揮できる社会になっているから
> 2. バリバリの女性が急増している一方、男性がますます不況に陥りつつあるから
> 3. 相手の収入が高ければ、どのような人でもいいというから
> 4. 調査によると女性の多数が専業主婦を希望することが明らかになったから
>
> 答案：4

解析 題目問的是「對於低收入男性來説，沒有經濟能力阻礙了他們的婚姻」這一現象的社會背景是什麼，解題時需要從經濟能力如何牽制結婚這點來歸納文章內容。文中的調查結果顯示，不少女性希望成為全職太太，一半以上的單身女性希望生育以後成為全職太太，這反映出多數女性希望婚後能由男方撫養，如果男方沒有經濟能力，就難以承擔撫養太太的責任，因此他們不會成為未婚女性理想的選擇對象，所以正確答案為選項4。選項1、2與造成這一現狀沒有直接的邏輯關係，而選項3前半句雖然正確，但文中並未提及「どのような人でもいい」。

難點：

1. 〜にとって：多接在表示人或組織的名詞後面，意為「從其立場來看」「對於……來說」。後句不能接贊成、反對、感謝等表明態度的詞語。

   例 彼にとって、英語は母語のようなものです。／對他而言，英語就像母語一樣。

   例 病床の私にとっては、友人の励ましが何よりもありがたいものだった。／對於躺在病床上的我來說，朋友的鼓勵是最寶貴的。

⑥ 災害とメディア

　今回の災害をめぐる外国メディアの報道に、<u>一喜一憂する必要はまったくない</u>。メディアとは、国外国内を問わず、次の性格を持つものだからである。

　一、何か起らないと報道しない。

二、悪いことならば何であろうと取り上げるのに、事態がうまく進んでいるような場合だと、報道心を刺激されないのか、取り上げられることはなはだ少なくなる。

三、自分の国や自分自身が興味をもつことしか報道しない。

四、とはいえ報道人も職人なので、毎日何かを書き言わねば仕事にならない。それでもないときは、予測記事をたれ流す。それがまた、たいていの場合的をはずれている。

災害から三ヶ月が過ぎて、国内国外のメディアに接しながら考えてしまった。

所詮は、自分たちのことは自分たちだけで解決しなければならないのである。他国はどこも助けてくれない。いや、どこも、ほんとうのところは日本を助けられる状況にもないのだが、だからこそ、自国のことは自国でやるしかないのだ。それだと仮に助けてくれた場合でも、予期しないボーナスでももらった感じで、ありがとうと素直にいえるだろう。

（「心に灯がつく人生の話──今こそ聞くべき名講演10」『文藝春秋』2011年8月号による）

關鍵詞彙

一喜一憂：時而高興時而擔憂。

はなはだ：很，非常，極其。

たれ流す：隨意排放。

所詮：最終。

予期：預料，預期，預想。

句意分析類特別練習：

「一喜一憂する必要はまったくない」とあるが、その理由として考えられないものはどれか。

1. 自分の国や自分自身が興味を持つことのみ放送するから。
2. 何か起きないと報道しないから。
3. 事態がうまく進んでいる悪い記事は必ず報道するから。
4. 予期記事を流すが、たいていはずれているから。

答案：3

解析 首先仔細閱讀題目，這道題是根據句子的意思找出不符合原因的選項。文章提及了4點原因，因此我們在選項裡找出與這4點原因不符的內容即可。選項1「自分の国や自分自身が興味を持つことのみ放送する」，意為「只報導自己國家或自己感興趣的新聞」，與文章內容相符。選項2「何か起きないと報道しない」，意為「如果不發生什麼事情就不報導」，也與文章內容相符。選項4「予期記事を流すが、たいていはずれている」，意為「預測類新聞一般與實際不符」，也與文章內容相符。選項3「事態がうまく進んでいる悪い記事は必ず報道する」，意為「一定會報導不好的事情往好的方向發展」，與文章內容相反，因此正確答案是選項3。

難點：

1. ～を問わず：接在名詞的後面，意為「無論……」「不管……」「不限……」。

   例 彼らは昼夜を問わず作業を続けた。／他們不分晝夜的不停工作。

   例 近頃は男女を問わず大学院に進学する学生が増えている。／最近無論男女，讀碩士的學生增加了。

⑦　現代人の知恵

科学の進歩は、人間の外にある世界を合理的に理解することに成功してきた。この外にある世界、外なる世界といわれるものの中には、われわれ人間の体さえも含まれている。

しかし、それと同時に、この外なる世界には、まだ人間にとって未知なるもの、ま

だ合理的に理解できないところのものが残っているということが、科学の進歩とともに、よりはっきりと認識されるようになってきた。そういう意味で、人間は開かれた世界に生きているのである。これに反して、人間の中にある世界、内なる世界、普通に心の世界と言われているものもまだ同じような意味で開かれた世界であることは、かえって軽視されるか、忘れられるかしてきた。そういうことを考え合わせると、フロイト的な考え方の新しい意義がよくわかると思う。

　意識に浮かび上がってくるのでなければ、合理的な思考、合理的な考えの対象とはなり得ないのは、自明なことである。そして、それと同時に、内に向かっても外に向かっても、開かれた世界に生きていることが、人間の在り方の特質である、ということの認識の重要性が納得されると思う。しかし、フロイト的な考え方が、単に人間心理の分析という段階にとどまって、われわれの生きている世界全体、物質世界をも含めて世界全体と深くつながっている、という面が軽視されているかぎり、それはまだ不徹底な、一面的な見方であることを免れないであろう。

　人間の幸福とは、いったいなんであるか。これに対して的確に答えるのは、非常に難しいことである。これに直接答えるような学問が、はたしてあり得るかどうか。人間の幸福というものは、いつまでたっても直接、学問の対象とはなり得ないものではないか、とさえ思われる。人間の喜怒哀楽は、人間の心の奥深くから発するところのものである。それは人間の意識、人間の反省を超えた、どうすることもできないところから発する場合が多いのである。前に述べたように、人間は自分の中に、知らないものを持っている。人間が人間である以前に持っていたところのものを、今もなお多く持っている。自分が気が付くか気がつかないかにかかわらず、持っているのである。人間の喜怒哀楽とはそういうものと深く結び付いている。したがって、人間の幸福ということを問題にする場合、そう言うものを離れて、科学で簡単に割り切るこ

とは困難である。各人はそれぞれ、なにか簡単に割り切れないところのものを持っている。そして、人間の喜怒哀楽、したがってまた、人間の幸福というようなものは、そういう割り切れないところのものと、密接に結び付いているのである。

（湯川秀樹『湯川秀樹自選集』による）

外なる：外部的，外界的。

われわれ：我們。

かえって：反倒，反而。

フロイト：西格蒙德・弗洛伊德，奧地利精神病醫師、心理學家、精神分析學派創始人。

割り切れない：想不通，不能理解。

句意分析類特別練習：

下線部分に最も近い言い方は以下のどれか。

1. 自分が気がつかないうちに。
2. 自分が気がつくかどうか関係なく。
3. 自分が気がついたかもしれないが。
4. 自分が気がついたかわからないが。

答案：2

解析 題目問的是哪個選項與畫線部分意思最接近，解答這種類型問題的關鍵在於弄清畫線部分上下文的意思，明確畫線句子與上下文的關係，然後用代入法將4個選項分別代入原文看句子是否通順，是否符合上下文的意思。因此，用上述方法理順原文的意思後，我們來觀察選項。選項1意為「自己無意中」，選項2意為「不管自己有沒有注意到」，選項3意為「自己也許注意到了（但是……）」，選項4意為「不知道自己注意到了沒」，其中只有「不管自己有沒有注意到」代入文章後句子依舊通順，與原文意思貼近，所以正確答案為選項2。

難點：

1. 〜さえ／でさえ：接在名詞的後面，意為「連……」「甚至……」。

    例 そんなことは子供でさえ知ってる。／那種事連小孩都知道。

    例 あの時は授業料さえ払えなかった。／那時候連學費都付不起。

2. 〜とともに：接在名詞、動詞原形的後面，意為「跟著……」「隨着……」。

    例 国の経済力の発展とともに、国民の生活も豊かになった。／隨著國家經濟實力不斷增強，人民的生活也富裕了起來。

    例 年をとるとともに、記憶力が衰えてきた。／隨着年齡的增長，記憶力也在衰退。

3. 〜に反して：前接名詞、動詞或「形容詞的名詞修飾形＋の」，意為「與……相反」。

    例 姉が大人しいのに反して、妹はすごく賑やかです。／與文靜的姐姐相反，妹妹非常開朗。

    例 皆の予測に反して、彼は送別会に来なかった。／與大家的預測相反，他沒有參加送別會。

第6章 對錯判斷類題型

1 ▶ 對錯判斷類題型解題技巧

　　對錯判斷類題型在新日本語能力測驗N2讀解部分中出題數量極少，一般0～1題不等，常出現在內容理解的短篇文章中。對錯判斷類題型的測驗很全面，提問點多變，有時候是測驗作者的寫作意圖，比如作者的立場、作者的寫作動機等，有時則是測驗文章中的一些細節。甚至有時候僅僅是測驗考生的詞彙理解能力。有的文章會用一兩個句子點明正確選項，有的則只是在字裡行間透露作者的觀點。因而在判斷時，不僅要整體掌握全文，注意文章邏輯的前後統一，還應注意細節，遇到不認識的詞彙時，要根據作者的寫作思路進行邏輯推理，千萬不要望文生義，以免造成判斷失誤。

對錯判斷類題型常見的出題方式：

・○○の説明として正しいものはどれか。
・○○という言葉に対する理解として正しいものはどれか。
・○○の例として、最も適切なものはどれか。
・○○について正しくないものはどれか。
・筆者の主張について理解が正しいのはどれか。
・○○の理解として最も適切なのはどれか。
・上記のメールに対する返事の書き出しにふさわしいものはどれか。

例題：

　「鈍牛」ということばがある。これは一見、鈍いということばで、感性がよくないことを表わすように思えるかもしれない。しかし、私はむしろ、一つひとつのものごとをしっかりと感じとめながら、ゆっくりと歩み、人に感じられるように何かを出していくということで、感性をよく表わしたことばに思う。そうではないだろうか。

　これから大きな変化が避けられない社会も、いったいどのように生きていけばよいか、ますますわかりにくくなる時代も、「鈍牛」の「牛歩」なら、さほど変わりもないように思える。幸せに生きている人、楽しく生きている人は、感性の豊かな人であることはまぎれもない事実でなかろうか。

（http://www.bvt.co.jp/lecture/kansei/kansei_0.htmlによる）

問題1　「鈍牛」という言葉に対する筆者の理解として正しいものはどれか。

1. 鈍くて感性がよくないこと
2. 牛のような反応が鈍くて行動がのろいこと
3. 急がずあわてずゆっくり歩むことで感性が感じられること
4. 鈍いが、感性がいいこと

答案：3

解析　選項1、2均為「鈍牛」的本意，不是筆者的理解。選項3的內容仿佛和「鈍牛」沒有關係，但是根據「一つひとつのものごとをしっかりと感じとめながら、ゆっくりと歩み、人に感じられるように何かを出していくということで、感性をよく表わした」可以判斷這是正確答案。

問題2　幸せな人の特徴として正しいものはどれか。

1. たのしく生きていける。
2. 感性が豊かである。
3. 鈍くてのろい。
4. 一つのものごとをゆっくり、しっかり味わえる。

答案：2

2 ▶ 對錯判斷類題型實戰演練

本章譯文
請見P.238

① 神奈川県民社会生活 調 査

通勤や通学に時間がかかり睡眠時間が 短 くても、趣味は楽しむ。総務 省 が 行 った社会生活基本 調 査で、神奈川県民のこんな暮らしぶりが浮かび上がった。

通勤・通学時間は全国最 長 で眠る時間が全国で 最 も 短 い一方、積 極 的に趣味や学 習 に使う自由時間は全国で一番長かった。県統計センターは「多忙でも自分の時間をアクティブに楽しむ 姿 がうかがえる」と分析している。

調 査は昨年10～11月、全国で10歳以 上 の国民約18万人、県内では約6,000人を 対象 に、1日24時間の使い道を聞いた。

県内の平均では、通勤・通学時間が1時間26分で、全国平均を25分上回って全国最 長 となり、仕事からの帰宅時間は午後7時29分と全国で2番目に遅かった。睡眠時間は7時間31分と全国平均より11分 短 く、全国で 最 も 短 かった。

一方で、学 習 や自己啓発、趣味などに使う「積 極 的自由時間」は1時間23分と全国平均より9分長く全国最 長 。昨年1年間で何らかの趣味・娯楽を1度でも楽しんだ人は88.7％と全国で 最 も 多

く、内容別ではCDなどによる音楽鑑賞54%、読書48.6%、DVDなどによる映画観賞43.6%と続いた。

学習や自己啓発活動をした人は42.1%で、旅行にいく人の78.3%とともに全国で2番目に多かった。

關鍵詞彙

アクティブ：積極，主動。

うかがえる：能看出。

啓発：啟發，啟蒙。

對錯判斷類特別練習：

文章の内容の合っているものには○を、合っていないものには×をつけなさい。

1. 神奈川県民の通学、通勤時間は全国で一番長い。（　　）

2. 神奈川県民は十分睡眠を取っている。（　　）

3. 神奈川県民の仕事帰りは全国で一番早い。（　　）

4. 神奈川県民の学習や自己啓発に使う時間が日本のどこよりも長い。（　　）

答案：1○ 2× 3× 4○

解析 對錯判斷題主要測驗考生的理解能力。該題包含4道小題，每道小題都要判斷對錯。一定要從頭到尾仔細閱讀每道小題。文章第四段說明了上下班需要的時間、下班到家的時間、睡眠時間。從「全國最長」可判斷選項1正確，選項2錯誤（睡眠時間最短），選項3錯誤（全國第二）。文章第五段提到「一方で、学習や自己啓発、趣味などに使う『積極的自由時間』は1時間23分と全国平均より9分長く全国最長」，因此選項4正確。

難點：

1. ～ぶり：接在名詞的後面，意為「……的樣子」「狀態」「情況」。

   例 生活ぶり。／生活狀況。

   例 仕事ぶり。／工作態度。

② 困ったとき、甘えられる人が何人いるか

　何かビジネスを始めようとしたら、あるいは、プロジェクトをまとめる仕事をすることになったら、自分のファンをできる限り作ることが大切。独りでは、仕事はできないのだから、教わったり、助けられたりは当然のこと。

　知らないことを教わるのは、恥ではない。知らないことを知っているように振る舞うのが恥である。そして、なにか、想定外の出来事や、事件や、不幸に出くわしたとき、経営者として取るべき道が、いくつかある。

　誰にも頼らず、自分だけで解決できればいいが、大抵の場合、それは無理だとわかる。不思議なのは、いくら親しくしていても、相手の窮状は、本人から直接聞かない限り、わからないということ。つまり、あなたが頭をさげて頼まない限り、相手は知ることすらないのだ。

　困ったとき、助けてくれるのが本当の友だち。さて、あなたは、そんな人を何人持っているのか。もちろん、借金だけでなく、情報供与もある。甘えられる人は、ある意味で、こちらもお返しができるような相手だ。自分にないものを持っている人、あるいは、仕事分野がまったく違っていて、競合しないひと。最後は競合相手、それも一番手。

關鍵詞彙

振る舞う：行為，舉止。

出くわす：碰見，偶遇。

窮状：窘境。

一番手：最有希望獲勝的人。文章中的意思是最有可能成為知己者。

對錯判斷類特別練習：

文章の内容の合っているものには○を、合っていないものには×をつけなさい。

1. 知らないことを人に教えてもらうのは恥でない。（　　）

2. 大抵の場合、仕事で困ったとき、自分だけで解決できる。（　　）

3. 親しい人でも、相手が言ってくれないとわからない。（　　）

4. 仕事分野がまったく違う人は本当の友たちになれない。（　　）

答案：1.○ 2.× 3.○ 4.×

解析 對錯判斷題，一般會將同樣的內容用不同的句子來表達。文章第二段「知らないことを教わるのは、恥ではない」這句話中的「教わる」和選項1中的「教えてもらう」用的詞不一樣，但意思相同，因此選項1正確。文章第三段「誰にも頼らず、自分だけで解決できればいいが、大抵の場合、それは無理だとわかる」中寫到「大抵の場合、それは無理」，因此選項2錯誤。在句子「いくら親しくしていても、相手の窮状は、本人から直接聞かない限り、わからないということ」中，「本人から直接聞かない限り」中的「本人」指的是「相手」（對方），意為「只要不是直接從對方那裡聽到」，換句話就是「只要不是對方親自告訴你」，因此選項3正確。最後一句「最後は競合相手、それも一番手」，意為「競爭對手也是最有可能成為知己的人」，因此選項4錯誤。

難點：

1. 〜すら：前接名詞或「名詞＋助詞」，助詞一般為「で」「こと」「に」等，意為「連……都……」。

   例 あの人の名前すら忘れてしまった。／連那個人的名字都忘記了。

   例 この寒さで、元気な田中さんですら風邪を引いた。／這麼冷的天，連身體健康的田中先生都感冒了。

③　休憩時間って、どんな時間？

　営業のような外回りが主な職務はともかくとして、内勤なのに席よりも喫煙場所の方が長くいるように思えるくらいであったり、終業時間の30分前になるとトイレに閉じこもって念入りに化粧を直しだす、といった社員たちは会社としては困るものです。

　何より問題なのが、それらも全て労働時間として計算されてしまっているということです。普通、6時間を超える労働の場合は45分以上、8時間を超える労働の場合は労働時間の途中に60分以上の休憩をとることが、労働基準法で定められています。この「休憩時間」は社員が自由に過ごしても良い代わりに、「労務の提供」がなされていないとみなされ、給料の支払い義務が発生しません。

　この「タバコを吸いに行く」「トイレに行く」などは気分転換や生理現象なので、休憩時間に入らないことがほとんどですが、必要以上にそれをしだすと職務専念義務違反に当たります。対策として「どのくらい席を外したか記録をつける」というものもありますが、なんとなく後味が悪いですし、いくら記録をつけても「私的に時間を使っていた」と証明できるものがないと給料カットは難しいため、賞与や昇給査定などで反映させるべきだと井寄さんは述べています

（http://www.sinkan.jp/news/index_3165.html?link=indexによる）

念入り：細緻，周密。

みなす：看作，當作。（みなされる：被看作，被當作。）

後味が悪い：印象不好，事後感覺不好。

賞与：獎金，獎賞。

昇給査定：加薪審查。

對錯判斷類特別練習：

文章の内容の合っているものには○を、合っていないものには×をつけなさい。

1. 規定の「休憩時間」は会社で給料を支払う義務はない。（　　　）
2. 一般的に会社では社員が席をはずした時間を記録する。（　　　）
3. 「休み時間」は労働時間として計算される。（　　　）
4. 必要以上に喫煙に行くことが分かった場合、規定によって給料カットができる。（　　　）

答案：1．○　2．×　3．×　4．×

解析 閱讀文章的時候要注意細節，並理解文章內容。文章第二段提到「この『休憩時間』は社員が自由に過ごしても良い代わりに、『労務の提供』がなされていないとみなされ、給料の支払い義務が発生しません」，因此選項1正確。第三段提到「対策として『どのくらい席を外したか記録をつける』というものもありますが」，但這只是一種對策，不是所有公司都這樣做，所以選項2錯誤。第二段提到「何より問題なのが、それらも全て労働時間として計算されてしまっているということです」，這裡的「それら」指「喫煙場所の方が長くいるように思えるくらいであったり」「念入りに化粧を直しだす」，即抽菸和化妝所需要的時間，而不是休息時間，因此選項3錯誤。最後一段提到「『私的に時間を使っていた』と証明できるものがないと給料カットは難しい」，意為「沒有證據證明『時間是花在私事上面』，也很難扣薪水」，因此選項4也是錯誤的。

難點：

1. ～はともかく：接在名詞的後面，意為「姑且不」「先別說……」。

例 結果はともかくとして、まずやってみよう。／結果暫且不說，先試著做吧。

例 見かけはともかく味はよい。／外觀姑且不談，味道還不錯。

2. ～代わりに：接在動詞、形容詞、形容動詞的名詞修飾形的後面，表示不這樣做，取而代之做另一件事，意為「不……而……」。

例 帰国する代わりに、韓国旅行に行った。／（我）沒回國，而是去了韓國旅遊。

例 この町は静かで落ちついているかわりに交通の便が悪い。／這個城市雖然很安靜，但是交通不太方便。

④　新型カメラの見積り依頼の件

2000年6月28日

株式会社　佐藤電気

営業部　高橋信三　様

関西貿易株式会社

大阪府大阪市中央区本町4丁目28-2

TEL：06-1234-7890　FAX：06-7235-3864

ヨーロッパ部　二宮　武

お世話になっております。関西貿易の二宮です。

先日はご多用中のところをご来社くださり、誠にありがとうございました。そのとき、資料を拝見させていただいた新型カメラの件ですが、本日ドイツの得意先より購入を検討したいとの連絡がありました。

つきましては、下記の条件で見積りをお願いいたします。

1　品名：新型カメラ　H-888

2　数量：2,000台

3　支払条件など：基本取引契約の条件による

4 見積り納期：7月30日

なお、ご不明な点がありましたら、担当までお問い合わせください。

以上、よろしくお願い申し上げます。

見積もり：估計，估價。

多用：百忙。

得意先：客戶，顧客，老主顧。

納期：交貨期。

對錯判斷類特別練習：

上記のメールに対して返事を出す時の書き出しにふさわしいのはどれか。

1. 新型カメラのご注文、誠にありがとうございます。
2. この間新型カメラの件でご来店お疲れ様でした。
3. 新型カメラの見積りをご依頼いただき、誠にありがとうございます。
4. 新型カメラの資料をご請求いただき、誠にありがとうございます。

答案：3

解析 題目是如果回覆上述郵件，哪一種表述比較合適。這篇文章是一封商業信函，詢問方拜託賣方發來報價單。選項1意為「感謝訂購新款相機」，選項2意為「之前您來店裡看新款相機，辛苦了」，這兩個選項均沒有回答詢價的內容，所以是錯誤選項。選項4意為「感謝您要新款相機的資料」，此內容在文中並未提及，所以也是錯誤選項。選項3意為「感謝詢價」，與文意相符，所以是正確答案。

⑤ 日本の若者が引きこもる本当の理由

　近年、日本の若者は車を買わず、コンパにも参加せず、旅行にも行かなくなっている。家にこもってばかりなのだ。どうして若者たちは、このようなライフスタイルを選択するようになったのか。あるサイトでは、多くのネットユーザーが自分の見解を発表している。

　「引きこもり」にまつわる議論は、ネットユーザーのyohnedaさんの質問が発端である。彼は最近の若者が車を買いたがらず、酒にも行かなくなった理由として、「経済の不況による収入減」と「趣味の多様化」などを挙げている。

　しかし車を買わないのは「交通機関の発達した大都市に限られた現象」だと指摘する人もいる。農村部に住むrojo131さんは、「実家に住む多くの人は自分の車を持っている。だから若者が車を買わなくなったというのは高級車を買わなくなったという意味だろう。車を足代わりに使っている人にとって、軽自動車や中古車で十分だ」と言う。もし高級車を買わない人々も「車を買わなくなった人々」に入れるのならば、車を買わない理由を「車を買う必要がない」と「車を買いたくても買えない」という2項目に分けるべきである。

　一方、若者がお酒を飲みに行かなくなった理由として、多くのネットユーザーは「お酒を介したコミュニケーションが希薄になった」ためだと考えている。その中の一人は、「昔は『朝まで飲もう』といった感覚で、膝を交えて腹を割って話すという習慣があった。しかし今は人間関係が淡泊になっており、親友も少なくなった。だからお酒を飲む機会も減ってきたのだ」と解説している。またある人は、「もし居酒屋で酒を飲むお金があったら、自分のために使いたい」と言う。

　このように見ると、若者が車を買わない、酒を飲まないというのは、yohnedaさん

の言う通り、原因の多くが「経済状況の悪化」と「趣味の多様化」にあるように見える。

　しかし、ネットユーザーの議論を見ていると、若者が引きこもるのには共通した理由があるのが分かる。それは「パソコンの普及」である。Turbokaiさんは、「パソコンさえあれば、簡単に一日暇つぶしができる。ネットでショッピングやゲームもできるし、チャットもできる。家の外に出ずに何でもできる。だから徐々に家に籠るようになり、旅行などにも興味がなくなる。このような考え方は強引かもしれないが、パソコンの出現が若者の引きこもりを増やした最大の原因だと思う」と述べている。

（http://japanese.china.org.cn/life/txt/2012-04/13/content_25133581.htmによる）

引きこもる：待在家裡，家裡蹲。

ライフスタイル：生活方式。

ネットユーザー：網民，網友。

発端：開端，發端。

介する：介於……之間。

希薄：對某事的積極性、熱情減少了。

腹を割る：推心置腹。

淡泊：清淡。

暇つぶし：消磨時間，消遣。

チャット：上網聊天。

強引：強行，強制。

對錯判斷類特別練習：

文章の内容と合っているものには○を、合っていないものには×をつけなさい。

1. 近年、日本の若者は家にこもってばかりだ。（　　　）
2. 日本の若者が酒を飲みに行かなくなった理由はお金がないからだ。（　　　）
3. yohnedaさんは「引きこもり」の理由を「経済状況の悪化」と「趣味の多様化」だと述べている。（　　　）
4. 様々な議論を見てみると、「引きこもり」の共通する理由はやはり「パソコンの普及」にあると思われる。（　　　）

○ 4　○ 3　× 2　○ 1：案答

解析　文章第一段提到「近年、日本の若者は車を買わず、コンパにも参加せず、旅行にも行かなくなっている。家にこもってばかりなのだ」，因此選項1正確。第四段提到「若者がお酒を飲みに行かなくなった理由として、多くのネットユーザーは『お酒を介したコミュニケーションが希薄になった』ためだと考えている」，因此選項2錯誤。第五段提到「yohnedaさんの言う通り、原因の多くが『経済状況の悪化』と『趣味の多様化』にあるように見える」，因此選項3正確。文章最後一段提到「ネットユーザーの議論を見ていると、若者が引きこもるのには共通した理由があるのが分かる。それは『パソコンの普及』である」，因此選項4正確。

難點：

1. ～ず：助動詞，前接動詞「ない」形，「ない」變為「ず」，「する」變為「せず」，表示否定，多用於書面語，意為「不……」「沒……」。

   例　出発前日まで列車のチケットが取れず、心配した。／出發前一天還沒有買到火車票，真令人擔心。

   例　誰に聞いても住所が分からず、困った。／誰都不知道（他的）地址，真傷腦筋。

   ～ず～ず：前接動詞ない形，形容詞詞尾的「い」變為「からず」，意為「不……（也）不……」。

   例　飲まず食わずで三日間も山中を歩き続けた。／不吃不喝的在山裡連續走了三天。

   例　客は多からず、少なからず、ほどほどだ。／客人不多不少，剛剛好。

131

⑥ 日本での国際結婚の婚活

　結婚相談所に登録されている外国人は身元が保証されているので、他国に在住の、純粋に日本に興味がある外国人です。

　海外に在住の外国人と出会い、お付き合いを経て、結婚まで到るには、結婚相談所を通さないと、一般的には厳しいかもしれません。

　結婚相談所ではお見合いするための渡航、交際のための渡航、結婚の申請に必要な渡航の手続きをしてくれ、結婚に到った際もビザの発行から、公的な手続きまでサポートしてくれます。

　一方、日本で婚活をして、国際結婚をするという人もいますが、登録している外国人が少なく、条件に合う相手を見つけるのは難しいかもしれません。

　ただし、費用は外国に行く国際結婚の婚活が100万円を超えるのに対して、国内で行う場合は半分以下で済むことがほとんどです。

　また、国際結婚はお互いの立場を理解し、サポートしあえるのがメリットとなっています。仕事に対しても理解が得られ、育児にも積極的に協力してくれるイメージが強いです。日本の男性、女性は親との同居を嫌がる傾向が強いですが、例えば、中国などでは親との同居は当たり前という考え方を持っています。

　さらに日本の女性は男性に希望する条件が厳しくなってきており、男性も求める女性像が狭まってきていますが、外国の女性も男性もまずは出会うことから始まり、条件も日本人のようにピンポイントではありません。

　国際結婚を希望して婚活をするなら、自分をしっかりアピールし、相手を思いやれる広い心がある人が好まれます。相手に求める条件だけを考えるのではなく、相手に合う人になれるのかを把握しながら婚活を行なうのが大切です。

国際結婚専門の紹介所もありますが、日本と同じく結婚相談所は会社によってシステムや料金が違いますので、事前に良く調べてから利用するようにしましょう。

（http://www.mybigfatwedding.jp/cat25/post-39.htmlによる）

關鍵詞彙

渡航：出國。

サポート：支持，支援。

メリット：優點，長處。

狭まる：狭窄、變窄。

ピンポイント：精確定位。

對錯判斷類特別練習：

文章の内容に合っているものには○を、合っていないものには×をつけなさい。

1. 国際結婚のメリットは、お互いの立場を理解し、サポートしあえることだ。（　　　）

2. 日本も中国と同じく親との同居を当たり前だと考えている。（　　　）

3. 国際結婚の婚活では相手に求める条件さえ確認すればいい。（　　　）

4. 国際結婚専門の紹介所はどこへ行っても料金が変わらない。（　　　）

答案：1.○　2.×　3.×　4.×

解析 對錯判斷題，有時可能只有一個正確的選項，因此解答時一定要注意文章的細節，一一判斷選項。文章第六段提到「国際結婚はお互いの立場を理解し、サポートしあえるのがメリットとなっています……日本の男性、女性は親との同居を嫌がる傾向が強いですが……」因此選項1正確，選項2錯誤。第八段中提到「相手に求める条件だけを考えるのではなく、相手に合う人になれるのかを把握しながら婚活を行なうのが大切です」，意為「相親過程中不要只考慮對方的條件，更應該判斷自己與對方是否合得來」，因此選項3錯誤。最後一段明確說明「結婚相談所は会社によってシステムや料金が違いますので……」因此選項4也是錯誤的。

難點：

1. ただし：連詞，連接兩個句子，用於補充說明具體細節或其他附加條件、例外情況
   等，意為「只是……」「但是……」「不過……」。

   > 例　運動会は来週の土曜日だ。ただし、雨の場合は中止する。／運動會決定在下
   > 週六舉行。不過，如果下雨，則停止舉行。

   > 例　明日は臨時休校。ただし、教職員は登校すること。／學校明天臨時停課，但
   > 教職員工要到校。

⑦　3Dの身体への影響

　　最近、3D映画の公開に関するCMが多くなった。3Dが身体へ悪影響を及ぼしてしま
わないか、という事について、北里大学医療衛生学部視覚機能療法学の半田知也准
教授、大阪大学大学院医学部感覚機能形成学の不二門尚教授と、NHK放送技術研
究所人間・情報科学研究所の江本正喜主任研究員に取材した。

　　半田先生は、「3Dの疲れの半分は、メガネにある」といった。その中でも、特に疲
れやすいのが、「シャッターメガネ」だ。これは、電池式で、1秒間に60~120回もの
速さで点滅しているという。次に疲れるのは、映画館でよく目にする「偏光メガネ」
だ。これは、ある一定の方向からしか映像が入ってこないようになっている。一番疲
れずに見る方法は、裸眼で見る方法だそうだ。しかし、この方法だと、画質は悪くな
る上に、顔の位置がすこしでも動くと3Dが見え難くなる。テレビの縦の長さの3倍以
上離れて見ると疲れにくいそうだ。そして、3D映画では目を休ませなくてもいいよう
に作られているが、テレビなどの3D映像は、30分程で一度休憩を入れた方がいいそ
うだ。また、3Dのゲームの映像は計算外の動きをする可能性があるので要注意だ。

　　このように、疲れないようにするための予防や注意をしても疲れてしまったら、
画面から目をそらすようにしたほうがいいそうだ。ただ、もともと目に異常がある人

は3Dの影響を受ける可能性があり、8歳以下の子供は、目が発達している途中だから、3Dは見ない方がいいそうだ。

不二門先生によると、最近では医療や教育にも3Dが使われているそうだ。例えば、DNAなど構造が立体的なものだ。しかし、目に異常があるために3Dをうまく見ることができない子供がいる可能性があるため、立体感を影などをつけて表現する「疑似3D」という手法を使うことがあるそうだ。これは、学校の学習に適しているそうだ。また、不二門先生は、「3Dの絵は、飛び出しが固定されていて、無理に見ているせいか、3Dの飛び出しが一瞬で終わる3Dの映画より見ていて目が疲れる」といった。

江本氏によると、そもそも、3Dの映像は、日本の全映像の1%もないそうだ。3Dの映像の場合、特殊なカメラでの撮影に手間がかかり、目の疲れの少ない映像になっているかどうかのチェックも大変なので、これからも急に増えることはないと考えているそうだ。

このように、「3D」そのものは悪影響を及ぼさないことが分かった。最近は、3D製品も増えてきている。画面を見るものなので、長時間使う事には注意したいが、今まであった2Dの製品とバランスをとって使っていくと、今までより、生活がもっと楽しくなるだろう。

(http://www.cenews-japan.org/news/social/121102_3d.htmによる)

關鍵詞彙　　そらす：扭轉方向，移開視線。

135

對錯判斷類特別練習：

> 3Dを見る時、目が疲れない順に並んでいる正しい方法は以下のどれか。
>
> 1. 裸眼→偏光メガネ→シャッターメガネ
> 2. シャッターメガネ→偏光メガネ→裸眼
> 3. 3D映画→3Dゲーム→3Dの絵
> 4. 3Dの絵→3Dゲーム→3D映画
>
> 答案：1

解析 這是一道排序型對錯判斷題，要先弄清楚這是關於什麼的排序，排序的標準是什麼，然後鎖定文章中與排序相關的內容進行解答。由題目可知，本題是關於「3Dを見る時の方法」，此處即可排除選項3和選項4，這兩個選項是關於3D的產品種類。接下來判斷按什麼順序排列，關鍵詞是「目が疲れない順」，也就是眼睛疲勞程度由輕到重，我們將視線鎖定在文章的第二段，即可找到正確答案。

難點：

1. 〜ずに：接在動詞ない形的後面，意為「不……而……」「沒有……」。

   例 本を読まずに原稿を書く。／不看書而寫稿子。

   例 会社に言わずに海外旅行に行った。／沒有告訴公司就出國旅遊了。

2. 〜せいか：接在名詞、動詞、形容詞的名詞修飾形的後面，意為「或許是因為……吧」。

   例 気温が暑いせいか、食欲がない。／或許是因為太熱了，沒有食欲。

   例 気のせいか、今日の彼の様子は変だ。／或許是心理因素吧，我覺得他今天挺奇怪的。

第7章 比較閱讀類題型

1 ▸ 比較閱讀類題型解題技巧

　　比較閱讀我們也可以稱為綜合理解，是新日本語能力測驗改制以後出現的新題型，通常為兩篇各300字左右的文章，合計字數為600字左右，出題數量為2題。它要求考生比較兩篇文章，理解其內容，找出其中異同點，分析作者的觀點。

　　我們分析了新日本語能力測驗的比較閱讀的考古題後，發現測驗的主要內容如下：

- 詢問兩篇文章都涉及的內容。
- 詢問兩篇文章對某一個問題的看法。對同一問題的看法可以是贊成、批判、不明確其立場等。
- 針對某一篇文章，單獨測驗其見解和看法。

解題方法如下：

- 觀察題目，掌握資訊。
- 分別閱讀兩篇文章。在文章中找到題目給出的資訊。
- 逐一對比選項，找到正確答案。

比較閲読類題型常見的出題方式：

・AとBで共通して述べられていることは何か。
・AとBに共通して述べられていることは何か。
・AとBのどちらの文章にも触れられている点は何か。
・AとBの意見が一致しているのはどれか。
・AとBでは○○にどのようにアドバイスをしているか。
・AとBの筆者は、○○についてどのように考えているか。
・AとBは○○のためには、どのようにことが大切だと述べているか。
・Aは、なぜ○○を勧めているのか。
・Bの考え方と一致しているものはどれか。

搶分關鍵
看這裡

例題：

A

日本では古来、乾布摩擦や冷水摩擦を始め、寒中水泳や寒稽古など、皮膚を寒冷刺激することによる健康法や心身鍛練法が行われてきました。皮膚に対する適度の刺激（寒冷刺激）は身体を強健にし、ストレスを和らげ、集中力を高める効果があると言われます。（中略）更に寒冷刺激が続くと、今度は皮膚表面に襲いかかる冷たさから皮膚を守る必要から、一旦内臓や深部組織で暖めた血液を、再度皮膚表面に送り込んで温度を維持しようとする機能が働きます。寒冷刺激を続けていると、身体は血管の収縮と拡張を繰り返し、その負荷により呼吸も少し荒くなります。血管は収縮と拡張のトレーニングを、呼吸器系にも適度な負荷が掛かり、その能力の増強に役立ちます。

そして寒冷刺激を繰り返し経験することにより、身体は耐寒性を身につけ、容易に寒さに負けない強い身体作りが出来るというワケです。

（http://www.glhome.lixil-jk.co.jp/blog/2011/08/post-95.html2013-1-23による）

B

寒中水泳とは、冬期に海や川など屋外で行われる水泳行事のこと。日本のほか、ロシア、中国、カナダ、ドイツなど世界各地で行われている。寒中水泳は血行を促進して活力を上昇させることができるという。調べてみると、このイベント自体は1974年から始まったもので、比較的新しい行事であるらしい。

ヨーロッパには、伝統的に「アイス・スイミング」と呼ばれる寒中水泳が盛んな国が結構ある。特にフィンランド、ノルウェー、スウェーデン、デンマーク、ラトビアなどの北欧で盛んで、サウナで汗をたっぷりかいた後、氷が張っている湖沼に飛び込んで泳ぐという習慣が発展したのだろう。

ところで、北欧の冬の気温は日本よりも格段に厳しく、そんな中で水に入れば「低温障害」などの危険もあるだろうが、この地でさえ「冷水は体に良い」と信じている人は多い。

開門見山，描述冬泳的概念及概況。

舉例介紹北歐的冬泳習慣。

最後得出「冬泳既有好處也有壞處」的結論。本文屬於「尾括型」文章。

問題 1 AとBで共通して述べられていることは何か。

1. 冷水は健康にいい。
2. 冷水摩擦はおじさんには特にいい。
3. 冷水は体に悪いことがない。
4. 冷水摩擦は呼吸を荒くするからよくない。

答案：1

解析 首先從文章A最後的批註可以推斷選項1在文章A中是正確的。再觀察文章B，根據第二個批註也可以判斷選項1正確，所以選項1是正確答案。選項2在文章A中完全沒有提及，所以不可能是兩篇文章共同敘述的內容。關於選項3，文章B中提到「そんな中で水に入れば『低温障害』などの危険もあるだろうが」，可見冷水對人體還是有不好的一面。關於選項4，根據文章A中的「……呼吸器系にも適度な負荷が掛かり、その能力の増強に役立ちます」可知冷水摩擦不但對身體沒有壞處，還有好處，所以是錯誤答案。另外，文章B中並未提及此內容，由此也可以將此選項排除。

問題2 Aの考え方と一致していないものはどれか。

1. 日本は古くから寒稽古が行われていた。
2. 冷水摩擦しないと血液の循環は悪くなる。
3. 寒冷刺激は適當に呼吸器官に負担をかけている。
4. 冷水摩擦は集中力が高められる。

答案：2

解析 首先注意題目是選出與文章A不符的選項。選項2比較片面，因為還有很多原因可能導致血液循環不好。這裡只能說冷水摩擦可以使血液循環變好，但不能說不冷水摩擦就會讓血液循環變得不好。所以選項2的敘述與「Aの考え方」不符。

2 ▶ 比較閱讀類題型實戰演練

本章譯文
請見P.244

① 女子高生のお化粧

A

最近、お化粧をして学校へ通う女子高生が増えています。授業中に手鏡をとり出して容貌をチェックする生徒は、ここ数年で目立ってきました。巷にモノが氾濫している豊かな社会の中で子どもたちの生活も多様化しています。プリクラ手帳やルーズソックスなど女子高生、特有の文化というものが存在しています。お化粧も「今風」の彼女らの文化の一つとして、定着しつつあるのかも知れません。人前で堂々とお化粧するのは、何も女子高生に限られる現象ではありませんが、授業中にポケベルが鳴ったりなど、公と私という場のけじめのなさに唖然とすることがあります。もちろん、おしゃ

れ自体を否定するつもりはありません。いつの時代も「かっこよさ」というのは若者の憧れです。しかし、お化粧までせずとも、その演出は可能なのではないでしょうか。授業が始まっても机の上にペットボトルのお茶が残っていたり、昼食後のベランダのゴミの散乱を見ていると、公の空間が私的な生活の延長にあるような気がしてなりません。お化粧もそのような意識の下にあると思います。

（田口理一「高等学校における文章表現力指導の実践的研究──思考力育成を中心に」による）

B

　とても寒い朝でした。駅の待合室で時間待ちをしていたら、隣の席にルーズソックスの女子高生が腰をおろしました。

　すると、その女子高生がお化粧を始めたのです。「あれれ」と思い、そっと横目で見てしまいました。

　まず、まつ毛を丁寧に整え、次はアイシャドー、最後は口紅をきれいにつけたのです。その間、数分。その手際のよさに、思わず見とれてしまい、気がついた時には、その女子高生が電車に乗る後ろ姿を見送っていました。そして、考えてしまいました。毎日、お化粧しているのだろうか。今日は時間の都合で、駅でのお化粧となったのだろうか。授業中も、あのままなのだろうか。また、都会では、当たり前なのだろうかとも。

　大衆の面前で、臆することなく、お化粧をする様子からは、少女らしさは感じられません。一人前の女性の姿が重なりました。

　「今風」という言葉を、よく耳にします。女子高生のお化粧も、その今風なのでしょうか。

　昭和一けた生まれの私は、少しだけ驚きました。そして、一瞬ですが、セピ

141

ア色の女学生時代が脳裏をよぎりました。戦争で制服も着られなかった、あの時代が。

（田口理一「高等学校における文章表現力指導の実践的研究——思考力育成を中心に」による）

今風：時興，時髦。

けじめ：區分，界限。

唖然：啞然，目瞪口呆。

手際：方法，技巧。

臆する：畏懼，害怕，膽怯。

一人前：長大成人。

けた：位數。

よぎる：通過、閃過。

對比閱讀類特別練習1：

Bには「一人前の女性の姿が重なりました」とあるが、何のことか。

1. 大人の女性のように見えた。
2. 昔の自分に似ていた。
3. 昔の女性にはない姿だ。
4. いまから少し前の事を思い出した。

答案：1

解析 「一人前」在這裡的意思是「成人であること。また、成人の資格、能力があること」，所以正確答案為選項1。如果不知道「一人前」的意思，也可以將每個選項分別代入原文畫線處進行對比。選項3代入原文後意思也連貫，是最容易困惑的選項，但結合上文「少女らしさは感じられません」判斷，後文應該是與「少女らしさ」意思相反的「大人」這個詞。

比較閱讀類特別練習2：

> AとBの感想で、共通している点は何か。
>
> 1. 女子高生に人前で堂々とお化粧するのをやめてほしい気持ち。
> 2. 人前で堂々とお化粧するといった女子高生のその行為への容認。
> 3. お化粧するのも「今風」の女子高生の文化の一つとして定着しつつあること
>   に対する認識。
> 4. 女子高生に公と私という場にけじめをつけてほしい気持ち。
>
> 答案：3

解析 這兩篇文章都是關於高中女生當眾化妝問題的讀者來稿。文章A的作者認為當眾化妝是不分公私場合的表現，令人無語。而文章B的作者對高中女生當眾化妝雖感到吃驚，但沒有表現出明顯的譴責態度。文章A和文章B都認為化妝正日漸成為高中女生間興起的一種文化，所以正確答案為選項3。解答這道題的關鍵在於捕捉字裡行間投稿者的那種微妙的心理感受。

難點：

1. ～とも：接在動詞意志形或形容詞て形的後面，與「ても」同義，但略帶文言色彩，意為「不管……也……」「即使……也……」。

    例 どんな事があろうとも秘密は守らなければならない。／不管發生什麼事情，也應該保守秘密。

    例 経験がなくとも、少しもかまわない。／即使沒有經驗也沒關係。

2. ～てならない：接在動詞、形容詞、形容動詞的て形的後面，意為「……得不得了」。

    例 心配でならない。／擔心得不行。

    例 悲しくてならない。／傷心得不得了。

3. ～ことなく：接在動詞的名詞修飾形的後面，是一種書面表達方式，用於句子的停頓，意為「一次也沒……」。

    例 一度も学校を休むことなく、卒業まで頑張った。／（我）一次也沒請過假，努力學習直到畢業。

    例 彼は朝早くから夜遅くまで、休むことなく研究を続けた。／他從早到晚都沒有休息，一直持續做研究。

②　フィルタリングサービスの導入

A

　2008年6月11日、「青少年が安全に安心してインターネットを利用できる環境の整備等に関する法律」が成立した。この法律は、携帯電話業者に対して、保護者からの不要の申告がない限り18歳未満の利用者すべてに有害なサイトへのアクセスを制限する「フィルタリングサービス」を適用することを義務付けるものだ。確かに今日の日本では、出会い系サイトなどインターネットを通じて子どもが犯罪に巻き込まれる事件が相次ぎ、いかに子どもを有害な情報から守るかということが問題となっている。しかしこのようなフィルタリングサービスを適用すると、そのサイトの危険性の有無を子どもが自分自身で判断できなくなってしまうのではないか。

（www.cenews-japan.org/news/social/090406_firutaring.htmlによる）

B

　昨年12月に総務省が携帯電話事業者に対し、フィルタリングサービスの導入促進を要請したことを受けて、各事業者は「未成年者は、フィルタリングサービスに原則加入」との方針を打ち出しました。近年インターネット犯罪等に未成年者が巻き込まれる事件が多発している状況を鑑みると、有害・違法サイトへのアクセスを未然に防止可能なフィルタリングサービスの原則適用化は一定の意義があると考えられます。しかしながら、フィルタリングの原則化によって、健全なコミュニティ運営に努めているサイトまで一律閲覧ができなくなる等の事態を招き、ケータイ文化の発展、ひいては自由なコンテンツの流通や保護が阻まれることも危惧されます。

（http://d.hatena.ne.jp/ikegai/20080111/p1による）

對比閱讀類特別練習1：

「フィルタリングサービス」の説明について、正しいものはどれか。

1. 保護者が申告して、加入しなければならないもの。
2. 18歳未満の利用者に有害なサイトへのアクセスを制限するもの。
3. 子供に代わって、保護者が利用料金を支払うことを義務付けられたもの。
4. 一定の料金を支払わないと、利用できないもの。

答案：2

解析 選項3、4關於「フィルタリングサービス」的費用問題在兩篇文章中都未被提及，可以首先排除。選項1的意思是監護人必須申請加入過濾服務，但文章A中對該法律的解釋是，如果監護人未申請，手機廠商必須向所有未滿18歲的用戶提供「フィルタリングサービス」這個服務，限制其登錄有害網站，所以正確答案是選項2。「フィルタリングサービス」的連體修飾語部分就是對它的解釋，應在那裡找答案。選項1最容易感到困惑，因為選項1出現的「保護者」、「申告」等詞在文章中都可以找到。

AとBの認識として、正しいものはどれか。

1. AもBもフィルタリングサービスの導入が子供をネット犯罪から守るために意義があると認識している。

2. AもBもフィルタリングサービスの導入が子供をネット犯罪から守るために意義がないと認識している。

3. Aはフィルタリングサービスの導入によって、有害サイトの危険性の有無を子どもが自分自身で判断できなくなってしまうことを懸念している。

4. Bはフィルタリングサービスの原則化はケータイ文化の発展、ひいては自由なコンテンツの流通や保護が阻まれることにつながり、導入すべきでないと考えている。

答案：3

解析 未成年人被捲入網路犯罪的事件屢有發生，針對這種現狀，日本總務省要求手機廠商必須提供「フィルタリングサービス」。對此，文章A的作者認為如何保護孩子使其免受網路不良資訊的危害，已成為社會問題，但是作者擔心「フィルタリングサービス」的推行，會使孩子逐漸變得無法判斷某些網站是否存在危險。至於該措施有無意義，作者並未表態。而文章B的作者認為防患於未然有一定的意義，但是作者擔心會因此阻礙手機文化的發展，甚至不利於資訊的自由流通及保護。至於是否該推行「フィルタリングサービス」，文章沒明確表示。綜合所述，正確答案應是選項3。對文章中「しかし」前後部分的解讀是解題的關鍵，另外，盡量揣摩作者的寫作意圖，忠實的根據作者的意見去選擇也很重要，不能只憑自己的觀點解題。

難點：

1. ひいては：副詞，意為「進而」「而且」「甚至」。

   例 今回の事件は一社員の不祥事であるばかりでなく、ひいては会社全体の信用に関わる問題です。／這次的事件不僅是一個員工做了不體面的事，也是和公司整體的信譽相關的問題。

   例 無謀な森林の伐採は森に住む小動物の命を奪うだけでなく、ひいては地球的規模の自然破壊につながるものである。／盲目的砍伐森林不僅奪取了生活在森林裡的小動物生命，還破壞了全球的自然環境。

③　報道の在り方

A

　どうして報道陣は遺族に無神経につきまとうのでしょうか。自分がその遺族の立場であったなら、きっと悲しみを通り越し、怒りを感じるでしょう。

　人が亡くなったということを、そんなに公表しなければならないのでしょうか。自分の母親が亡くなり、悲しみに暮れている時に、さらなる苦しみを味わわせることはないと思います。

　しかし、忘れてはならないことがあります。それは、そのような興味本位の報道を喜んでみている視聴者がいると言うことです。

　視聴者がいるから、そのような報道が番組の中に組み込まれているわけで、もしも他人の不幸を自分の不幸のように思うことのできる社会であれば、このような番組は成立しなくなるでしょう。

　報道の在り方も改善されるべきだとは思いますが、一人ひとりが他人の気持ちを思いやることができるようになることが最も大切なのではないかと思います。

　　（田口理一「高等学校における文章表現力指導の実践的研究——思考力育成を中心に」による）

B

　私自身も含めて、人間には、やじ馬根性とか、のぞき見趣味的なものはあるでしょう。「人の不幸は蜜の味」なんて言葉もありますね。こんなページを作っていること自体、事件を食い物にしているのではないかというご批判もあるかもしれません。

　しかし、私たちにいくらのぞき見趣味があるとしても、マスコミはそのニーズに応えればよいというものではないでしょう。個人メディアであれば、法に反しないかぎり良いかもしれませんが、マスメディアであれば、ニーズに応えるだけではなく、公

共の利益も考えなくてはならないでしょう。視聴率を取れるということだけでは、マスコミの行動を正当化することはできないと思います。

（注：上記したA文とB文は歌手の安室奈美恵さんの母親が殺された事件をめぐる報道の在り方についての感想文である。）

（http://www.n-seiryo.ac.jp/~usui/news2/amuro/houdou.htmlによる）

關鍵詞彙

つきまとう：糾纏。

暮れる：日暮，天黑。

思いやる：體諒，設身處地為對方著想。

やじ馬根性：看好戲、瞎起閧的習性。

〜を食い物にして：利用。

對比閱讀類特別練習1：

「人の不幸は蜜の味」とあるが、何のことか。

1. 他人の不幸を喜ぶ心理
2. 他人の不幸を傍観する心理
3. 他人の不幸を思いやる心理
4. 他人の不幸を同情する心理

答案：1

解析 「蜜の味」意為「甘い味、良い味」，所以正確答案為選項1。「人の不幸は蜜の味」在日本的慣用語詞典裡的解釋是「自分に直接影響しない他人の不幸は見聞きするだにんまりするものであること、出典は不詳」，與中文「幸災樂禍」的意思相近。

比較閱讀類特別練習2：

次の1、2、3、4の中で正しくないものはどれか、一つ選びなさい。

1. AもBも歌手の安室奈美恵さんの母親が殺された事件をめぐる報道の在り方には問題があると考えている。

2. AもBも興味本位の報道を喜んで見ている視聴者が反省すべきだと考えている。

3. Aは報道のあり方が改善されるべきだと思っている一方、視聴者にも反省すべきところがあると考えている。

4. Bはマスメディアとして、視聴者のニーズに応えるだけでなく、公共の利益も考えなくてはならないと主張している。

答案：2

解析 關於歌手安室奈美惠母親被害事件的報導鋪天蓋地，引發了種種反思，文章A和文章B便是其中具代表性的觀點。文章A的作者認為正因為有大量對此事件津津樂道的觀眾，所以媒體才大肆報導。雖然媒體的報導方式需要改善，但每個人都應有一顆體恤他人的友善之心，這才是最重要的。文章B的作者承認包括自己在內的每個人都喜歡偷窺別人的隱私，愛看熱鬧，但並未提及觀眾是否應該對此進行反思。作者從公眾媒體的角度作評論，認為不能不顧及公眾利益，一味地迎合觀眾的需求。這是一道選錯誤項的題目，所以正確答案為選項2。

這類文章前半部分多為導入，在「しかし」或「ところが」這樣的轉折詞之後才是作者真正想表達的觀點，所以閱讀的重點在「しかし」或「ところが」之後。

難點：

1. ～わけだ（2）：接在動詞、形容詞、形容動詞的名詞修飾形的後面，表示依據前項的原因、實際情況等，自然或必然得出後項的結論，意為「自然……」「當然……」。

   例 イギリスとは時差が8時間あるから、中国が11時なら、イギリスは3時なわけだ。／因為和英國有8小時的時差，所以中國時間是上午11點的話，英國時間就是凌晨3點。

   例 最近円高が進んで、輸入品の値段が下がっている、だから洋書も安くなっているわけだ。／最近日圓持續升值，進口產品的價格有所下降，進口書也變便宜了。

④　夫婦別姓選択制

A

　私も、夫婦別姓は姓へのこだわりというよりは、人権的な問題を改善する手段と感じています。もともと「氏」自体、「夫婦の平等」や「基本的人権の尊重」とは相性の悪い事柄だったのではないでしょうか。法律では夫婦は平等のはずですが、婚姻の際にどちらか一方の氏を選択しなければなりません。当人同士がどちらの姓を選んでも立場が等しいつもりでいたとしても、そもそも氏というのが家制度に由来するわけですから、姓を変えた方が、残った姓の家に従属する立場になると解釈してしまう家意識的な認識にさらされてしまいます。姓を選択することによって、夫婦の立場に優劣が付けられてしまうことがひとつ大きな問題です。

B

　女性側が姓を変え男性にあわせるケースが圧倒的に多いのは、家意識的な認識と同じく男性は女性より下に来るべきではないという男尊女卑感覚が社会通念として今も広く残るため、それに違和感なく合わせた方が対人関係がスムーズであるといった判断が長らく潜在的にあったためではないでしょうか。
　本来はその社会感覚にこそ根源的な問題があるように思うのですが、これまでの日本の文化と共に社会に根ざした感覚のため、そう簡単に一度には変わりません。しかし、夫婦別姓という選択肢を増やすことで、家意識による社会的な不平等を縮小することはできるでしょう。別姓が一般に広く受け入れられれば、社会で、また家族の周辺で、女性の立場の向上が見られることは予想できます。

（http://okwave.jp/qa/q209337.htmlによる）

こだわる：拘泥。

相性の悪い：不投緣。

さらす：置於，置身於。

一度に：同時，一下子。

比較閱讀類特別練習1：

AとBの意見として正しいものはどれか、一つ選びなさい。

1. AもBも夫婦別姓選択制には賛成である。

2. AもBも夫婦別姓選択制には。反対である。

3. Aは夫婦別姓選択制には賛成であるが、Bは反対である。

4. Aは夫婦別姓選択制には反対であるが、Bは賛成である。

答案：1

解析 這兩篇文章都在討論夫妻婚後姓氏選擇制度。文章A的作者認為結婚時必須選擇其中一方的姓氏導致了夫妻在立場上必須劃分優劣，而「夫妻不同姓氏」則是改善人權的一種手段。文章B的作者認為給人們增加「夫妻不同姓氏」的選擇權利，有利於減少家庭意識帶來的社會不平等，如果「夫妻不同姓氏」得到廣泛認同，將提升女性在社會及家庭中的地位。由此可見，兩篇文章的觀點基本一致，所以正確答案為選項1。

這類文章中，能表現出作者傾向的意見，往往會出現在文章末尾，所以對末尾部分的解讀和比較是解題的關鍵。

Bによると、女性が姓を変え男性にあわせるケースが圧倒的に多いのはなぜか。

1. 法律上では男女はまだ平等でないから。
2. 社会の安定性を保つから。
3. 対人関係がスムーズにいくと判断しているから。
4. 幸せな結婚生活を手に入れられるから。

答案：3

解析 由題目中「……のはなぜか」可知本題測驗的是原因，這是新日本語能力測驗的讀解部分常出現的題型，解題的關鍵是根據「……のは……からだ／ためだ」這一句型，找到全句的框架部分，那麼「からだ」或「ためだ」前面的內容就是造成該結果的原因。所以「……ためではないでしょうか」中「ため」前的內容就是原因，正確答案為選項3。

⑤ 理想的な看護師

A

　看護師について、「患者とともに苦しみ、患者とともに喜び、患者の気持ちに共感する看護師が理想だ」という意見がある。はたして、この意見は本当に正しいのだろうか。

　確かに、看護師は、患者の精神面だけを援助するのではない。本来、病を治すための医療行為をするのが看護師の役割だ。注射や点滴も、ひとつ間違えれば重大な結果を招く。ミスを起こさず、適切な処置を施すには、冷静さと客観性が求められる。しかし、それでもやはり、患者とともに苦しみ、喜び、患者の気持ちに共感する看護師こそが理想的だ。

　患者にとって病の苦しみとは、たんに肉体的な苦痛ではなく、それによってもたらされる精神的な不安や苦痛も大きい。いくら治療の方法とその効果や副作用などを

説明されても、患者は自分がどうなるのか、実感が湧くものではない。自分が自分で手に負えなくなった状態の不安や苦痛は、患者の人間としての自尊心を弱めてしまう。看護師は、治療にあたるだけでなく、患者の日々の療養生活の手助けをする。そのように患者に近い立場にいる看護師だからこそ、患者の気持ちに寄り添い、患者を励ます必要がある。そのためには、患者の立場に立ち、患者に共感する必要がある。

　以上より、「患者とともに苦しみ、患者とともに喜び、患者の気持ちに共感する看護師が理想だ」という意見が正しいと考える。

B

　看護師について、「患者とともに苦しみ、患者とともに喜び、患者の気持ちに共感する看護師が理想だ」という意見がある。はたして、この意見は本当に正しいのだろうか。

　確かに、看護師が患者の気持ちになって、患者に共感することも重要だ。従来の医療は、患者の病という現象だけを見て、病を治すことに重点が置かれてきた。そのため、患者は人間としての主体性を奪われてきたとも言える。その反省から、患者の主体性を重んじ、生きた人間としての患者の感情も見る医療へと、いまは変化してきている。しかし、だからといって、患者と一緒に苦しんだり喜んだりする看護師が理想的とは言えないだろう。

　患者は病に苦しみ、不安にさいなまれていることが多い。たとえば、ガンの手術の場合、手術後は成功しても再発の可能性がないわけではない。そうした説明を聞か

された患者は、やはり不安になるだろう。そのとき、看護師が患者と一緒になって不安な表情を浮かべてしまったら、かえって患者の不安は増す。そうすると、手術に賭けてみようという患者の気持ちを励ますことにはならない。看護師は患者にはいつも明るく接し、冷静さを失わず、頼れる存在であるほうが、患者の気持ちも安定するはずだ。

したがって、「患者とともに苦しみ、患者とともに喜び、患者の気持ちに共感する看護師が理想だ」という意見は正しいとは言えない。

關鍵詞彙

施す：施行。

手に負えない：力不能及，束手無策。

あたる：應對。

寄り添う：貼近，靠近。

重んじる：重視，看重。

さいなむ：責備，指責。

かえって：反倒，反而。

したがって：因此。

對比閱讀類特別練習1：

AとBの認識として、共通しているものはどれか。

1. 看護師が患者の気持ちになって、患者に共感することの重要性。
2. 看護師が手術に賭けてみようという患者の気持ちを励まさなければならないこと。
3. 看護師が患者の不安な気持ちに共感して、不安な表情を浮かべてあげること。
4. 病を治すための医療行為をするという本来の看護師の役割に戻るべきこと。

答案：1

解析　文章A的作者對「患者とともに苦しみ、患者とともに喜び、患者の気持ちに共感する看護師が理想だ」這一看法持贊同意見，文章B的作者雖持反對意見，但文中「確かに、看護師が患者の気持ちになって、患者に共感することも重要だ」一句表明，文章B的作者還是認為護士設身處地理解病人很重要，所以正確答案為選項1。

比較閱讀類特別練習2：

「その反省」とは何の反省か。

1. 「患者とともに苦しみ、患者とともに喜び、患者の気持ちに共感する看護師が理想だ」という意見への反省。
2. 看護師が患者の気持ちになって、患者に共感することへの反省。
3. 患者の病という現象だけを見て、病を治すことに重点を置いていた従来の医療への反省。
4. 手術に賭けてみようという患者の気持ちを励ます行為への反省。

答案：3

解析　「その」代表上文剛剛提及的內容，所以答案應在上文尋找。文章B的作者承認護士換位思考、理解患者這一點很重要，所以首先排除選項2。接下來文章B的作者提出以往的醫療只看到病人生病這一現象，將重點放在治病上，因此剝奪了病人作為人的自主性。在對這一作法的反省中，現在醫療發生了改變，更加重視病人本身自主性，體察病人個人的感情。所以正確答案為選項3。

難點：

1. いくら～ても：中間接名詞で形、動詞て形、形容詞て形和形容動詞で形，意為「不管……都……」「再……都……」。

   例 いくら争っても結果がでない。／不管怎麼爭吵都沒能得到結論。

   例 いくら練習してもうまくできない。／無論怎麼練習都做不好。

2. ～からといって：接在名詞、動詞、形容詞、形容動詞的常體後面，意為「雖說……但是……」。

   例 母親だからと言って、僕の日記を読むなんて許せない。／雖説是母親，但是偷看我日記的行為無法容忍。

   例 手紙がしばらく来ないからと言って、病気だとは限らない。／不能因為有段時間沒來信，就認定對方生病了。

⑥ 携帯電話

A

　女子高生らしい「お気に入り」を挙げてみたいと思う。それは携帯電話のメールだ。1日5通～10通くらい送受信する。相手はほとんどが学校の友だちだ。内容は部活のミーティングのお知らせなど、連絡事項もあるが、他愛のない話であることが多い。その日のテレビの事、宿題や部活の事などだ。しかし後で見返してみると実に空虚な内容だと思う。この程度のことは次の日学校で話せばよいのだ。テレビを見たり勉強をしている時にわざわざ携帯電話を持つ必要はない。

　こんな私も携帯電話を持つ前は生きるうえで必要のない物だと思っていた。電車の中で携帯電話をいじっている人を見ると、マナー違反ではないか、と嫌な気分になった。しかし最近は電車の中でメールをしている人を見てもなんとも思わなくなった。さすがに私は電車の中でメールをしていないが、あまりにメールをしている人が多く、見慣れてきたのだ。本を読んだり、居眠りをしている人と同じ感覚である。

B

　ある日、私に喝を入れる事件に遭遇した。いつもの様に電車に乗っていたときのことだ。隣に携帯電話をいじっている大学生くらいの女の人が座っていた。そこに60歳くらいのおばあさんがやって来て、「私、ペースメーカーをつけているので携帯電話やめていただけませんか。」と、言った。女の人はどうして私が注意されるのだ、という顔をしつつ、携帯電話をしまった。

　私は、このやりとりをみていて心臓がどきどきした。まるで私が注意を受けたかのような感覚に落ち入ったのだ。おばあさんは場を離れた後も不安そうに周囲を見渡し、そわそわしていた。この様子に私は罪悪感を感じた。

　空虚なメールの間にも、自分のペースメーカーが壊れないかと不安でたまらなく、緊張して電車に乗っている人もいるのだ。マナーを守ることはもちろん、<u>自分と携帯電話の関わり方も考え直したいと思った。</u>

關鍵詞彙

他愛のない：無聊。

空虚：空 ，空洞。

居眠り：打瞌睡，打盹。

喝を入れる：喚醒，激勵。

遭遇：遭遇。

ペースメーカー：心律調整器。

比較閱讀類特別練習1：

AとBのどちらの文章にも触れられている点は何か。

1. 高校生の携帯電話の使用状況
2. 大学生の携帯電話の使用状況
3. 携帯電話でのメール通信の内容
4. 電車内での携帯電話の使用マナー

答案：4

解析 兩篇短文都是關於手機的，但是文章A和文章B的側重點不同。文章A主要講述高中生日常生活中用手機發無聊簡訊的問題，並在第二段裡簡短提及了乘坐電車時使用手機的問題。文章B主要講述的是乘坐電車時使用手機的問題，並著重描寫了在電車上使用手機從而影響人體內心律調整器的事件。由此可見，兩篇文章中都涉及的內容是選項4「電車内での携帯電話の使用マナー」。

比較閱讀類特別練習2：

Bにある「自分と携帯電話の関わり方も考え直したいと思った」理由はどれか。。

1. いつも空虚なメールばかりやっているから。
2. つまらないメールが、他人の命を脅かす可能性もあるから。
3. 毎日ペースメーカーをつけている人にあえるから。
4. 毎日絵文字を使ってのメールのやり取りがつまらなく感じたから。

答案：2

解析 此題是一道原因理由題，問題中的畫線句子是文章B的最後一句。首先要通讀全文，掌握文章大意。其次，文章的最後一段説「空虚なメールの間にも、自分のペースメーカーが壊れないかと不安でたまらなく、緊張して電車に乗っている人もいるのだ」，意為「在我們發內容空洞的簡訊的同時，還有那些擔心自己的心律調整器被干擾而提心吊膽的人」。讀懂文章後可知，大家在電車中使用手機有可能使他人的心律調整器發生異常，導致其喪命。因此正確答案為選項2。

難點：

1. ～らしい (2)：接在名詞的後面，表示事物典型的性質，意為「像……樣的」「典型的……」。

   例 弱音を吐くなんて君らしくないね。／竟説洩氣話，這可不像你啊。

   例 今日は春らしい天気だ。／今天真是典型的春天天氣。

2. ～さすがに：表示受到某種評價的人或事物，在某種特定情況下的表現與評價不符，意為「雖然……（也還是……）」「別看……（還是……）」。

   例 世界チャンピオンもさすがに風邪には勝てず、いいところなくやぶれた。／別看（他）是世界冠軍，得了感冒也沒辦法，一敗塗地。

   例 沖縄でもさすがに冬の夜は寒いね。／雖説是沖縄，冬天的夜晚還是挺冷的啊。

⑦ ゆとり教育の在り方

A

「ゆとり教育」は本来、単に学習内容を削減することだけが目的ではありませんでした。教える量は減らしても、教えたことを確実に身につけさせること、基礎学力を徹底的に身につけさせることが本来の目的だったのです。ところが実際に推し進めるにあたって、「学習内容の3割削減」が全面に押し出されてしまったのです。その結果、本当に必要な「教えた内容を、子どもたちが確実に身につけられるようにするためにはどうしたらよいか」ということが、おきざりにされたのです。さらに、これまで多くの人々によって「ゆとり教育」の何が問題なのかが考えられてきましたが、「学習内容の削減に賛成か反対か」という内容にとどまってしまい、本当に大切なことが見落とされてきたのです。

B

　子供の義務教育を終えてつくづく感じるのですが、結局、宿題が大幅に減ったり、厳しい指導が少なくなったりしたおかげで、学校では、さぼろうと思えばさぼれるようになり、また、さぼろうと思わなくても、質問をするのが少しばかり苦手だと取り残されるようになりました。

　したがって、塾に行って初めて勉強に付いていけているという状態の子は多く、ましてや人並みの高校受験は塾なしで考えにくい状況です。さらには、学校自体が事実上、「生徒は塾に行っている」という前提で授業を進めています。

　結局、さまざまな事情で塾に通えない子供が、学問から取り残されることもあります。そんな教育に失望した保護者たちも出ているということです。

（http://okwave.jp/qa/q4460658.html2012/07/20による）

關鍵詞彙

押し出す：推出，推行。

おきざり：扔下，遺棄。

見落とす：忽略，看漏。

つくづく：痛切的，深深的。

取り残す：剩下，忽視。

ましてや：（表示強調）更何況，更不用説。

人並み：一般，普通，尋常。

比較閱讀類特別練習1：

AとBの意見が一致しているのはどれか。

1. AとBはどちらもゆとり教育に疑問を持っている。
2. ゆとり教育の実施により、学校をさぼる人が増えた。
3. ゆとり教育の実施により、塾に通う人が増えた。
4. ゆとり教育に不満を言う親もいる。

答案：1

解析 題目是找出文章A和文章B的相同觀點。觀察4個選項可以發現選項2、3、4的內容在文章A中並未提及，在文章B中雖被提及，但這3個選項的內容都不準確，由此可以判斷正確答案為選項1。我們再來觀察選項1的內容，在文章A中，處處呈現了對寬鬆教育的質疑，最明顯的是第一句和最後一句，提出了寬鬆教育並不是以減少內容為目的，不論是贊成派還是反對派都遺漏掉了這個最重要的事情。而文章B也從一開始就對寬鬆教育提出質疑，從文章第二行中的「おかげで」以及它後面的消極內容，可以看出這個詞在這裡，並不表示「多虧了」，而是表達一種諷刺的意思，同「せいで」。由此也可以判斷正確答案是選項1。

比較閱讀類特別練習2：

Aはゆとり教育の本當の問題点はどこにあると述べているのか。

1. 学習内容の量を3割に減らしたというところ
2. 子供たちが教えられたものを確実にマスターしたかどうかというところ
3. 学習内容の削減に賛成か反対かに迷っているところ
4. 学習内容の削減が勝手にみんなに押し付けられたところ

答案：2

解析 本題測驗文章A中提到的寬鬆教育的問題是什麼。觀察4個選項，選項1是寬鬆教育的一個政策，並不是問題。選項2正好是選項1的政策造成的問題，即「孩子是否完全掌握了老師教的內容」，因此選項2為正確答案。關於選項3，文章A中只提到大家對寬鬆教育的討論僅停留在是反對還是贊成減少學習內容上。選項4在文章A中沒有提及，所以均為錯誤選項。

難點：

1. ～にあたって：接在名詞、動詞原形的後面，多用於致辭、演講、慰問、採訪等較隆重的場合，意為「在……的時候」「值此……之際」。

   例　開会にあたってひとことご挨拶を申し上げます。／值此會議召開之際，請允許我講幾句話。

   例　試合に臨むにあたって、相手の弱点を徹底的に研究した。／在比賽即將到來之際，（我們）全面研究了對方的弱點。

第8章 資訊檢索類題型

1 ▶ **資訊檢索類題型解題技巧**

資訊檢索類題型也是新日本語能力測驗的一種新題型，主要測驗考生能否在眾多的資訊當中，迅速準確的找出需要的資訊。此類題主要是以傳單、廣告、生活資訊介紹、通知、商業文書等為主。字數在700字左右，出題數量是2題。一般在文章之前會有一個問題描述（詳見例題），在文章之後會有兩道具體問題。我們只要注意文章後的兩道問題即可。另外，由於問題測驗的是時間、地點、人物、方法等，所以這種題型也可以歸類為一種細節類題型。

解題線索：
• 確認所給資訊的內容（廣告、通知、介紹等）。
• 仔細閱讀問題，找到題目中給出的檢索條件。
• 從文字以及圖表資訊中找出重點，逐個對比選項，找出正確答案。

解題技巧：
• 根據標題迅速掌握資訊的主要內容。（快速閱讀）
• 閱讀問題，找出題目中的關鍵字。（仔細閱讀）
• 閱讀資訊，找出閱讀材料中的關鍵字，並在文中圈出關鍵字，對比問題加以理解。（快速閱讀＋仔細閱讀）

・最後檢查所選答案與文中資訊是否一致，避免疏忽造成的錯誤。（快速閱讀）

注意：一定要特別注意文中打星號的注意事項以及括弧中的訊息，這部分一般會成為出題內容。

資訊檢索類題型常見的出題方式：

次は○○である。下の問いに対する答えとして、最もよいものを1．2．3．4から一つ選びなさい。

・○○のうち、応募できるものはどれか。
・○○したかどうかを知るには、○○さんはどうしたらよいか。
・○○している次の學生のうち、この獎學金に応募できるのは誰か。
・○○をした場合、一番給料が多いのはどの仕事か。
・○○さんが応募できる仕事はいくつあるか。
・○○次の○○人のうち、○○の応募条件を満たしているのは誰か。
・応募の段階で必ず提出しなければならないものは何か。
・○○さんに合う講座はどれか。
・○○の講座を受講するためにはどのような手続きが必要か。
・この施設を利用する際に気をつけなければならないことは、次のうちどれか。

例題：

次は、大学のお知らせである。下の問いに対する答えとして、最もよいものを1．2．3．4から一つ選びなさい。

要注意這裡是選擇與文章內容相符的選項。

問題1 お知らせの内容と同じものはどれか。

1. 卒業式と大学院学位記授与式は別々行われる予定である。
2. 11：00までに入場することができる。
3. 卒業生の家族全員が参加できる。
4. 入場には整理券が必要になる。

解答：4

要注意這裡是選擇
不好的方法。

> 問題2 田中さんは大学院学位授与式に参加することになって
> いる、良くないやり方はどれか。
>
> 1. 10時に入場すること。
> 2. 車で来場すること。
> 3. 両親と一緒に参加すること。
> 4. 電車で会場に行くこと。
>
> 答案：2

平成23年度 山城大学卒業式・大学院学位記授与式のお知らせ

今年度の卒業式・大学院学位記授与式を次により挙行いたします。

這句對應問題1的
選項1。畢業儀式
和學位授與是一起
舉行的。

山城大学第60回学位記授与式

山城大学大学院教育学研究科第18回学位記授与式

山城大学大学院経済学研究科第45回学位記授与式

山城大学大学院システム工学研究科第11回学位記授与式

山城大学特別支援教育特別専攻科第15回修了証書授与式

1. 日 時： 平成24年3月22日（木）

　　　11時00分～12時40分（予定）

　　　9時30分入場開始　10時30分入場完了

這句對應問題2的
選項1，從9：30
到10：30都可以
入場。同時，這句
對應問題1的選項
2。很明顯11：00
不能再入場了。

2. 場 所： 大阪城ホール

　　　（JR環状線「大阪城公園」駅下車 徒歩5分）

　　　◇次第

　　　　11：00　奏楽

　　　　11：20　開式

　　　　　　　　学位記授与

　　　　　　　　総長告辞

　　　　　　　　修了生答辞

　　　　　　　　合唱・斉唱

　　　　12：40　閉式

這句對應問題1的選項3，文中資訊顯示陪同參加者人數為兩人，而題中的全體家庭成員不準確。同時，這句也對應問題2的選項3，可以帶父母參加。

這句對應問題1的選項4，選項與文中資訊一致，所以是正確答案。

這句對應問題2的選項2，文中資訊顯示謝絕開車來現場。所以選項2是正確答案。這句也對應問題2的選項4，可以坐電車去。

3. 対象者

　平成24年4月までの修了生及び卒業生

　※ 開始30分前までに入場完了願います。遅刻された場合、式場
　　への入場をお断りする場合がありますのでご注意下さい。

　※ 同伴者の方は2名までとさせていただきます。また、入場に
　　は 整理券が必要 になります。（整理券の配付方法については後
　　日、卒業予定者・修了予定者の方に学生専用HP「KOAN」を通
　　じてお知らせする予定です。）

　※会場収容員数の都合により、大ホールは卒業生用とし、ご列
　　席の皆様には大ホールが満員になり次第、小ホール（ビデオ中
　　継）へご案内させていただきますので、御理解の程よろしくお
　　願い申し上げます。

　※車での来場はご遠慮下さい。

<問い合わせ先>
総務企画部総務課総務係

---

2 ▶ 資訊檢索類題型實戰演練

① 粗大ごみの 収 集 依頼についてのご案内

本章譯文
請見P.250

・収 集 日の2日前までに鴨川清掃センターへ電話予約してください。

Tel：04-7093-5300（月～金　8：30から17：15まで）

・電話で住所・氏名・電話番号、捨てるもの、指定のごみ 集 積
所を伝えてください。

その際に処理券購 入 枚数分の予約番号をお知らせしますので

メモを取ってください。

・下記の粗大ごみ処理券取 扱 場所にて処理券を必要枚数購 入 してください。

・申 込 をした当日の朝8時30分までに指定のごみ集 積所へ出してください。

※粗大ごみ処理券取 扱 場所

鴨川市役所環 境 課、××支所、×× 出張所 、ふれあいセンター、 市民サービスセンター、 郵便局

詳しい出し方については鴨川市ごみの分け方・出し方 (表面) に記載してありますのでご覧ください 。

・ごみについてのお問い合わせは

鴨川清掃センター (Tel：04-7093-5300)

(http://www.city.kamogawa.lg.jp/JP/0002/0030/00001770_2_30.htmlによる)

關鍵詞彙　問い合わせ：詢問，打聽。

資訊檢索類特別練習1：

案内によると、鴨川清掃センターへ電話予約する場合、何をメモしなければならないのか。

1. 指定のゴミ集積所
2. 処理券購入枚数
3. 処理券購入枚数分の予約番号
4. 粗大ごみ処理券取り扱い場所

答案：3

解析 這是一份如何向有關部門申請回收大型垃圾的通知。4個選項的內容在通知中均提及，關鍵是搞清楚題目就哪一點進行提問，帶著問題在文中找答案。題目是問打電話預約時應記錄下什麼，帶着這個問題，在文中可找到「その際に処理券購入枚数分の予約番号をお知らせしますので、メモを取ってください」，由此判斷正確答案為選項3。

信息檢索類特別練習2：

> 下記の記述のうち、正しいものはどれか。
>
> 1. 収集日の2日前までに鴨川清掃センターに電話して予約しなければならない。
> 2. 鴨川清掃センターにて粗大ごみ処理券を買い求めなければならない。
> 3. 申し込みをしたその日に指定のごみ集積所に出さなければならない。
> 4. 粗大ごみ処理券取り扱い場所にて予約番号を知らせてもらわなければならない。
>
> 答案：1

解析 「取り扱い」意為「受理」，在此可理解為「銷售」，所列6處「粗大ごみ処理券取扱場所」中雖也出現了「鴨川」、「センター」等字樣，但仔細比對可發現其中並沒有「鴨川清掃センター」，故首先排除選項2。選項3遺漏了「朝8時30分までに」這一訊息，將扔垃圾的時間擴大成當天全天，也不對。選項4「予約番号」是打電話到「鴨川清掃センター」預約時，由「鴨川清掃センター」告知的，並非在「粗大ごみ処理券」銷售點得知的。這類題往往利用文中熟悉的文字製造陷阱，如不細心則很容易選錯答案。

② 懇親会のご案内

会員各位

秋めいてまいりましたが、いかがお過ごしですか。

　今年も恒例の懇親会を11月15日（午後6時）下記の場所で開催する運びとなりました。

　この会も早くも6回を数えますが、回を重ねるごとに友好の輪が広がってきておりますのでご多忙中とは存じますが、ご出席いただけますようお願い申し上げます。

なお、準備の都合 上 11月1日までに出欠を幹事までご連絡ください。

記

平成 23 年 10 月 15 日

1. 日時 11月15日（木）午後6時〜午後8時

   場所 銀座日航ホテル 鶴の間

   東京メトロ銀座線新橋駅下車5出口より徒歩3分

   電話番号 03-3571-2613

2. 会費 5,000円（當日お持ちください）

幹事 山内健太郎

Tel：03-1234-5678

 運び：進程，進展

資訊檢索類特別練習1：

> 案内によると、会費の支払いはどうなっているのか。
>
> 1. 11月1日に幹事に支払う。
> 2. 11月1日までに幹事に支払う。
> 3. 11月15日に銀座日航ホテルで支払う。
> 4. 11月15日までに銀座日航ホテルに支払う。
>
> 答案：3

解析 邀請函中關於會費繳納的句子是「会費 5,000円（当日お持ちください）」，即11月15日聯誼會當天在會場繳會費，所以正確答案為選項3。11月1日是告知幹事出席與否的截止日。

資訊檢索類特別練習2：

下記の記述のうち、正しくないものはどれか。

1. 恒例の懇親会はこれまで6回行われている。
2. 恒例の懇親会は友好の輪の広がりにつながる。
3. 懇親会に出席するかどうか幹事に連絡すること。
4. 懇親会の場所は東京メトロ銀座線新橋駅5出口を出て歩いて3分のところにある。

答案：1

解析 在文中可以找到與各個選項相關的內容，關鍵在於判斷選項與文章內容是否相符。「この会も早くも6回を数えますが」中「数えます」時態為非過去式，在這裡表示本屆聯誼會是第六屆，而選項1的意思是聯誼會迄今為止已舉辦了六屆，所以錯誤。

難點：

1. 〜めく：多以「名詞＋めいて」或「名詞＋めいた」的形式使用，意為「帶有……氣息」。

   例 だんだん暖かくなり、春めいてきた。／天氣漸漸的暖和了起來，有了春天的氣息。

   例 怪しい男が謎めいた言葉を残して去って行った。／一名怪異的男子留下謎一般的話後離開了。

2. 〜ごとに：接在名詞和動詞的名詞修飾形的後面，意為「每次」「每回」「總是」。

   例 一雨ごとに暖かくなる。／一陣春雨一陣暖。

   例 会う人ごとに頼む。／逢人便求。

3. 〜上：接在名詞的後面，意為「在……方面」「從……來看」。

   例 経済上／經濟上

   例 政治上／政治上

③　自然体験イベント「ぶどう収穫祭」のご案内

天高く、さわやかな季節となりました。

皆様におかれましては、ますますご健勝のこととお慶び申し上げます。

さて、猛暑と騒がれた今年の夏もようやく去り、今年もぶどうの収穫の季節を迎え

ました。気温が高かったせいでやや小ぶりではありますが、甘さは十分！満足の行く

出来となっております。

今回は有志の皆さんにより、収穫後のバーベキューも企画しています。

ぜひともふるってご参加下さいますようお願い申し上げます。

記

日時：平成23年9月8日 午前10時

場所：市民センター

参加料：1世帯4,000円（4名まで）

当日現地にて申し受けます。

以上

募集人数：20名

その他：動きやすい服装で、軍手をご持参下さい。

　　　　雨天の場合も実施いたします。

申し込み方法：

メール、FAX、ハガキのいずれかに（1）住所（2）参加者全員の氏名および年齢（3）

連絡先電話番号をご記入の上、金沢交流センター企画課までお申し込み下さい。

申込先：

〒□□□−□□□□□□市□□□町□−□

FAX □□□−□□□□ Eメール□□□@□□□□

（お問い合わせ tel.□□□−□□□−□□□□）

申込締切：8月30日午後5時（必着）

恐れ入りますが、応募多数の場合は抽選とさせていただきます。

關鍵詞彙

さわやか：清爽，爽快。

出来：完成。

ぜひとも：務必，一定。

世帯：家，家庭。

資訊檢索類特別練習1：

母親と子供2人の田中一家が当該イベントに参加する場合、参加料としていくら払うことになるのか。

1. 4,000円
2. 8,000円
3. 10,000円
4. 12,000円

答案：1

解析 這是一道費用計算題，是資訊檢索類題型中常見的出題類型。本活動的收費是按「世帯」計算，而不是按人數計算，所以解題關鍵是要理解「世帯」一詞的意思，「世帯」意為「一戶」，由此判斷正確答案為選項1。大家在答題過程中，容易犯了以為理所當然的錯誤，如果認為小孩應該半價，就可能會錯選選項2。

資訊檢索類特別練習2：

下記の記述のうち、正しくないものはどれか。

1. 今年のぶどうは例年に比べ、やや小さい。
2. 申し込みはメール、FAX、ハガキのどれかで行う。
3. 参加料は現地で支払う。
4. 抽選で参加者を決める。

答え：4

解析 題目是找出選項中不正確的一項，這類題的選項乍看之下似乎都對，因此需要格外注意文章細節。選項4意為「透過抽籤決定能否參加活動」，而原文「応募多数の場合は抽選とさせていただきます」意為「當報名人數超出預定人數時，將以抽籤決定」，也就是說，報名人數未超出預定人數時，報名即可參加。兩者在意思上有些微出入，故選項4的說法錯誤。

難點：

1. ～におかれましては：接在對身份尊貴者的稱呼後面，以表尊敬，多用於致辭或正式的書信中，意為「關於……的情況」。

    例 先生におかれましては、お元気そうでなによりです。／只要老師身體健康，我們就高興了。

    例 本日は、木村会長におかれましては、御多忙中、わたしどもの展示会にご臨席くださり、大変感謝しております。／今天，木村會長在百忙之中出席我們的展示會，（對此我們表示）衷心的感謝。

④ 簿記教室

江別市民活動センター・自主講座簿記教室の生徒を募集しています。初心者から検定受験者まで、少人数制・個別指導、再受験の方大歓迎です。挑戦しませんか？

講座開始日：10月9日（火）から

時　間：18：30〜20：30

開催曜日：週2回 火曜・金曜

講　義：基礎講座 2時間×16回＝32時間

　　　　演習講座 2時間×8回＝16時間

クラス：3級商業簿記

募集人員：4名

講　師：長尾吉紘（野幌簿記塾）

受講料：9,600円（1ヶ月）

お申し込み方法

● 下記のメール宛先にメール送信お願いします（24時間受付）。

ebetusi@XXX.ne.jp

＊件名「XX申込」

＊記載事項〔全て必須〕

○氏名、フリガナ（フルネーム）

○電話番号

○簿記の學習経験

　・あり or なし

― 必ずご確認下さい―

※お申し込みは事前メール予約制となります。

※受講者が複数の場合、その人数分記載してください。

※記載事項に不備がある場合、受付が出来なかったり遅れたりすることがございます。

※3日待ってお申し込み受付完了メール未着の場合、受信設定などご確認の上、011-374-1460まで必ずご連絡ください。

※個人情報はご連絡のみに使用致します。

關鍵詞彙　初心者：初學者。

不備：不完整，不齊全。

資訊檢索類特別練習1：

> 簿記教室の記述について正しいものはどれか。
>
> 1. 初心者の募集はしない。
> 2. 再受験者の募集はする。
> 3. 募集対象は初心者のみとする。
> 4. 募集対象は再受験者のみとする。
>
> 答案：2

解析　與本題相關的句子是「初心者から検定受験者まで、少人数制・個別指導、再受験の方大歓迎です」。「初心者から検定受験まで」告訴我們從初學者到準備報考資格考試的人都可參加，招收對象的範圍很廣，「再受験の方大歓迎」指出也歡迎再次報考該考試的考生參加。另外，選項3和選項4中「のみ」表示限定，掌握了這一文法便可以選出正確答案。

　　總之，做這類題的關鍵，是逐一將選項與原文對比，仔細篩選。

資訊檢索類特別練習2：

> 申し込み結果のお知らせはどうなっているのか。
>
> 1. 申込み受講者にお知らせの電話がかかってくる。
> 2. 申し込み受講者宛にお知らせの葉書が届く。
> 3. 申し込み受講者宛にお知らせのメールが届く。
> 4. 本文では触れられていない。
>
> 答案：3

解析　文中「3日待ってお申し込み受付完了メール未着の場合、受信設定などご確認の上、011-374-1460まで必ずご連絡ください」表示，報名3天後仍未收到「報名受理完成」的郵件時可打電話聯繫，這說明正常情況下報名後3天內，報名者會收到「報名受理完成」的郵件，由此可知報名結果是透過「郵件」通知報名者的，所以正確答案為選項3。

　　當不能直接找到答案時，考生要在相關內容中找出有效資訊。

⑤　敷地内自転車・バイクの整理について

平成24年10月吉日

入居者各位

株式会社アーバンホーム

管理センター

金沢市泉本町6丁目81番地1

TEL：076-234-5678

敷地内自転車・バイクの整理について

　いつも当物件をご利用いただきまして誠に有難うございます。

　さて、敷地内にある自転車・バイクの数が増え、駐輪しづらい状況が続いております。

　自転車・バイクの所有者を把握するため、駐輪票を一室に付き1枚配布いたしますので、駐輪票へ物件・号室・お名前をご記入の上10月28日（日）までに自転車・バイク本体の見やすい箇所に貼ってください。

　また、処分すべき自転車か判別するため、自転車本体にビニールひもを結びましたので、ご自分の自転車からビニールひもを外してください。

　尚、駐輪票の貼付が無く、ビニールひもが残っている自転車は、放置自転車と見なさせていただき、10月28日（日）以降をめどに撤去いたします。

　（駐輪票の追加が必要な方は当社までご連絡くださいますようお願いいたします。）

　入居者の方にはお手数をお掛けいたしますが、何卒共同住宅の事情をご理解いただき、ご協力を賜りますよう、よろしくお願い申し上げます。

見なす：視為。

何卒：請，務必。

資訊檢索類特別練習1：

> 敷地内に駐輪している自転車はどんな場合に放置自転車と見なされるのか。
>
> 1. 管理センターに指定されていないところに駐車している場合。
> 2. 管理センターから駐輪票の配布がない場合。
> 3. 自転車本体に駐輪票を張っておらず、ビニールひもを外していない場合。
> 4. 自転車本体に駐輪票を張っていて、ビニールひもを外した場合。
>
> 答案：3

解析 解答本題的關鍵是理解「駐輪票の貼付が無く、ビニールひもが残っている自転車は、放置自転車と見なさせていただき」這句話，意為「沒有貼停車券，且還留着塑膠繩的自行車將被視為廢棄自行車」。選項3「駐輪票を張っておらず、ビニールひもを外していない」意為「即沒有貼停車券，也沒有解開塑膠繩」，剛好符合上述條件，故為正確答案。

請注意，答題時應按照文中內容作選擇，不能憑常識推斷。如選項1，就常理説來似乎也很有道理，但文中並未提及管理中心是否會劃定停車區域，故不是正確答案。

資訊檢索類特別練習2：

> 当物件入居者である田中さん一家が10月28日以降も敷地内に2台駐輪したいと思っているが、どうすればよいのか。
>
> 1. 駐輪票に必要事項を記入したうえ、10月28日までに自転車本体に貼る。
> 2. 自転車本体にあるビニールひもを外す。
> 3. 管理センターに連絡し、駐輪票の追加を申し込む。
> 4. 自転車を一台処分する。
>
> 答案：3

解析 管理中心每戶只發1張停車券，根據「駐輪票の追加が必要な方は当社までご連絡くださいますようお願いいたします」這句話可知，田中家如果想在10月28日以後繼續停放兩輛自行車，應該與管理中心聯繫，申請追加1張停車票。所以正確答案為選項3。

做這道題時，首先應確實理解問題，然後再去文中尋找合適的答案。

難點：

1. ～をめどに：接在名詞的後面，意為「以……為目標」。

> 例　来月をめどに完成を急ごう。／以下月為目標抓緊完成（這項工作）。

> 例　九月実施をめどに細部を詰めている。／以九月實施為目標展開細部工作。

⑥　さくら英語教室

　さくら英語教室は、英会話を学ぶ目的や目指すレベル、現状のレベルチェックを1時間で行った上で、**カウンセラーが最適と考えるプラン**をご提案させていただきます。

　シーンやテーマ別に分けられており、1,000以上のトピックを扱う教材を準備しているため、豊富な選択肢をご提示できます。目的に応じたレッスンプランのご提案の際に、料金についてもしっかりと説明させていただきます。基本的には、レッスンの回数と時間に応じてレッスン料金が変化します。

コース名	コースの特徴	受講ペース	受講料
英会話入門コース（基礎・初級）	ビジネスシーンにも対応。実践重視の英会話基礎講座	週1回80分全40回／固定制	130,000
日常英会話コース（あらゆるレベルに対応）	グループ形式＆担任制で楽しくしっかり学ぶ	週1回80分全40回／固定制	160,000
時事英会話コース（中級・上級）	日本をはじめ世界のニュースまで、英語で意見を展開	週1回80分全40回／固定制	160,000

プライベートレッスン （あらゆるレベルに対応）	学習内容・時間・期間をすべてオーダーメイド	週1回 40分×2レッスン	16,274／回〜
ウェブレッスン （入門〜上級）	自宅でネイティブ講師と英会話レッスン	1回50分 自由予約制	1,782／回

關鍵詞彙

目指す：以……為目標。

レベルチェック：程度測試。

カウンセラー：（個人、社會、心理等方面）職業諮詢人員。

あらゆる：全部的，所有的。

プライベート：個人的，私人的。

オーダーメイド：量身打造，訂做。

資訊檢索類特別練習1：

チラシの内容と同じものはどれか。

1. 基本的には、レッスンの回数と時間にかかわらず料金は一定だ。
2. プライベートレッスンは初級のみ対応する。
3. 時事英会話コースは世界のニュースだけを取り扱う。
4. ウェブレッスンはあらゆるレベルに対応できる。

答案：4

解析 選項1意為「無論上課的次數和時間，費用都是固定的」，但文章説課程價格並不相同，所以此項是錯誤的。選項2意為「只有初級才開設一對一課程」，但是根據文中「あらゆるレベルに対応」，可以判斷此項也是錯誤的。選項3中的「世界のニュースだけ」過於限定，文章中説的是「日本をはじめ世界のニュースまで」，所以此項也是錯誤選項。選項4叙述的內容和文中「ウェブレッスン（入門〜上級）」一致，所以為正確答案。

初級レベルが参加できないコースはいくつあるか。

1. 一つ
2. 二つ
3. 三つ
4. 四つ

解答：1

解析 題目是問初級學生不能上的課有幾門。在此要注意文中括弧內提示的內容，其中「時事英会話コース」下面寫的是「中級、高級」，顯然只有這門課初級學生不能選，所以正確答案為選項1。

⑦　洗濯機販売（せんたくき きはんばい）

お届けから 標 準 設置作 業 まで無 料 で 承 ります。

全自動洗濯機 ＡＰ-60ＧＫ（W）　　　　　【標 準 設置無 料】

商 品コード：63210

■基 本配送 料：無 料　■配送区分：設置 商 品

■ 商 品のお届けについて

商 品配送の 準 備が 整い次第、後日電気屋より確認のご連絡をさせて 頂きます。

※お届け日時については、その際にご相談下さい。

【 商 品解説】

• 2つの吸い込み口から大 量 の風を槽のおくまで取り込み、高速回転で水分を 強 力 に吹き飛ばすので、干す時間が 短縮 できます。

• 濃い洗 浄 液を衣類に浸透させてから、水をためて洗うので汚れを芯からしっかり 落とします。

【スペック】

- 洗濯・脱水容量：5kg

- 標準使用水量：100L

- 消費電力（50Hz／60Hz）：450W

- 消費電力量（50Hz／60Hz）：100Wh

- 目安時間：約45分

- 外形寸法（幅×奥行×高さ）：563×604×957mm

- ボディ幅：520mm

- 質量：約25kg

【注意事項】

ご注文前に、商品搬入経路に十分なスペースがあることをご確認ください。

　事前のご確認がなく、商品搬入不可の場合は、配送・引き上げ費用をご負担いた

だきます。あらかじめご了承ください。

洗濯機ご注文前に、排水口の位置をご確認ください。

　洗濯機を設置した時、洗濯機の真下に排水口がある場合、また防水パンのサイズな

どの関係で排水口が本体下にくる場合は「真下排水の部材」が必要になります。

販売価格：25,350円（税込）

關鍵詞彙

承る：接受，聽從。

整う：完善，完整。

ためる：積，蓄（液體）。

寸法：尺寸，長短。

引き上げ：往上提，使之升高。

真下：正下方。

資訊檢索類特別練習1：

広告の内容と違うものはどれか。

1. この洗濯機は5kgまで洗濯できる。
2. この洗濯機は脱水機能が強く、服が乾きやすい。
3. 商品の基本配送と設置作業料は無料だ。
4. 商品搬入経路が確保されているかどうかに関係なく、無料で洗濯機を設置して
   くれる。

答案：4

解析 題目問的是與廣告內容不符的是哪項。根據文中「洗濯・脱水容量：5kg」、「商品
解説」和「お届けから標準設置作業まで無料で承ります」這三句話可以判斷，選項1、
2、3與廣告內容相符。所以本題答案為選項4。也可根據「事前のご確認がなく、商品搬
入不可の場合は、配送・引き上げ費用をご負担いただきます」找出正確答案。

資訊檢索類特別練習2：

この商品を注文したい人は注文する前に何をしたほうがいいか。

1. 洗濯機の標準設置の費用を確認したほうがいい。
2. 事前に電気屋へ商品があるかどうかを確認に行ったほうがいい。
3. 商品を運ぶ経路が十分にあるのかを確認したほうがいい。
4. 汚れを落としやすい洗浄液を買ったほうがいい。

答案：3

解析 根據文中「事前のご確認がなく、商品搬入不可の場合は、配送・引き上げ費用を
ご負担いただきます。あらかじめご了承ください」可以判斷選項3為正確答案。其他選
項的內容在文中都沒有提及。

難點：

1. ～次第（2）：接在動詞ます形（サ變動詞詞幹）之後，表示一旦前項發生，就立刻
   進行後項動作，意為「一旦……就……」。

   例　来週のスケジュールが決まり次第、ご連絡致します。／下週的日程一旦確定，
   　　就會立即聯繫您。

   例　帰国次第、仕事探しに出かけます。／一回國馬上去找工作。

第9章 綜合練習

本章譯文
請見P.257

① 壁

日本人と在日外国人——この二者の間には目には見えない大きな「壁」がある。

私がこの「壁」を感じたのは、高校2年時のブラジル留学中に在日歴18年の日系ブラジル人のキヨシと出会ったときだ。彼は親のデカセギのため、1歳の時に来日したのだという。彼は日本滞在中、同級生から「ガイジン」のあだ名でいじめられ、教師からも差別を受けたのだ。学校だけでなく、地域からも孤立した彼は、日本という大きな「壁」にぶつかったのである。キヨシはこの問題は、「日系ブラジル人共通」と言い、日本での厳しい経験をふり返った。この時、私は日本人と在日外国人の間の「文化の壁」によって、彼のような状況に置かれる人がいるのだと思い込んでしまった。

ブラジル帰国後、私はこの「壁」を打破したいと思い、在日外国人への日本語指導ボランティアを始めた。そこで私は、義務教育学齢の約1万人の外国籍児童が不登校になっていることを知り、衝撃を受けた。「文化の壁」があるだけで、こんなに多くの子たちが学校に通っていないのはおかしいと思い、なにか別の「壁」の存在を考えるようになった。そして私はボランティアを続ける中で、もう一つの「壁」に気づかされた。それは「心の壁」である。これは、私たち日本人が無意識のうちに作り

出している「壁」なのだ。日本は、「孤島」ということもあり、自文化中心主義的な考えが強い傾向がある。この思想そのものが「壁」となっている。私自身、ブラジルへ留学した経験もあり、「文化の壁」というのはほとんど感じないようになった。しかしボランティアで外国人と触れ合う時、彼らとの間に少なからず「壁」を感じてしまっていたのだ。私は無意識のうちに作ってしまっていた「壁」の存在に気づき、遺憾に思った。そして何としても、日本人と在日外国人との「壁」を打破したいと強く思った。

そのためには、先ず日本は自文化中心主義を捨て、多文化主義になる必要があるだろう。私は日本における多文化共生社会構築を実現させたいという志を抱いている。現在、日本は多文化主義なき多文化共生社会だ。在日外国人との間には何重もの「壁」が存在するのに、それを見過ごしている。これでは彼らと真に理解し合うことは不可能ではないか。

私はこの強固に立ちはだかる、「文化の壁」「心の壁」を打ち砕き、日本の多文化主義社会構築に寄与したい。

（久保山潤「第12回毎日新聞社インターネットによる高校生小論文コンテスト最優秀賞」による）

關鍵詞彙

デカセギ：外出打工。

少なからず：多，非常。

立ちはだかる：阻擋，妨礙。

打ち砕く：打碎，打破。

主題主旨類特別練習：

日本人と在日外国人との間の「壁」とは、どんな「壁」なのか。

1. 「文化の壁」
2. 「心の壁」
3. 「文化の壁」と「心の壁」両方
4. 「文化の壁」と「心の壁」以外の壁

ε：案答

解析 此題為內容理解題，關於「壁」的含義，可在文中找到以下幾句關鍵句，分別為「なにか別の『壁』の存在を考えるようになった。」「それは『心の壁』である。」「在日外国人との間には何重もの『壁』が存在する。」「私はこの強固に立ちはだかる、『文化の壁』『心の壁』を打ち砕き、日本の多文化主義社会構築に寄与したい。」由此可知「壁」是「文化の壁」和「心の壁」兩個，所以正確答案為選項3。

難點：

1. ～だけで：接在動詞或形容詞常體的後面，意為「就因為……」。

   例 勉強を一生懸命頑張っただけで、その会社に就職できると思うのは間違いだよ。／以為只要努力學習就可以進那家公司工作，那就大錯特錯了。

   例 英語が出来ないだけで昇進できないのはおかしい。／因為不會英語就不能晉升，這也太不合理了。

② お金は人と人をつなぐ「潤滑油」

僕はお金をある種の「潤滑油」みたいなものと考えています。もっと噛み砕いていうと、お金は物を買うため、ぜいたくするためのものとは思っていません。

自分が自分らしく生きるための手段、人に喜んでもらえるための手段の一つと考えています。自分の魂を輝いたものとしてくれる手段にはさまざまなものがあり、お金はそのうちのほんのひとつなのです。

もちろん経営者としては、会社が借りているオフィスの家賃を払って、社員にも給料を払わないといけません。そんな現実的な部分でもお金は必要です。でも、僕の場合は基本的には、お金を「人と仲良くなるためにちょっと何かプレゼントを買う」とか、「ちょっと便利になるために物を買う」といったように、日々の生活を円滑に送るための潤滑油のようなものとして捕らえています。

　そもそも会社とは、お客さんからもらったお金を分配して、利益としているわけです。お客様からの「ありがとう」がお金に変わると考えてください。社長という肩書きにお金がついてくるわけではありません。先ほどもちょっと触れましたが、最近、若い世代の起業を志す人たちと話をしていると、彼らの多くが社長という肩書きさえあれば、高い年収が約束されるという勘違いをしているように、思えてならないのです……

　ここで絶対に心得ておいてほしいのは、社長は、会社の利益からいろいろなものを差し引いた後、残ったお金があった時に、はじめて自分の給料額を決めるべきであるということです。社員の給料を払って、家賃などももろもろの経費を払って……社長がお金をもらうのは最後の最後です。社長の給料を先に決めてはいけません。こういった気持ちを持つことは、特に起業家を志す人にとって本当に大事なことだと思います。

　不幸にも会社が赤字になった時、資金が足りなくなった時、一番融通がきくのは社長の給料です。減らしたり増やしたり、社員の給料はそうはいきません。家賃などの経費だってそうです。社長はお金が足りなかったら、自分が全部背負わなくてはならないのです。少なくとも、そういう気持ちで会社を立ち上げなくてはダメです。僕もそうでした。実際、就職課を立ち上げて大変だった最初の半年ぐらいは僕の給料はゼロでした。

（内田雅章『五つの仕事力』による）

噛み砕く：（簡明易懂的）解釋。

肩書き：頭銜，官銜，身份，地位。

勘違い：錯覺，誤會。

心得る：理解，領會。

差し引く：扣除，減去。

はじめて：……之後才……。

融通がきく：隨機應變，變通。

立ち上げる：啟動，開始。

原因理由類特別練習：

「僕の給料はゼロでした」とあるが、それは何故か。

1. 給料の高い社長になれなかったから
2. 最初から起業家を志しているから
3. 就職課を立ち上げて最初の半年だから
4. 資金が足りなくて大変だったから

答案：4

解析 題目問的是「我的薪水為零」的原因，這句話也是整篇文章的最後一句，所以我們可以先看選項，帶著選項讀文章，讀完文章的同時也就可以順利的選出正確答案。文中與老闆的薪水為零有關的描述是「社長はお金が足りなかったら、自分が全部背負わなくてはならないのです……僕もそうでした」，意為「出現資金不足時，老闆就必須自己承擔盈虧……我曾經也是如此」。由此可排除與此句意思不相符的選項1、2、3。

③ 未来への投資

　2009年12月7日からデンマークのコペンハーゲンで開かれるCOP15は2005年に京都議定書が発効して以来の重要な会議になる。2013年以降各国がどのように対策を進めるのかという次期枠組みが決まるからだ。鳩山首相が打ち出した温室効果ガス25％削減の表明が、世界各国から注目をあびているなか、政府はどのように考えているのだろうか。

　民主党地球温暖化対策本部事務総長として温暖化対策に積極的に取り組み、COP15にも参加をする外務副大臣福山哲郎氏にお話しをうかがった。

　私たち若者が今取るべき行動は何だろうか？

　「温暖化対策は人類にとって長く厳しいチャレンジですが、新たな豊かさを作っていくための希望のシナリオになるかもしれません。しかし、この問題はすぐに解決しないため、その思いを次の世代の人々につないでいかなければいけない。受け継いだ人々は先輩がやっていることを認め、時には批判しながら、プレーヤーとしてそれを回りにつないでいってほしい」と言う。

　新聞には温暖化対策で、いまの家庭へはもちろん、将来は私たち子ども世代にも負担が増えると書かれているため、この問題にはとても関心がある。

　こうした指摘に対して福山さんは、「温室効果ガス削減対策をすると消費者の経済的な負担が増えると言われています。しかし、『負担が増える』というのは一種の脅しの言葉です。太陽光発電やエコカーを普及させるために国が支援をするので、そのための負担は将来のための投資だとポジティブに考えてもらいたい」と語る。「負担が増える」だとばかり言うことは、気候変動へのチャレンジを国民から奪うということであり、この負担は未来につながることなので皆で頑張ろうと国民に負担の

意味をしっかり伝えることが政府に必要なのだそうだ。

　今までに取材してきたNGOの人々から、気候変動を改善していくには温室効果ガス25％削減では温暖化を抑えるのには不十分だという意見が出ている。それに対して福山氏は冷静な態度で、「まずは目の前にある25％削減を先に考えている。ステップ・バイ・ステップでやっていけば良い」と語った。

　国民はこの不景気の中で、温暖化対策によってこれ以上負担したくないと思う人は多いと思う。しかし、福山氏の言う通り、温暖化対策への負担は将来の自分たちへの投資だと思ったほうが良いだろう。政府が、この負担は新たな豊かさを作っていくための希望のシナリオになると呼びかければ、国民の温暖化に対する気持ちは変わってくると思う。

（http://www.cenews-japan.org/news/politics/091212_cop15gaimu.htmによる）

關鍵詞彙

デンマーク：丹麥。

コペンハーゲン：哥本哈根（丹麥首都）。

枠組み：框架。

シナリオ：劇本，脚本。

エコカー：環保車，節能車。

指示詞類特別練習：

解析 「コ・ソ・ア」系列指示詞的用法與中文的用法相似，此類問題的答案通常可以在上下文中直接找到。指示詞位於段中或段尾時，經常用來指代前文出現的內容，而讀解考試中最常測驗的就是此類所謂的「承前指示」。「こうした指摘」的前文是「新聞には温暖化対策で……この問題にはとても関心がある」，那麼選項2就是正確答案。而且從「こうした指摘に対して、福山さんは……」這句也可以判斷「こうした」是指代前面的內容。

難點：

1. ～に対して：接在名詞的後面，表示「對於」「針對」。

   例 目上の人に対して、そんな言い方は失礼だ。／對長輩説這種話太沒禮貌了。

   例 時には學生に対して、厳しくする必要がある。／有時候要對學生嚴厲些。

④　コンビニの発展

　　コンビニエンス・ストア（コンビニ）が日本に登場したのは、高度経済成長期の後、1970年代前半である。経済成長期に伴って人々の暮らしぶりや働き方は変わり、時間や手間を節約することが重視されるようになった。1980年代に入ると、早朝や深夜にも開いているコンビニは、本格的に普及し始めることとなった。

　　コンビニは、1990年代の不況期にも店舗数を増やし続けた。働き手として非正規雇用者が新規の出店を支え、また、単身者や働く女性による利用の増加を追い風に、情報技術の導入と更新が継続的に行われた。その結果、コンビニでは、公共

料金の支払いやATM（現金自動預け払い機）での現金の引き出し、そして、インターネットで購入した商品の受け取りもできるようになった。最近では、クリーニングの受け付や購入した商品の個人宅へ配送などを取り扱う店舗もあり、コンビニは私たちの生活にさらに密着するようになっている。

現在、コンビニを経営する各社は、東アジアや東南アジア国々での出店を進めている。日本では、主な利用者である若年層が減少傾向にあり、総人口も減少に転じつつある中、事業展開に新たな方向性を見いだすためである。

このように、コンビニのような身近なものの背景にも、私たちを**取り巻く**社会とそのありかたに大きな変化があることを読み取ることができるのである。

（「2013年度センター試験」による）

關鍵詞彙

追い風：順風。

取り巻く：包圍，圍繞，圍住。

ありかた：應有的狀態。

細節類特別練習：

> 24時間開いているコンビニが普及したのはいつのことか。
>
> 1. 1980年代
> 2. 1990年代
> 3. 最近
> 4. 現在
>
> 答案：1

解析 這是一道時間類細節題，此類題型難度較低，大多能從文章中直接找到答案。題目問的是24小時營業的便利商店是何時普及的，關鍵詞是「24時間開いている」。文章中

雖然沒有直接出現「24時間」這個詞，但在第一段最後一句提到「早朝や深夜にも開いている」，間接的提及了24小時營業一事，讀懂這句話就可以很快找到正確答案。

難點：

1. ～中：前接「名詞＋の」、動詞或形容詞原形，意為「在……之中」。

   例　お忙しいなか（を）ご苦労様でした。／百忙之中您辛苦了。

   例　雪が降るなか、5時間もさまよい続けた。／在大雪中徘徊了5個小時。

⑤　秋の大阪と京都

そろそろ秋風が吹き始める9月に京都の紅葉を楽しむことを決めた。JALマイレージバンクの特典航空券を利用することと全て自前のプランで行動する点がこれまでの旅行とは違っている。とはいえ、基本的日程を定め、インターネットでホテルと観光バスの予約をするだけの話である。

しかし、JALのオンライン予約は本人分は簡単でもワイフ分の手続きが私には分からず電話予約となった。また、日本語、英語、中国語、韓国語の説明ページが用意され充実した印象を受ける大阪市のサイトも、観光バスのオンライン予約は残念ながら未だシステム設定されていない。大阪まで電話するしかなかった。この点は京都の観光バスのほうが明らかに一歩先んじている。オンライン予約をすると、予約番号を記した確認のメールが送られてくるのだ。国際的な観光都市で、先端技術を持つ優良企業も多い土地柄の故であろうか。

9月下旬なのに、京都のホテルは11月下旬の3連泊は予約が難しかった。9月11日の同時テロの後だった。国際旅行、特にアメリカ旅行が激減し始めたことに呼応して国内旅行に目が向かいつつあった。京都の紅葉鑑賞の時期と重なり、知名度の高いホテルは3日連続の空きは既に無かったといっても過言ではない。1・2泊ならあった

が……JTBを初めとして幾多のホテル検索サービスで確かめた結果である。当時の「飛行機とホテルのキャンセルが激増し旅行社が苦境に陥り始めた」という報道から少し違う印象を受けたものだった。

　結局、時折利用する「旅の窓口」で商店街の端にあり便利な立地の京都ロイヤルホテルを予約した。改築を今年完了したと明示されてはいたが、提示宿泊料はとても安く、「旅の窓口」の利用者投稿欄にも不安感を起こさせる情報が多少はあったのだ。最後までどんな部屋になるのか不安が付きまとったのである。実際は、「この値段でこんな部屋？」と思った位に満足できる清潔なホテルだった。もっとも、窓の外は隣の教会のコンクリート屋根しか見えず、監獄の気分ともいえる。室温は調節が出来ずホテル側の押し付けだし、我々には少し暑すぎた。それなのに窓が開けられない。しかし、これらを撥ね除けるのに十分な低価格であった。

　大阪は関空からのリムジンバスがありJR大阪駅に近いヒルトンホテルに決めていた。「旅の窓口」には大阪1泊なら数多くリストされていたが、ヒルトン大阪・ツイン1室1泊は直ぐ見つかった。しかし、ここで予約ページに接続せず最後までリストをチェックする。終り近くにヒルトン・最上階朝食付がプラス1,000円で提供されていた。これなら部屋の質は確実だし、朝食が付いていれば1,000円追加のみなら割安となり価値がある。ここで予約ページに接続した。

　国内旅行のこと、もう気にすることは何もない。足の向くまま気楽に旅と滞在を満喫すれば良いだけである。出発から帰宅まで、これ以上の天候は望めない程の好天が続いた。デジカメで250枚位の写真を撮影し、京都の紅葉も自分では傑作と思えるものも幾枚かは撮れた。総じて、素晴らしい秋の旅であった。

（http://www.5d.biglobe.ne.jp/~hokugyo/osakakyoto/intop.htmlによる）

注：2001年に書かれた記事のため、一部の情報は現在と異なる。

マイレージバンク：里程銀行。

自前：自己負擔全部費用。

土地柄：當地習慣，當地特色。

テロ：恐怖攻擊。

時折：有時，偶爾。

付きまとう：糾纏。

もっとも：話雖如此，不過，可是。

撥ね除ける：推開，排除。

リムジンバス：機場接送旅客的班車。

ツイン：雙人的。

句意分析類特別練習：

「これ以上の天候は望めない程の好天が続いた」とあるが、どういう意味か。

1. 好天は望まなかった。
2. これ以上にないお天気が続いた。
3. 天気が望めないほど悪かった。
4. 望まなかった好天が続いた。

答案：2

解析 這是一道句意分析題，解題的關鍵在於理解這句話中各個詞之間的修飾關係。這句話的主幹部分是「好天が続いた」，即主語是「好天」，動詞是「続いた」，「これ以上の天候は望めない程」是修飾「好天」的內容，而「これ以上の天候は」是這個修飾句的主語，並不是整句話的主語，這也是此題的困難所在。這句話的意思是好天氣一直持續，那麼即可排除答案中表示壞天氣的選項3，剩下的選項1和選項4都表示筆者並不希望好天氣持續。所以正確答案為選項2「天氣一直非常好」。

難點：

1. **～といっても過言ではない**：接在名詞或動詞、形容詞、形容動詞的常體後面，意為「這樣說也不為過……」「可以這樣說……」。

   例　これはこの作家の最高の傑作だといっても過言ではない。／可以說這是這位作家的最棒傑作。

   例　成功はすべて木村さんのおかげだといっても過言ではない。／可以說是多虧了木村才成功。

2. **～ものだ**：接在動詞た形的後面，表示回憶過去，對過去的感慨。

   例　学生時代はよく貧乏旅行をしたものだ。／學生時代經常去「貧窮旅遊」。

   例　彼は若い頃は周りの人とよく喧嘩をしたものだ。／他年輕的時候經常和身邊的人吵架。

⑥　缶コーヒーの値段は？

缶コーヒーの製造に携わっていた方から、色々と教えていただきました。

ということで。今日は、缶コーヒーのお話です。

・缶コーヒーの値段

皆さんは、缶コーヒーの値段をご存じですか？

販売価格ではなくて、コーヒー（中身）が占める値段のことです。

1本の缶コーヒーは、だいたい下記の値段で作られるとか。

コーヒー代（中身）	15円
缶代	20円
缶加工代	5円

計40円

高級感のある缶コーヒーでも、中身は16円程度だそうです。

やっぱり、缶代が一番高いんですね。

容器代に一番お金がかかるのは、缶コーヒーに限ったことではありませんが……

結果として、40円のものが120円程度で販売されていることになります。

確かに流通や、自動販売機で年中冷やしたり温めたりするのにもお金がかかるだろうし。

これは、仕方がないことかも知れませんね。

• 品名で中身を知る

では1本あたりの缶コーヒーに、何グラムの豆が使われているのでしょうか？

缶コーヒーに書いてある「品名（種類別名称）」から、推測してみましょう。

品名　　　　100g中のコーヒー使用量（生豆換算）

コーヒー　　　　　　　　　　　　　　5g以上

コーヒー飲料　　　　　　　　　　2.5g以上 5g未満

コーヒー入り清涼飲料　　　　　　　1g以上 2.5g未満

一番多く使用されている「コーヒー」でも、5g以上です。

生豆換算で5gということは、焙煎豆にすると約4gですね。

1本200gとすると、焙煎豆で8g以上使われているのが「コーヒー」と呼ばれていることになります。

「コーヒー飲料」と「コーヒー入り清涼飲料」は、コーヒーと呼ぶには、あまりにも使用量が少ない気がしますが……

ちなみに、乳固形成分が3％以上の場合は「乳飲料」として分類されるそうです。

（http://www.kimameya.co.jp/mame/kan-price.htmlによる）

注：2004年に書かれた記事のため、缶コーヒーの金額は現在と異なる。

携わる：參與，從事。

あまりにも：太，過於。

對錯判斷類特別練習：

下記の缶コーヒーについての内容から、正しくないものを一つ選びなさい。

1. 缶コーヒー1本は120円ぐらいで売られている。
2. 缶コーヒー1本は40円程度の値段で作られている。
3. 缶コーヒーに生豆と焙煎豆の両方が使われている。
4. 缶コーヒーの重さは1本200gほどある。

答案：3

解析 此題為對錯判斷類的內容理解題，需要在通讀全文的之後再用刪去法解題。文章介紹了生產一罐咖啡需要的成本和原料，選項1和選項2是關於成本的，選項3和選項4是關於原料的。我們可以分別將選項與原文進行對比。文章末尾的「1本200gとすると、焙煎豆で8g以上使われているのが『コーヒー』と呼ばれていることになります」是關鍵句，其中提到一罐咖啡的重量有200克，且使用的是烘焙豆。由此可知選項3不正確，選項4正確。從文中「結果として、40円のものが120円程度で販売されていることになります」知選項1、2正確。故答案為選項3。

難點：

1. ～に限る：接在名詞的後面，意為「限於……」「僅限……」。

　　例　学生に限って半額です。／僅限學生半價。

　　例　会員に限って、二割引です。／僅限會員八折。

⑦ 高校生のアルバイトについて

A

今の中学生や高校生は毎日電子ゲームやオンラインゲームで遊んでいます。特に夏休みの間に。私は高校生はバイトをしたほうがいいと思います。バイトを通して、仕事の経験を積めるし、さらに重要なことには、責任感を育てることができます。責任を持つことは彼らの人生に非常に重要なことです。また、時間の管理能力を向上させ、時間の大切さを理解できるようになります。時間を大切に使うことは成功するためにとても重要な要素のひとつです。しかし、バイトの時間があまり長くなると、悪い面が出ますので、十分に注意してください。勉強、運動、仕事の適切なバランスを取ることは成功するための鍵です。夏休みのバイトがよい経験になるために、親は、子供たちが困難を乗り越えられるようアドバイスをする必要があると思います。

B

高校生がアルバイトをすることに対してリサーチをしたところ、賛成派は総調査人数の88%、反対派は11.8%と、アルバイトを賛成する人が圧倒的に多いという結果が出た。

アルバイトを賛成する主な理由は、アルバイトが「社会勉強」になる側面があるという点だ。要するに、学業に影響を与えない程度で、少しでもアルバイトを通して社会勉強ができるのは悪いことではない、と考えている人が少なくないらしい。

一方、「反対」はわずか10%ほどだったが、その理由は「学生の本分は勉強だ」、「アルバイトばかりして、授業をサボっているという現状はどうであろうか」、「アルバイトで稼いだお金は無駄に使うから必要がない」などだ。賛成派が懸念していることと同様の意見が並ぶ。

關鍵詞彙

積む：累積，積蓄。

バランス：均衡，平衡。

乗り越える：克服。

リサーチ：調查，研究。

わずか：僅僅，稍微。

サボる：偷懶，蹺課。

懸念する：掛念，擔心。

比較閱讀類特別練習1：

AとBに共通して述べられていることは何か。

1. 休みの時に十分にアルバイトをしたほうが人生経験になる。

2. 高校生はアルバイトをするために学校をよくサボるから、よくない。

3. アルバイトの時間はあまり長くなると悪い影響が出るので、気を付けたほうが
よい。

4. 学生の本分は勉強だから、アルバイトをすべきではない。

答案：3

解析　本題測驗的是文章A和文章B都提及的內容。觀察4個選項，依次閱讀文章A和文章B。選項1的內容在文章A中只提到了「夏休みのバイトがよい経験になる」，並未提及需要工作很長時間，所以是錯誤的。選項2和選項4在文章A中沒有提及，所以可以判斷正確答案是選項3。

比較閱讀類特別練習2：

アルバイトに対するAとBの考えについて正しいものはどれか。

1. Aではアルバイトは運動になるからしたほうがよいと述べ、Bではアルバイトは学業に悪い影響を與えるのでしないほうがよいと述べている。

2. Aではアルバイトは責任感が育てられるから大事だと述べ、Bではアルバイト反対派だけアルバイトで稼いだお金を無駄使いにすることを懸念していると述べている。

3. Aでは適切なアルバイトは成功の鍵になると述べ、Bではアルバイト賛成派も反対派もアルバイトで稼いだお金を無駄使いすることを懸念していると述べている。

4. Aでは親は子供にアルバイトをさせるべきだと述べ、Bでは学生自身がアルバイトをするかしないかを決めるべきだと述べている。

答案：3

解析 題目是問文章A和文章B對打工這一行為的看法，描述正確的是哪項。選項1中關於文章A的描述有錯誤，文章A指出「勉強、運動、仕事の適切なバランスを取ることは成功するための鍵です」，和選項1的內容有出入。選項2中關於文章A的內容是正確的，但是關於文章B的內容比較片面，在這裡不單是反對派，贊成派也持同樣意見。選項4關於文章A的內容描述不夠準確，它提到父母該給孩子建議，但沒有說父母必須讓孩子去打工，看到這裡就可以判斷其為錯誤選項。所以正確答案是選項3。

難點：

1. 要するに：副詞，簡短歸納前面的內容，意為「說到底……」「總而言之……」。

   例 けんかをするのは要するにふたりとも悪いところがあるからだ。／總而言之，打架雙方都有不對的地方。

   例 要するに、今回の失敗はやはり我々の力不足だったのだ。／說到底，這次的失敗還是因為我們能力不足。

⑧ 在学生・教職員の方の図書館利用

この案内は、学内者向けの2館共通の利用案内です。ここに記載されていない内容については、各館のページもご参照ください。

館内での注意事項

(1) 食事行為・喫煙・雑談・音読は禁止です。

(2) 携帯電話での通話・撮影は禁止です。

(3) 貴重品の管理にご注意下さい。

(4) 資料の紛失・汚損・破損、施設・設備の損壊の際には、弁償していただきます。

入館・退館

学部生・大学院生の方：「学生証」で入館および貸出ができます。学生証をお忘れの際も、入館はできますが、貸出はできませんのでご注意ください。

教職員・研究員・研究生・聴講生の方：所定の手続きによりカウンターにて「図書館利用者票」を交付します。貸出には図書館利用者票が必要です。

貸出・返却

貸出手続

・図書、雑誌などを借りるときは、「学生証」または「図書館利用者票」を添えて、一階のカウンターに提出してください。

返却手続

・借りた図書は返却日までにカウンターへご返却ください。

・図書館閉館時は、返却ポストに投函してください。（雑誌やCD／DVD等はポスト投函しないでください）

・図書館・図書室で、貸出をした図書については、9館室どこでも返却することが可能です。

・ただし、雑誌や上記以外の資料室等で借りた資料は貸出をした図書館（室）にご返却ください。

更新手続

・借りている図書を引き続いて利用したいときは、1回のみ継続して借りることができます。なお、製本雑誌や視聴覚資料は、更新ができません。

・返却期限内に「学生証」または「図書館利用者票」と図書を持ってカウンターにお申し出いただくか、または、Webサービスをご利用下さい。

弁償：賠償。

引き続く：連續不斷，繼續。

申し出る：申請，提出。

關鍵詞彙

資訊檢索類特別練習1：

利用案内の内容と同じものはどれか。

1. 携帯電話で雑誌のある部分の写真を撮ってもいい。
2. 図書館で財布を無くしたら、弁償してもらえる。
3. 大学院生は入館の時「図書館利用者票」を交付してもらう必要がある。
4. 閉館時は、図書を返却ポストに投函する。

答案：4

解析 題目是選出與使用説明内容相符的選項。根據館内注意事項「携帯電話での通話・撮影は禁止です」可以判斷選項1錯誤。選項2的内容在文中並未出現。關於選項3，從

「教職員・研究員・研究生・聴講生の方：所定の手続きによりカウンターにて『図書館利用者票』を交付します」。所以選項1、2、3均為錯誤答案。再根據「図書館閉館時は、返却ポストに投函してください」可以判斷選項4與文中內容相符，所以正確答案是選項4。

資訊檢索類特別練習2：

> 田中さんは聴講生だが、本を借りる時はどうしたらいいか。
>
> 1. 「学生証」を添えて、カウンターに提出すればいい。
> 2. 「図書館利用者票」を添えて、カウンターに提出すればいい。
> 3. WEBサービスを利用すればいい。
> 4. 9館室に行けばいい。
>
> 答案：2

解析 田中是旁聽生，他該如何借書呢？根據文中「聴講生の方：所定の手続きによりカウンターにて『図書館利用者票』を交付します。貸出には図書館利用者票が必要です」可以判斷正確答案為選項2。

難點：

1. ～向け：接在名詞的後面，表示以某事物為對象，意為「適合……」。

    例 若者向けに服装をデザインする。／設計適合年輕人的服裝。

    例 明日留学生向けのセミナーが開催される。／明天將舉辦適合留學生的研討會。

2. ～のみ：副助詞，多接在名詞的後面，也可用在動詞的名詞修飾形或助詞、副詞之後，意為「只是……」「只有……」「僅僅……」。

    例 学歴のみを問題にすべきではない。／不應該只考慮學歷問題。

    例 人間にのみ考える力がある。／只有人類具有思考能力。

附錄篇

附錄Ⅰ：參考文獻

書籍・日本語

川口良・角田史幸. 日本語はだれのものか. 東京：吉川弘文館. 2005年.

野口悠紀雄. 「超」整理日誌. 東京：新潮社. 1999年.

湯川秀樹. 「湯川秀樹自選集」. 『高等学校現代文』. 広島第一学習社. 1986年.

近藤勝重. あなたの心に読むスープ・しあわせの雑学笑顔編. 東京：幻冬舎. 2007年.

『家庭教育手帳』. 東京：文部科学省. 2010年.

災害が受けるメディアの影響. 心に灯がつく人生の話──今こそ聞くべき名講10. 東京：文藝
春秋. 2011年.

養老孟司. バカの壁. 東京：新潮社. 2006年.

内田雅章. 五つの仕事力. 東京：ゴマブックス. 2008年.

劇団ひとり. 陰日向に咲く. 東京：幻冬舎. 2008年.

倉八順子. 日本語の作文技術　中・上級. 東京：古今書院. 2000年.

池上彰. 伝える力. 京都：PHP研究所. 2007年.

檀ふみ. ほろよいかげん. 東京：三笠書房. 1991年.

辻幸恵. 「製品政策としてのブランド戦略」. 『マーケティングの新しい視点』. 京都：嵯峨
野書院. 2003年.

高如菊　曹珺红. 日本語中級讀本. 西安：西安地圖出版社. 2000年

槌屋治記. 「日本は環境に優しいエネルギーを創出する」『にっぽにあ』. 東京：平凡
社. 2004年

樋口裕一『小論文これだけ──法・政治・経済編』. 東京：東洋経済新報社. 2010年

児玉光雄. 会社に残れる人材になりたかったら読みなさい. 東京：明日香出版社. 1998年

Jodie Hogan作・法官憲章訳『CAMPUS八戸学院VOL. 49』. 学校法人光星学院. 2018年

田中理一. 修士論文「高等学校における文章表現力指導の実践的研究──思考力育成を中心
に」. 2000年.

新聞・日本語

「2013年度センター試験」. 青森：東奥日報. 2013年1月20日.

大久保万智. 「第11回毎日新聞社インターネットによる高校生小論文コンテスト最優秀賞」

久保山潤. 「第12回毎日新聞社インターネットによる高校生小論文コンテスト最優秀賞」

インターネット記事

http://www.cenews-japan.org/news/international/071123_tigau.htm.

http://www.1000moji.com/content/9075.

http://www.promise-essay.com/11th/03.html.

http://www.babytown.jp.

www.seikatu-cb.com/kenkou/hutuka.html.

http://diamond.jp/articles/-/27706.

http://www.sinkan.jp/news/index_3165.html?link=index.

http://japanese.china.org.cn/life/txt/2012-04/13/content_25133581.htm.

http://www.mybigfatwedding.jp/cat25/post-39.html.

http://www.cenews-japan.org/news/social/121102_3d.htm.

http://www.cenews-japan.org/news/social/090406_firutaring.html.

http://d.hatena.ne.jp/ikegai/20080111/p1.

http://www.n-seiryo.ac.jp/~usui/news2/amuro/houdou.html.

http://detail.chiebukuro.yahoo.co.jp/ qa/question_detail/q1369761713.

http://okwave.jp/qa/q209337.html.

http://okwave.jp/qa/q4460658.html2012/07/20

http://www.city.kamogawa.lg.jp/JP/0002/0030/00001770_2_30.html.

http://www.cenews-japan.org/news/politics/091212_cop15gaimu.htm.

http://www5d.biglobe.ne.jp/~hokugyo/osakakyoto/ intop.html.

http://www.kimameya.co.jp/mame/kan-price.html.

http://www.bvt.co.jp/lecture/kansei/kansei_0.html.

http://www.glhome.lixil-jk.co.jp/blog/2011/08/post-95.html2013-1-23

http://www005.upp.so-net.ne.jp/nanpu/novels/trafics_3.html.

http://home.wlu.edu/~ujiek/yomi30.html.

附錄 II：接續一覽表

詞性	連接	例			
形容詞	常體	寒い	寒くない	寒かった	寒くなかった
	詞幹	寒			
	原形	寒い			
	く形	寒く			
	て形	寒くて			
	た形	寒かった			
	ない形	寒くない			
	ば形	寒ければ			
形容動詞	常體	元気だ	元気ではない	元気だった	元気ではなかった
	原形	元気だ			
	詞幹	元気			
	ば形	元気ならば			
	て形	元気で			
動詞	常體	行く	行かない	行った	行かなかった
	ます形	行き			
	原形	行く			
	ない形	行かない			
	て形	行って			
	た形	行った			
	意志形	行こう			
	ば形	行けば			
	可能形	行ける			
	被動形	行かれる			
	使役形	行かせる			
名詞修飾形	動詞	書く	書かない	書いた	書かなかった
	形容詞	おいしい	おいしくない	おいしかった	おいしくなかった
	形容動詞	静かな	静かではない	静かだった	静かではなった
	名詞	雨の	雨ではない	雨だった	雨ではなかった

附録III：文法索引

① 關於地球環境問題 （原文見 P.025）

P.025▶對於包括我們人類在內的眾多生物來説，地球是無可替代的星球。但近年來，因為人類的活動，地球的環境發生了變化。

比如，地表氣溫上升、上空的臭氧層遭到破壞、酸雨、沙漠擴大、熱帶森林減少等的環境變化，在全球各地都不斷發生。

這樣的環境變化給很多生物帶來了不好的影響。實際上，截至目前有很多野生動物已經滅絕，而其中大部分是因為我們人類的活動造成的。

在這個地球上不可能只有人類自己方便、舒服的生活著，人類和其他的生物必須共存。保護地球環境與保護包括人類在內的眾多生物密切相關。而且保護地球環境，是只有我們人類才能做得到，也是我們人類必須去做的事！

② 關於歡送會的通知 （原文見 P.026）

P.026▶平成〇年〇月〇日

各位成員

幹事　鈴木孝雄

今年又有50名大四的學長學姐即將畢業，踏入社會。

P.027▶因此，按照慣例，計畫在如下所示日期舉辦畢業歡送會，望在校生安排好自己的時間，務必參加。雖然這個時期大家可能比較忙，但還是希望大家參加此次活動，一起歡送平時照顧我們的學長學姐。

具體安排如下，無法參加的人請在3月11日之前聯繫幹事（073-100-2569）。

記

1.　時間：3月25日（週六）下午6：00～

2. 會費：3,500日圓

3. 地點：居酒屋Dong

③ 人與人的交流從傾聽開始 （原文見 P.028）

P.028▶大家都說現在這個時代人與人之間的交流變少了。

的確，我們甚至不知道住在同一棟樓裡的鄰居長什麼樣子，這樣的事情現在並不稀奇。如果是有外廊的傳統日式住宅，夏天乘涼的時候就可以順便和鄰居東拉西扯的閒聊，以前在睡覺之前的這一幕再平常不過了。

主婦們倒垃圾時閒話家常的情景也不太常見了。這也是因為在大型公寓旁設置了規定的垃圾丟棄點所致。

因為少子化、三口之家使得原本的家庭人數變少，但家庭成員聚在一起吃飯的情景卻似乎也減少了。

說到這點，有一些年輕人甚至說因為現在有了電子郵件，交流比以前更頻繁。

話雖如此，但總感覺那大多只是膚淺的交流。

「你現在在哪裡？」、「你在做什麼？」、「你週末打算幹什麼？」

總體來說，就只是這類確認時間和地點的對話。透過電子郵件很難有心與心的交流吧。

P.029▶而且，雖然有些人經常聊天，但是聊的幾乎都是工作上的事情，而那些以傳達客觀事實和想法為主，溫暖的心與心之間的交流，卻往往容易被忽視。

④ 笑口常開幸福來 （原文見 P.030）

P.030～031▶以前人們常說「男性的事業能否成功，取決於他娶的妻子」，娶一個可以照顧好自己的妻子，男性才能專心工作。

但是，現在婚後雙方都繼續工作的家庭並不少見。在現在的社會中，男性和什麼樣的女性結合才是最理想的呢？就這點，我們請教了心理學教授內藤誼人先生。

「答案一定是『愛笑』的女性。笑容是會傳染的，和愛笑的人在一起，自己自然而然也會變得愛笑。而且愛笑的人，更容易建立人際關係和獲得機會。」

這一點心理學研究已經證實了。

美國加州大學的心理學者達芬比坎塔爾，用錄影帶記錄了多組母子之間的交流情形，並統計了他們笑的次數。同時，他也調查了每個家庭在「富裕程度」方面屬於哪一個社會階層。透過比較的結果發現，下級階層母親笑的頻率停留在13%，相對的，上級階層母親笑的頻率達到了77%。從這個結果達芬比坎塔爾總結：「要想取得社會所認同的成功，笑容是很重要的因素。」

內藤先生也補充說：「當然了，因為富裕所以才能保持微笑，這種反向的推論也成立。但是，想要擺脫貧困，不應忽視笑容的作用。」

事實證明，笑容會傳染是因為反射神經細胞的作用。看電影哭泣等也是該反射神經帶來的共鳴引發的。笑容可以提高免疫力，這個說法廣為人知，比起總是愛發牢騷的人陪在身邊，雖然辛苦卻仍面帶笑容的人，無疑能讓自己受到更好的影響。

笑口常開幸福來，工作和戀愛都是這樣。

⑤ 食物不能取代藥品 （原文見 P.032）

P.032▶大約十年前，電視節目中經常介紹食品的保健功效，一度引發熱議。曾有某集的電視節目中提到納豆中的黏性成分有利於血液暢通，節目播出後，全國各地的超市相繼出現了納豆被搶購一空的現象。從那時起，像是不易在人體內堆積形成脂肪的食用油等這類被稱為「特保（特定保健食品）」並成為厚生勞動省認可的食品，開始大量上市。日常生活中也有越來越多的人開始服用保健品。

P.033▶食物雖然不像藥物那樣有治病的作用，但長期食用某種食物，就能維持身體健康。舉一個容易理解的例子，高血壓和鹽的攝取量有關。大家知道過量攝入鹽（鈉）會導致血壓升高，所以高血壓患者、準高血壓患者，有望透過減鹽來降低血壓。許多醫院也基於這些已被科學證明的事實，而展開「營養療法」。

特定保健食品有很多針對患有高血壓、高血糖、骨質疏鬆症等疾病的商品在販

售，但是卻沒有適合心理疾病的特定保健食品。另外，上網查可以查到諸如「對憂鬱症有效的營養補充品」等很多的資訊，但是這些都還沒有得到科學證實。所謂營養補充品，就是補充日常飲食中不易攝取的營養素，它們並不是藥品。

⑥ 復興 （原文見 P.034）

P.034～035▶三月十一日下午兩點四十六分，那個瞬間我正在家裡吃午飯，那天吃午飯的時間比平時要晚一些。因為我家所處的那個地方經常搖晃，所以那一瞬間我沒有想到是地震。隨之而來的是一陣更猛烈的搖晃，家裡的碗櫥被震開了，兔子也從籠子中跑了出來。我一邊想著家人會想辦法回來吧，一邊匆忙的看了眼「推特」，便驚呆了。

說起來，第二天berryz工房（女子偶像團體）將在仙台舉辦演唱會。我自言自語的說，應該有粉絲先到了吧！結果還真被我猜中了。

地震時，有位粉絲正好在仙台市區。為了觀看第二天的演出，他提前一天就從大阪來到了仙台。他在「推特」上報了平安，還提到因為停電，新幹線無法運行。為了幫助因為無法回家而顯得憔悴的他尋找如何回家的方法，他推特上的關注者都很拼命幫他。

最後，他先乘坐巴士去了山形縣，然後從山形機場轉機到羽田機場，再到伊丹機場，輾轉才返回大阪。機票都是他的關注者幫忙訂的。

他和他的關注者們只是擁有共同興趣的人。我也只不過是這些人之中的一員，但在那一刻，他們就像真的在身邊，我想有很多關注者會在危急關頭挺身而出吧。

在「推特」上，我看到世界各地的人加上「為日本祈福」的標籤，在那一瞬間我由衷的感受到日本被全世界熱愛著。

我的一位澳洲朋友，利用他在動畫網站上的名氣迅速發來了祝福祈禱的視頻，我感覺我們的心是相連的。

雖然我只能透過網路這樣的媒體與人對話，但萬一有緊急情況，它能幫到我，而我的朋友們也會幫助我。雖然有的人在這次地震中丟了工作，但是，因為彼此之

間是有關聯的，因為一直以來都受到照顧，因為受過恩惠，所以大家才會不分彼此在第一時間就伸出了援手。

如今，在現實生活中人們即便沒有什麼交集，也不能斷了聯繫。將關係網伸向不同方向，即便是藉由興趣愛好也可以建立起人與人的聯繫。只要這樣的聯繫不中斷，日本就能克服任何困難。為了證明這一點，我們正一步一步的開始行動。

⑦ 大量使用片假名好嗎？（原文見 P.037）

P.037▶在《日本、日語、日本人》這本書中，森本哲郎説道：「由於使用了片假名，日語失去了其擁有的歷史性。即便是一個詞彙，裡面也飽含這個詞彙所關聯的一些語境和價值。」森本哲郎嚴厲的批評了外來語的濫用，他認為把一個詞所關聯的東西符號化之後，瞬間就失去了這個詞本身的分量。書中還提到，如今片假名詞彙的泛濫和奈良時期到平安時期大量輸入漢語的時代一模一樣。在這樣一知半解的外來語的洪水中，日本人的思維能力會變成什麼樣呢？很有可能和音讀漢語詞彙一樣，先把片假名詞彙變成日式英語，再轉化成日語。事實上，已經開始這樣了。作者在書中提到自己最擔心將來某一天日語連骨架都瓦解了，人們使用一些已經變質的日語，扭曲的表達著思維和情感。他還説：「日本人應該重新審視、認識這些形成自身精神世界的詞語及日語的特點，並將其發展成準確且優美的語言，除此之外別無他法。」這種對「外來語」的排斥，將使我們邁向正確和美麗的日語之路。

雖然存在著這種敵視片假名詞彙的觀點，但是在「平成十四年關於日語使用的社會調查」中，人們對「怎麼看待會話或書寫中夾雜片假名詞彙？」這一問題的回答是：36.6%的人不喜歡，16.2%的人喜歡，無所謂的人占到45.1%。喜歡的人加上無所謂的人共計61.3%，人數是不喜歡的人的近兩倍。由此可知日本人並沒有對片假名詞彙抱有那麼強的敵意，這讓我鬆了一口氣。

① 像花一般的人 （原文見 P.042）

P.042～043▶曾經有一名義大利男子對我說：「你是個像花一般的人啊！」請不要感嘆「不愧是義大利人，真會說話」之類的，其實這既不是讚美也不是花言巧語。

說起那個義大利人，他其實是我上的英語會話學校的負責人。我每年到了春天就會痛下決心：「今年一定要好好努力學習！」可是當夏天烈日高照，我就會突然不見了人影。所以他把我這個性情浮躁的學生比作花，調侃了一番。

② 市場行銷線是什麼？ （原文見 P.044）

P.044▶無論是哪種商業，都需要有徹底的市場行銷。顧客只要發現商品的價值，即使稍微貴一點也會買。但是，如果顧客感覺不到價值，再便宜也不會買。2,000日圓、1,000日圓，賣不出去的東西降到500日圓突然就會賣出去，這就是市場行銷線。如果掌握不了這個市場行銷線就無法提高收益。這就是我們為什麼會徹底調查這個市場行銷線的理由。

③ 小小自然 （原文見 P.045）

P.045～046▶我看到一篇報導說，東京郊外的某座城市在人行道上修建了人工河流和樹林，孩子們有的在捉蟲，有的在玩水，玩得非常高興。從報導一眼就能看出，那些在大自然裡玩耍的孩子們，臉上表情生動活潑，富有朝氣。

我希望孩子們能去捉龍蝦或抓小蟲玩。因為他們有時可能不小心將牠們弄死，小動物死在自己手中時的悲傷，便會長久的留在心中。正因為沒有體驗過這種心靈的痛楚，才會導致在學校欺負同學並造成同學自殺這樣的事件發生。只有透過與大自然接觸，學習如何與生物打交道，才能成為一名情緒穩定的人。對該城市的這種嘗試，我舉雙手贊成。

④ 你的語言中有「愛」嗎？（原文見 P.047）

P.047▶有的人雖然會說話不禮貌，說說別人壞話，卻沒什麼大問題，反而給人留下了好印象。

另一方面，也有很多人卻會因為說話刻薄而被討厭。

這兩者的區別在哪裡呢？

我認為簡單來說就是有沒有愛。

沒有愛，就很難說出嚴厲或者刻薄的話。如果沒有愛，卻說了嚴厲或者刻薄的話，不僅會傷了對方的心，還會招來反感和怨恨。

在NHK負責《週刊兒童新聞》的時候，我經常開我們組裡年輕職員的玩笑，貶損他們。或許那時他們都很討厭我吧。

不過，自己這樣說也有些不好意思，但那時我雖然把他們損得一文不值，可是我覺得自己其實並沒有被他們討厭。因為我對他們懷有愛。

偶爾當面認真的表揚一下，他們甚至會覺得十分感動，這對我來說也是意想不到的額外收獲。

內心對對方是否有愛？雙方是否建立了相互信任的關係？關係到即使表面上說的都是同樣的話，但給對方的印象卻大不相同。

⑤ 記者的年末年初（原文見 P.049）

P.049▶一年裡，記者能好好休息的時間，只有年末年初的假期。利用存了又存的帶薪假，從聖誕節開始休到新年結束，總共約10天。「居家派」的記者通常會悠閒的看看電影、連續劇之類的，主要以看電視的方式度過。那麼社會上的其他人是怎麼過這個長假的呢？

Sky PerfecTV節目以全國20歲至40歲的300名男女為對象，進行調查。關於「如何度過年末年初的長假？」這個問題，回答「在家度過（86.4%）」的人最

多。關於「屬於『居家派』還是『外出派』？」這個問題，回答「相較之下，還是待在家中的時間居多（52.3%）」占了半數以上，再加上「幾乎都在家度過（26.9%）」的人，「居家派」共占了79.2%。這說明大約八成的人跟記者一樣在家度過長假。順便一提，關於「一起度過年末年初長假的對象是誰？」這個問題，回答「家人（90%）」的占絕大多數，之後依次是「朋友、熟人（17.9%）」、「戀人（10%）」。當然，「一個人度過」的也占13.6%。進一步調查了年末年初在家度過假期的方式，回答「在家看電視（84.9%）」的人超過八成。理由是「看年末年初的電視節目能感受到歲末和新年的氣氛（81.7%）」，「年末年初有期待的電視節目（49.7%）」。果然，直到現在，電視節目在年末年初假期依然是不可或缺的。即使是每天離不開電腦、總是上網的記者，也跟在鄉下的時候一樣，保持著正月裡一家人坐在一起看電視過年的習慣。

⑥ 完全不同！日本學校和國外學校 （原文見 P.051）

P.051～052▶我出生後一直住在國外，十歲回到日本時，對日本和國外的學校之間的差別有興趣而做了調查。

我試著比較自己曾經居住過的新加坡，和居住過美國的朋友的午餐制度、運動會和日本的有什麼不同。我和朋友上的學校都是當地的公立學校。

美國和新加坡的學校到了休息時間，可以吃自己帶的便當，也可以用買的。休息時間因年級不同而不同。美國的學校裡，學生幾乎都是用卡買午餐，也有人用現金買。而且賣的食物每天都不同。

新加坡的學校裡，因為有馬來西亞人、印度人、中國人，所以午餐的菜單有馬來西亞菜、印度菜、中國菜，還有簡單的小點心，也有自動販賣機。像超商一樣，也有販售瓶裝果汁，而且，價格一定不會超過一美元，店裡還賣文具和書。

在新加坡的時候，可以帶茶上學，其他的基本上都是用錢買。所以來到日本得知茶和錢都不能帶去學校，我十分驚訝。比起像日本學校的午餐大家都一起吃同樣

的東西，我覺得新加坡或美國那樣可以吃到許多東西的制度好太多了。

接下來我比較了這幾個國家的學校運動會。聽說在美國的學校沒有運動會。新加坡學校只有躲避球、賽跑這種簡單的運動會。而日本學校的運動會在休息日舉行，父母也會前來觀看，各種項目都有，簡直就像過節。

其他國家又如何呢？調查發現，加拿大的學校沒有運動會。澳洲的學校和新加坡差不多。

透過調查有關運動會的事情，我發現了許多日本與別的國家完全不同的地方。得知有些國家的學校沒有運動會，我非常吃驚。我認為還是有運動會比較好。為什麼呢？因為不管是哪個國家，一年有一次運動盛會的話，總是會讓人感到歡樂的。

我調查了各個國家的學校運動會和午餐制度的情況發現到，因國家不同，許多情況都會不一樣。感到驚訝的同時，我也感覺很有意思。我認為這種差異顯現了每個國家的不同文化。透過這次調查，我感受到各種不同的文化，我還想多瞭解此次調查的國家和其他國家的情況。今後，我想繼續思考其他國家和日本的差別。

⑦ 讓座 （原文見 P.053）

P.053～054 ▶ 在地鐵或公車上，孩子們占著座位，即使老人上車也漠不關心，不會讓座。最近的孩子為什麼不讓座給老人呢？

原因之一是地鐵或公車上沒有讓座給老人的風氣，大人自己也不讓座。因此，很難對孩子說「要讓座給老人」這句話。此外，我認為最主要的原因還是父母太寵愛自己的孩子，沒有教育他們「要讓座」。專家研究指稱，5歲以上的孩子可以不休息持續站30分鐘，7歲以上的孩子可以站1個小時。

還有一個理由是，孩子讓座給老人時，有很多老人會謝絕。但是這麼做是無視孩子讓座的勇氣。其實孩子讓座給老人，並且從對方口中聽到「謝謝」這句話，那時感受到的喜悅是非常大的，孩子也會因此受到很大影響。相反，如果聽到「沒關係，不用了！」這種謝絕的回答，下次就沒有讓座的勇氣了。

現在這個時代，大家對周圍的人都不太關心。的確，我認為過分干涉他人也不太好。但是，像「讓座」這樣對他人的小小體貼，對孩子來説是一份很寶貴的體驗。作為大人不能只教孩子説話，還要多給孩子創造這樣的機會，這也是大人們的責任吧！

① 孩子教育中重要的事情 （原文見 P.058）

P.058▶對孩子來説，自信和珍惜自己很重要。這就如同植物的根一樣，根扎得越深越廣，就越能結出碩大的果實。讓我們相信每個孩子都可以成長，並給與他們的心靈充足的水分和營養吧。

發現孩子的優點並稱讚孩子，這給與了孩子心靈成長的水分和營養。該罵的時候就罵，該表揚的時候就好好表揚。大致上訓斥一次，表揚三次，注意保持平衡。孩子被表揚時會感到喜悦，這樣一來，就可以培養孩子的自信心和自尊心。

② 關於對待工作的心態 （原文見 P.060）

P.060▶如果僅僅把工作視為賺錢的手段，那麼工作時間一長，就會感到很乏味。當然，無論任何人在工作中都會有突然失去動力的時候。這種時候，如果單單認為工作是賺錢的手段，則很難再一次提起對工作的幹勁。不僅如此，有時候甚至很可能會把工作扔在一邊，想出去玩。

相反的，如果認為工作乃是表現自我的途徑，就不會出現這種情況。因為這個世界上不可能有不想自我展現、自我實現的人。

③ 沒有消費者雜誌的日本 （原文見 P.062）

P.062▶「顧客就是上帝」這句話，有正確的一面，也有不正確的一面。產品和服務最終是為了滿足消費者沒錯，但是消費者有時也會基於不正確的資訊，或者模糊的印象來選擇商品。而供應者卻深信「這些消費者是典型的用戶」，這才是最大的問題。

要想改善這種狀況，必須給消費者提供確切的商品資訊，並建立一個完整的體系將這些資訊回饋給供應的商家。在日本這個體系並不健全。

最好的證據就是在日本沒有真正的消費者雜誌。一位美國友人在日本買相機的時候，就從美國的消費者雜誌上得到了詳細準確的資訊，這件事讓我頗有感觸。

在日本這類的客觀資訊其實非常少，儘管廣告像洪水一樣鋪天蓋地。

要想製作完全獨立於廠家的產品資訊雜誌要花很大的成本。因為產品得全部由自己付費購買。但是只要這樣的雜誌不出現，「生活者優先的社會」就不會實現。

④ 品牌的由來和意義 （原文見 P.064）

P.064～065▶現在「品牌」這個詞頻繁出現，那麼，品牌到底是什麼？一般來說，品牌就是商標、牌子的意思。也就是說，在同一範疇內擁有明確區別於其他商品（財物或者服務）特性的東西。比如說，擁有名字、外觀、設計、符號以及其他特性的特定商品。在法律意義上和品牌對應的用語是商標。可以說商標賦與了品牌法律上的保護。

以前，養牛的人為了證明牛是自己牧場養的，會用烙鐵在牛身上烙出記號，品牌便是由此而來。當作「這是我的牛」的證據，烙印一般使用養牛人姓氏的第一個英文字母，或使用有象徵意義的記號、圖案等。

如上所述，品牌是為了區別自己和他人的東西，並且擁有保證商品品質、使其與其他商品區分開來的作用。也可以說品牌有了兩種附加價值，站在商品提供者的角度，它具備了有別於其他提供者的差異性。站在接受它的消費者的角度，它又是消費者對該商品的信任的表現。這種信任所帶來的附加價值，逐漸形成消費者對於商品及其提供者的一種印象。所以現在品牌，已成為一種依靠消費者對商品的印象來支撐、並擁有附加價值的商品了。

⑤ 全球氣溫異常的原因 （原文見 P.066）

P.066～067▶美國的科學家們15日發表聲明說，2012年全球氣溫高於往年平均水準，但今後十年很有可能還會進一步升高。

根據美國航空航天局（NASA）的報導，2012年全球平均氣溫為14.6度，這是自有氣象記錄以來第九個最炎熱的年份，並且比二十世紀的平均溫度高出0.6度。

1976年開始，連續36年超出二十世紀的平均氣溫。從1880年開始統計以來，全球平均氣溫上升了0.8度。

美國太空總署戈達太空飛行中心，詹姆斯漢森所長在記者招待會上說：「2013年的全球平均氣溫很可能突破2010年的過去最高紀錄。」

「海洋變暖現象也說明地球已經失去了平衡。比起釋放的能量，吸收的能量更多。所以，可以確信今後十年將比過去十年更加暖和。」大部分主流科學家認為工業排出的二氧化碳等溫室氣體，導致了全球氣溫上升以及異常氣象的增加。

⑥ 令人懷念的風景 （原文見 P.068）

P.068～069▶明明初來乍到，卻感覺似曾相識。我正在找適合獨居的公寓，剛出地鐵，這條街道就讓我有似曾相識的感覺，所以我決定就住在這裡了。

這個地方離鬧區很近，但是交通卻不太方便，保留著城市氣息的同時卻也有些像鄉下。

那是一個稍稍溫暖而晴朗的週日。工作之餘，我前往車站後的一個神社。剛搬來的時候，我注意到這裡種著櫻花，所以一直期待著春天的到來。

走上臺階，上面的視野很開闊，眼前的風景讓人不由得發出讚美。櫻花樹依次排列，從院子一直延伸到裡面的道路兩旁，每當風吹過，樹枝便輕輕隨風搖擺。

似乎被指引著，又似乎被吸引著，我漫步在這靜謐的神社中。

老家附近應該沒有神社，但不知為何這裡卻讓我感到熟悉而親切。明明很熟悉，但這裡卻是陌生的土地。

花瓣輕輕飄落，散發著一股淡淡的清香。

當我回過神來已經走了好遠，我像突然想起什麼似的止住了腳步。現在走到哪裡了？

雖說對這裡有種熟悉的感覺，但畢竟還是陌生的地方，並不瞭解這裡的情況。

不過，我還想繼續漫步在這片親切的櫻花樹下。正當我打算走向更深處的時

候，「快回去吧。」

忽然聽到了一個沉靜的女性聲音。這個聲音和某個人的聲音很像。

「再不回去你就回不去了。」

啊，這是母親的聲音，我在很久之前聽過。我四下張望，試圖尋找已經不在人世的母親的身影。

「看看錶吧，你應該回去準備明天的工作了。」

我吃驚的看了一下錶，馬上就到黃昏了。

抬頭仰望，略微發紅的陽光在櫻花樹上舞動著。

我開始往回走，這時已經聽不到母親的聲音了。

是啊，已經去世的母親不可能在這裡。

太陽下山的速度比我想像得要快，這或許還是因為我對這裡不熟悉的緣故吧。

儘管讓我感覺親切，但它卻不是養育我的土地。

回到房間時已經完全看不到太陽，風也變得冷颼颼的。

那個時候，母親去世，為了填補內心的空虛，我拼命學習。我幾乎沒有在這樣的小鎮中生活過的記憶。

我所熟悉的風景，從一開始就只存在於教科書和筆記本裡。

儘管如此，直到現在，我還是覺得這座小鎮十分親切。

⑦ 充滿魔力的話語 （原文見 P.071）

P.071～073 ▶「糟了！沒帶錢包！」

頓時我的大腦一片空白，眼前一片黑暗。我在JR線售票機前呆住了。接下來要去的是準備應聘的公司，今天要參加那個公司的入職考試。可是我把錢包忘在家裡了，怎麼辦？手裡只有到火車站的公車和地鐵的定期票，可是這個車站和地鐵互不相通。要不要回趟家？不行，從我家到車站的距離就是公車起點到終點的距離，

往返一趟要一小時。當然，想到公車和地鐵也許會晚到，我是提前出門的，但也不至於預留那麼多的時間。即便我想請誰幫我把錢包送來車站，但是家裡一個人也沒有，更何況身上連打電話的錢都沒有。真是絕望啊！怎麼辦？

當時為什麼會那麼做，我現在想起來仍然覺得很不可思議。等我回過神來，發現自己已經站在車站大樓內的服裝店門口了。然後，我深呼吸了一下走進了店裡。

「那個，不好意思，我過去曾在這裡買過西裝。其實我接下來要去參加一家公司的入職考試，但是我把錢包忘在家裡了。

您能借給我一千日圓嗎？我一定在今天之內還給您。」我向店員提出了這樣一個無理的請求。我的確在這裡買過西裝，但只買過一次而已，而且就一套。我沒經確認就跑進了這家店，到現在自己也想不起來身上穿的那身西裝是不是在這家店裡買的。我知道自己這樣做很唐突，但是那時的我只能低下頭求人，別無他法。

對於我突然提出的這一請求，店員在那一瞬間露出了吃驚的表情。但是，她馬上用力的點頭說：「我明白了。但是，我不能借給您店裡的錢。我把自己的錢借給您可以嗎？」說著她從店裡拿出錢包，抽出一張五千日圓的紙紗遞給我。

我說：「一千日圓就夠了。」

店員說：「多帶點錢安心。」

「我只有這個東西可以證明身份。」我打算把我的學生證放在那裡。

「您是去參加入職考試，所以還是帶著學生證吧。」店員在旁邊繼續說，「我記得您。」

這真是句溫暖而充滿魔力的話語啊。「我記得您」就等於「我相信您」，這句話深深的印在我的心裡。她真的能記住只買過一次東西的顧客嗎？還是說這就是所謂的專業素養？我不明白真實的情況到底是什麼，但可以確定的是，她相信眼前的我。

店員笑著對我說：「不用急著今天還。」但我在心裡發誓一定要今天還。得到別人的信任我很開心，同樣我也想讓她覺得我是值得被信任的。

考完試，我就急急忙忙趕回家，從錢包中取出五千日圓，把它壓平整放入信封裡，又朝車站奔去。我把錢和點心盒一起遞給店員，並告訴她說我順利考完試了。

那個店員就像自己順利考完試一樣開心，並且不好意思的說：「其實不用急著今天還的，我那樣說反而讓您費心了。」整個過程她的眼裡都充滿了善意。

回來的路上我在想，有時忘了帶東西反而是件好事。多虧忘了帶東西，我才可以真正的領會到「人可以為了信任自己、等待自己的人而拼命努力。而且真誠的想法一定能傳達給對方」，這個道理雖然簡單卻很重要。現在我已經工作十三年了，有時候也會遇到不順，每當那種時候，我就會用那天感受到的溫暖來激勵自己。

① 健康檢查通知 （原文見 P.083）

P.083～084 ▶ 健康檢查是預防和提早發現生活習慣病一項不可或缺的措施。為了客觀瞭解自己的健康情況，做好健康管理工作，請大家好好利用健康檢查。

町內的櫻花醫院，正在舉辦的定期體檢活動如下，每人每年可接受一次健檢，町內會提供健康檢查費用補貼。

每年一度的定期健檢項目齊全，包括常規檢查及尿檢、血檢、胸部X光片、胃鏡等30多項。健檢對象為平成24年為35～75歲這個年齡層的所有人。體檢日期為7月10日～8月10日，要健檢需事先預約，所以請提前致電櫻花醫院預約。健檢時請攜帶健保卡。

詳情敬請諮詢町內的櫻花醫院。

② 先知道什麼時候容易存錢！ （原文見 P.085）

P.085 ▶ 儲蓄的方法大致上分兩種：「每月或半年這類的定期儲蓄」和「將閒錢一併拿來儲蓄」。

要選哪種儲蓄方法需根據每個家庭的情況來判斷，最理想的是像前者一樣，平時陸續存錢，再用後者的方法追加儲蓄金額。前者可以用每月收入和支出的差額來計算，但後者如何計算呢？

想知道答案，那麼訂定生活計畫會是個好方法。

這裡說的生活計畫指的是，訂定未來的家庭收入和支出的預算。這樣就可以知道家裡什麼時候手頭寬裕，什麼時候緊縮。

不過，訂定家庭預算或許並不是件簡單的事情。

③ 借「通勤」之名的小旅行——末班車 （原文見 P.086）

P.086~087▶深夜的月臺空無一人，等車的只有我一個。

商店早都已關門，可能是因為過了末班車的時間，反方向的月臺連燈都熄滅了。上行（駛向東京）方向這邊末班車的收班時間，或許設定得稍晚一點吧？

我一邊這樣想一邊環視四周。

每天早上我都在這裡下車，走向擁擠不已的驗票口。

雖然上下車乘客較多，但是自動驗票機的閘門只有三個，如果是早上上班尖峰時間，驗票口附近就成了人流形成的大壩。

可是現在這裡卻空無一人。

罐裝果汁的自動販賣機雖然還在營業，可是上面的鐵捲門卻已是半關閉狀態。當末班車過後，它們就會被完全關閉吧！我從錢包裡取出了110日圓（當時比現在便宜10日圓）買了一罐罐裝咖啡。

到了深夜，電車班次就會銳減。我記得這條線一過晚上11點，每小時就只剩下4、5趟車了。當然，過了凌晨12點就只有末班車一趟。

距離電車到達還有15分鐘左右。

「哎，什麼嘛！早知道這樣就不用急急忙忙趕過來了……」

我一邊懊悔，一邊在木製的長凳上坐了下來。

④ 宿醉 （原文見 P.088）

P.088▶大家有過前一天太過頭，喝太多導致宿醉的難受經歷嗎？這個時候可以準備3顆乾香菇放入碗中，倒一些水。過10分鐘，等香菇精華完全分解出來後，一口氣把水喝下去。這樣不用到一個小時，反胃的感覺就會消失。

P.089▶另外，喝酒的時候吃些乳酪，也可以預防宿醉。這是因為乳酪裡含有優質蛋白質，不但可以防止酒精損害肝臟，還可以分解導致宿醉的乙醛。此外，飯前吃些乳酪，可以使乳酪裡的某些成分覆蓋胃黏膜，進而減輕胃的負擔。

⑤ 讓一天變成 36 小時的方法 （原文見 P.090）

P.090～091 ▶「一天24小時真的不夠用！」我經常會這麼想。準確的説，這樣的事情可能真的發生過。早上起床，上學，參加社團活動，去補習班，然後回家睡覺……每天都重複著這樣的生活。其實我也有很多想做的事情，學校和補習班的作業也有做不完的時候。那時我便會想：「要是有更多的時間該多好啊！」

我跟同學説了這句話，結果同學説：「那你不要把一天當作24小時不就可以了嗎？」我有些吃驚。要是真能那樣該多好啊！可是該怎麼做呢？我腦子裡浮現出各種疑問，於是馬上問：「該怎麼做呢？」

同學大聲笑著説：「一天有24小時，這24小時裡有24小時要做的事情吧。不管是娛樂、工作，還是睡眠……如果是那樣，那麼只要在24小時的時間裡，塞滿24小時以上該做的事情就可以了。如果用平時1.5倍的效率做事，那麼一天就會變成36小時。」的確沒錯。

從那天起，我的「讓一天變成36小時」的艱苦生活便開始了。為了每一個行動能快速進行，我一直把手機放在客廳，還在去學校和補習班的路上背誦東西，總之把時間排得很緊湊。這樣做很有效，一時間生活也變得從容起來。

但是，現在不一樣了。現在的我覺得「一天36小時都不夠用！」因為想做的事情太多了，36小時都不夠用。

人真是一種不可思議的動物，想做的事情一件接著一件。剩下的路只有一條。我想，今後我將為了「讓一天變成48小時！」而努力。

⑥ 用一百日圓硬幣拯救世界 （原文見 P.093）

P.093 ▶ 前幾天，我在電視上看到了「愛心一百日圓硬幣」這個節目。節目內容是日本藝人採訪世界各國的貧困兒童，並從募集的捐款中拿一百日圓，送給貧困兒童相當於一百日圓的禮物。

看了這個節目我才意識到自己過著多麼富裕的生活，同時我也開始考慮自己能為這些貧困兒童做些什麼。

我現在不愁吃穿，生活必需品也不缺。但是世界上還有人甚至買不起明天要吃的一片麵包。為了這些人我應該做什麼呢？經過一番考慮，得出了如下的兩個結論。

1 多把自己的零用錢捐給別人。

2 盛飯時只盛自己吃得完的量，盡量不剩飯。

也不知道自己得出的這兩個結論是不是最好的方法，但是我想在今後的生活中努力去實踐。

在日本，常常都會有這種要大家幫助貧困兒童的電視節目播出。希望大家看了這樣的節目，各自重新審視自己的生活，共同努力讓這世界上生活艱困的人越來越少。因此，我認為每一個人從點點滴滴做起就好，在自己能力所及的範圍內行動起來。這樣，積少成多就會成為一股強大的力量。我想，即便是一點點也好，希望世界上受貧困煎熬的人能越來越少。

⑦ 無法丟棄 （原文見 P.095）

P.095～096 ▶ 比起確保床鋪，更難的是如何確保食物。白天的我是一名公司職員，有工作有收入，但是俗話說入境隨俗，當遊民的時候，我盡可能身上不帶錢。

雖然有志工團體免費發放的食物，但是遊民基本上還是靠撿剩飯生存。從餐飲店和便利商店的垃圾袋中，尋找看起來可以吃的東西。據說新人時期會比較辛苦，習慣以後基本上就可以知道哪家店裡有什麼，進而效率會提高就能多轉幾家店了。每一個遊民也都會有自己熟悉的兩三家店。

深夜，在離新宿西口較近的國道邊上的一間便利商店，我在店前徘徊了將近一個小時。

到這家便利商店之前我已經轉了二十多家店。這裡放垃圾的地方沒有上鎖，扔在那裡的半透明垃圾袋中能看到便當。我總算找到了一家好店！儘管如此，我還是猶豫了，原因很簡單，我在意別人的目光。本應拋棄的自尊心還殘存了一些。

我一邊留意著周圍，一邊慢慢的偷偷靠近垃圾堆，每當感覺有人來的時候，我就慌忙逃離，確認人走了之後再一次靠近。雖然已是深夜，但客流量還是很大，所以我只能一直重複這個動作。

一小時以後，我總算找到垃圾袋打結的開口處。我將全身的神經聚集到指尖去解開袋子。但是，那個極小又十分結實的結，實在讓我費了很大的功夫。

因為那個原因，我無法顧及過往的行人，結果和來這家店的一位看起來像是職業婦女的客人目光不期而遇。那名女子用憐憫的眼神望著我。

掩蓋過去！（這個念頭忽然掠過腦海）

大半夜遊民在垃圾袋中翻找東西的樣子明明是唬不了人的，但我僅有的一點自尊，卻不允許自己被人那樣看著。也許是因為她長得漂亮吧！

但是，瞬間脫口而出的那句話實在太缺乏說服力了。

「呀，搞錯了！」

在垃圾袋裡翻找究竟會將什麼搞錯呢！

糟了！這樣想著，我慌忙跟隨那名女性進了店，用了以防萬一帶在身上的一千日圓買了便當。為了讓她看到，我故意拿著便當在她面前走來走去。

我想向她展示自己是有錢買便當的。結果，連自己也搞不清楚到底是想掩蓋什麼。算了，隨她怎麼想吧，於是我離開了那家店。

我沒有立刻返回公園，而是等便當的保存時間過了之後才回去。然後我去了moze（人名）那兒，對他說：「今天就只有這個了。」並且把便當吃了。

就算做錯了，便當是買來的這種話我也說不出口，因為這是身為遊民的自尊。

第5章 譯文

① 過度保護 （原文見 P.103）

P.103▶最近，不知是社會常識如此，還是孩子的熱情不足。當他們因社團活動練習等，要去較遠的地方時，有的孩子要先考慮為了和更多的朋友一起回家，應該走哪條路，快車和區間快車哪個更便宜更快，才決定到底去不去。

我在我的學校裡也聽到了這樣的例子。有個孩子不管去哪兒都要大人接送，結果上了中學，他連地鐵票都不會買。因此，新學期的第一個月也是家長送他到離學校最近的那一站。我認為雖然孩子也有問題，但是在他上中學之前這麼縱容他的父母應該需要更多的勇氣。

相反的例子也有。我的朋友在社團集訓的前一天晚上還沒做好準備，也沒有清洗訓練服。於是生氣的母親9點左右就睡了，留下朋友一個人洗衣服做準備，洗完之後自己把衣服烘乾。朋友睡覺的時候已經到了深夜。我覺得讓他這樣做的母親很有勇氣。因為這樣的事情日積月累，孩子才能真正反省，慢慢成長起來。如果抱著一種讓父母去做就好了的想法，孩子就會變得過度依賴父母。

P.104▶父母沒有勇氣，孩子也不想自立。這樣的社會被稱為過度保護社會。學校裡，來自父母的無理投訴也越來越多。常言道：「愛孩子就要讓他經歷風雨」。在我喜歡的歌裡也有這樣的歌詞，「火焰般的溺愛，最終會使孩子迷失在這團火焰產生的煙霧中」。這話說得可能有點苛刻，但卻應該銘記在心。

② 左右分離 （原文見 P.105）

P.105▶有這樣一些患者，他們的左腦和右腦是分離的，這種症狀也似乎象徵性的反應了現代人無意識的狀態。他們的左右腦剛好進行相反的工作。左腦準備脫下襪子，而右腦卻準備穿上襪子。

從外部來看，這個人右手要脫襪子，左手卻在抑制這個動作。左腦中的意識其實並不明白為什麼要這樣做。患者自己也不知道為什麼左手會在無意識的情況下阻

止右手脫襪子這個動作。

實際上，每個人都有類似這樣的經歷，這和迷茫、苦惱的時候一樣。仿佛自己內心中有另外一個自己，那個無意識的自己，經常會採取與意識相違背的態度。

因此，人類煩惱是理所應當的，只要活著肯定有煩惱。儘管如此，有的人認為煩惱不是好事，但若想強行消除煩惱，後果就是任何事情都追求絕對確切的結論，甚至試圖用絕對的眼光來思考科學或宗教等。

③ 日本的「絕食系男子」（原文見 P.107）

P.107▶在少子化和晚婚的背景下，媒體大肆報導著關於結婚的問題。在本期雜誌中也屢次提到了「想結婚卻結不了婚」的人不斷增多的現況。

但是，這種婚姻狀態的歷史其實並不久。不是「結不了婚」，而是「原本就不想結婚」，有這種想法的年輕人越來越多。

人壽保險公司LIFE NET針對全國二十多歲的單身男性做了調查，結果顯示，有35.3%的人「將來也不想結婚」。光是自由職業者中，就有47.3%的人回答「不想結婚」，可見這個問題的確很嚴重。

結婚資訊服務公司O－NET仔細分析了這樣的「絕食系男子」（指在戀愛中對女性及婚姻完全不感興趣的男性），得到以下資料。

在對25～34歲單身男性的調查中，有14.4%的人回答說「對戀愛不感興趣，沒有女性也可以享受人生」。在這之中沒有交往經驗的男性占51%，也就是說，兩個人中就有一個人沒有交往經驗。

順便提一句，大家熱議的「草食系男子」（指在戀愛中不主動出擊的男性）之中，沒有交往經驗的人占17%。雖然說在戀愛中不是積極的那一方，但是八成以上的男性還是有交往經驗的。雖然他們不會積極的接近女性，但或許有機會也想嘗試交往。

「肉食系女子」（指在戀愛中主動出擊的女性）可能對「草食系男子」感到很棘手。但如果沒能看清對方是「草食系」還是「絕食系」，就有可能導致「積極主

動去接近對方，對方卻始終沒有回應」這種悲慘的結果。

P.108▶按職業來看「絕食系男子」的比率，從事農林水產業的人占38%，位居第一名。接下來是SE／程式設計師占29%，從事建設／施工的占20%。

④ 孩子的學習 （原文見 P.109）

P.109▶不知你小時候有沒有過和其他小朋友玩得正開心時，因為某個偶然的原因，和他吵架或打架，然後又和好。即便現在是大人了，當碰到他人和自己的意見不一致時，為解決分歧，有時也需要互相調整意見，尋找一種雙方都能接受的方法。在這個過程中，我們可以學會尊重對方的立場，並在此基礎上表達自己的意見，進而尋求調解的方法。孩子可以透過和小朋友一起玩，體驗到這種學習的機會。

大家都說，現在同世代的孩子人數減少了，在社區等地的生活場所中，集體交流的機會變少。另外，由於網路普及，人們可以和不在眼前的人交換資訊、玩遊戲。像這樣，孩子之間的直接交流減少了。那麼現在的孩子該如何學習人際關係中的態度和方法呢？要想找到這個問題的答案，必須以長遠的眼光來看待孩子的成長。

隨時代變化的社會環境這層人際關係的背景，是無法忽視的。但是，不管社會如何改變，掌握互相尊重、互相調和的態度和方法都很重要。今後，希望你在成長的過程中，更加能掌握這樣的態度和方法。

⑤ 想成為全職太太的日本女性 （原文見 P.111）

P.111～112▶近年來，能讓女性發揮自身能力的工作環境正在逐漸形成。對有志於成為職場高手的女性來說，她們一直以來的願望終將成為現實，這是一件非常令人高興的事情。

但是，在日本還有為數不少的女性想要成為全職太太。

經營資格講座的函授教育公司U-CAN與經營廣告代理的Ishare公司聯合進行的調查結果顯示，有半數以上的未婚女性回答「生完孩子後想成為全職太太」。特別

是二十多歲的女性想成為全職太太的比例，高達58.5%，這凸顯出越年輕的人越嚮往生育後成為全職太太。

綜合過半單身女性「生完孩子後想成為全職太太」這一調查結果，可知日本至今依然保留著男性理應養活女性的風氣，與此同時，也證明了仍然有很多女性希望被男性撫養這一事實。

曾經流行一時的相親聚會上，很多女性希望能與律師或醫生等有著高收入工作的男性見面，因此聽說也有針對從事這些職業的男性給與優待的婚介公司。

像這樣，有經濟能力的單身男性大受歡迎的同時，在「男性不景氣」（勞動市場上男性的價值相對降低）的當下，對於數量驟增的低收入男性而言，沒有經濟能力已經成為結婚路上的絆腳石。

⑥ 災害與媒體（原文見 P.113）

P.113～114▶對於國外媒體圍繞這次災害的報導，我們大可不必隨之起舞。所謂媒體，不論國外還是國內，都有以下特徵。

一、沒出問題就不報導。

二、若是發生不好的事情，不管是什麼事情都會報導。但如果事情往好的方向發展，似乎就刺激不到記者的興趣，報導反而會變很少。

三、只報導與自己國家相關的事或自己感興趣的事。

四、儘管如此，記者也是職場人士，他們每天必須寫點什麼。實在沒有事情可寫的時候，就隨便寫些預測性報導。這樣的報導一般都與實際不符。

災害發生到現在已經過去三個月了，透過慢慢的接觸國內外媒體，我逐漸有了以下的認識。

說到底，自己的事情只能靠自己解決。別的國家一點忙都幫不上。不，不管哪個國家，其實都沒有幫助日本的能力。正因如此，自己國家的事情只能靠自己解決。這樣的話，如果得到了他國的幫助，就會感覺好像領到了意外的獎金，我們也可以坦率的說聲謝謝。

⑦ 現代人的智慧 （原文見 P.115）

P.115～117▶科學技術的進步成功使我們合理的理解了人類之外的世界。在人類之外的世界，即外部世界當中，甚至也包含著我們人類的身體。

但與此同時，在這個外部世界中還殘留著人類未知的，或者不能完全理解的東西。隨著科學的進步，我們開始更清楚的認識到這些問題。在這層含義上，人類其實生活在一個開放的世界中。相反，存在於人類內部的世界，一般被稱為內心世界，這裡的一些東西在同種意義上也是開放的，卻受到輕視或者被遺忘。我認為如果將這些放在一起考慮，就會明白佛洛伊德式思維的新意。

如果不上升到意識，它就無法成為合理思考的對象，這一點不說自明。而且，無論對內還是對外，人類都是活在開放的世界當中，這也是人類存在的特性。我想其重要性也是被大家認同的。但佛洛伊德式思維僅僅停留在人類心理分析這個層次。我們所生活的整個世界，包括物質世界，都是緊密相連的，忽視了這一點，它就還是個不徹底的、片面的思維方式。

所謂人類的幸福究竟是什麼？要準確回答這個問題很難。究竟是否存在能夠直接解釋該問題的學問呢？人們甚至認為人類的幸福永遠都不會直接成為科學研究的對象。人類的喜怒哀樂來自人類的內心深處，它們多是超越人類意識和人類反思的，在無法操控之處產生。正如前文所說，人類的內心有自己也無法搞清楚的部分。人類的有些東西是在成為人類之前就有的，現在仍存在很多。不管自己有沒有意識到，它都一直存在。人類的喜怒哀樂就是和這種東西深深結合的。因此，將人類的幸福作為一個問題來思考的時候，若是脫離這些因素，很難用科學簡單的下結論。每個人都有不能簡單明確解釋的地方。而且，人們的喜怒哀樂，以及人的幸福之類的東西，就是和這種無法簡單下結論的東西緊密相連的。

① 日本神奈川縣民的社會生活調查 （原文見 P.121）

P.121～122▶雖然上下班和上下學路上花費的時間長，睡眠時間短，但卻有享受興趣愛好的時間……在日本總務省展開的社會生活基本調查中，我們發現神奈川縣民過著這樣的生活。

調查顯示，神奈川縣民上下班、上下學花費的時間為全國最長，睡眠時間為全國最短，但同時，他們在自身愛好和學習上花費的時間也是全國最長的。對此，縣統計中心分析認為「由此可以看出他們儘管忙碌，卻積極享受著屬於自己的時間」。

去年10～11月，針對全國10歲以上約18萬人做了一次調查，詢問受訪者如何使用一天24小時的時間。神奈川縣內大約6,000人參與了此調查。

縣內的平均數值如下。上下班、上下學花費1小時26分鐘，為全國最長，超出全國平均值25分鐘。下班回到家的時間是晚上7點29分，為全國第二晚。睡眠時間是7小時31分鐘，比全國平均值少11分鐘，為全國最短。

另一方面，用於學習和自我提升、興趣愛好的「自由時間」是1小時23分鐘，超出全國平均值9分鐘，位居全國第一。去年一年間，有88.7%的人至少一次將時間用於某種興趣愛好、娛樂上，為全國最多。具體是54%的人使用CD播放機等欣賞音樂，48.6%的人讀書，43.6%的人使用DVD播放機等觀看電影。

把時間用於學習和自我提升的人占42.1%，外出旅遊的人占78.3%，均為全國第二。

② 遇到困難時，你有幾個可以依靠的人？ （原文見 P.123）

P.123▶當開始做某種生意，或者身為某個專案的主持人時，盡量多拓展自己的追隨者很重要。因為工作無法單由一個人完成，所以向他人取經，有人幫助是理所當

然的事。

詢問他人不懂的事並不可恥，不懂卻假裝懂的樣子才可恥。另外，碰到了意想不到的事情或麻煩的時候，作為經營者應該要有多幾個對策。

不依賴他人，單靠自身力量能夠解決問題當然很好，但大多數時候這麼做卻行不通。可是，很不可思議，關係再怎麼親密，如果不親口問對方，通常都無法察覺對方的窘境。換言之，除非你低下頭去求人，否則對方連你有困難都不知道。

有困難時，向你伸出援手的人才是真正的朋友。想想，你的人生中有幾個這樣的朋友呢？當然，這裡的幫助不單指借錢，還有告訴你資訊、可以依賴的人，在某種意義上，也是你報答的對象。他們是擁有你所沒有的東西的人，或者說工作領域完全不同，不會互相競爭的人。最後，競爭對手也是最有可能成為朋友的人。

③ 休息時間算什麼時間？（原文見 P.125）

P.125▶撇開像跑業務這種以外勤為主的工作不講，明明是內勤，但待在吸菸場所的時間比在辦公桌前的時間更長，或者下班前30分鐘就鑽進廁所裡用心補妝，這樣的員工很讓公司頭疼！

最大的問題是，那些時間也被算作工作時間。《勞動基準法》規定，一般情況下，勞動時間超過6小時的工作，中途要休息45分鐘以上，超過8小時的中途要休息60分鐘以上。員工可以自由支配「休息時間」，但同時「休息時間」被視作沒有「提供勞動」，因此公司沒有義務為此支付薪水。

而「去抽根菸」、「去趟化妝室」這類行為屬於調節心情或生理現象，大部分公司都不將此算入休息時間，但如果超過正常需要，就違反了專心工作的義務。「記錄員工離開工作崗位多久」也是一種對策，但總感覺會使人不快，而且即使記錄得一清二楚，因為沒有證據證明「時間是花在私事上面」，也很難扣薪水，所以井寄先生認為，應在獎金及加薪審查等方面反映出這個問題。

④ 新型照相機詢價事宜（原文見 P.127）

P.127～128▶20○○年6月28日

佐藤電器股份公司

業務部 高橋信三　先生

關西貿易股份公司

大阪府大阪市中央區本町4丁目28-2

電話：06-1234-7890 傳真：06-7235-3864

歐洲部 二宮　武

承蒙關照，我是關西貿易的二宮。

前幾天您百忙之中光臨本公司，真是十分感謝。您當時給我們看的新型照相機的資料，今天德國的客戶聯繫我們說想商討購買事宜。

因此，煩請按下述條件擬好報價單發給我。

1　商品名：新型相機H-888

2　數量：2,000台

3　支付條件等：根據基本貿易合同相關規定

4　報價單交貨日期：7月30日

如有其他不明之處，請聯繫相關負責人。

以上事宜，請多指教！

⑤ 日本年輕人「家裡蹲」的真正原因 （原文見 P.129）

P.129～130▶近年來，越來越多的日本年輕人不買車、不參加聚餐，也不再出門旅行，他們熱衷於待在家中。到底是什麼原因，使年輕人選擇這樣的生活方式呢？日本某網站上有不少網友講出了自己的看法。

關於日本年輕人「家裡蹲」的討論是由網友yohneda發起的，他表示最近的年輕人不買車、不出去喝酒的理由是因為「日本經濟惡化導致收入減少」、「興趣愛好的多樣化」等。

但也有很多人表示「這種現象僅限於公共交通發達的大都市」。居住於農村的網友rojo131則表示：「很多住在父母家的人都有自己的汽車，與其說年輕人不買車，不如說是不買高級車了。這是因為作為代步工具，很多人認為小型汽車或二手車已經足夠了。「如果把不買高級車的人也算入『不買車一族』，那麼不買車的理由應分為兩種，那就是『沒有購買的必要』和『想買也買不起』」。

另一方面，關於年輕人不出去聚餐喝酒的原因，很多網友表示，這是因為「如今需要以喝酒為手段的社交變少了」。其中一位網友表示：「曾經那種『痛飲到天亮』，推心置腹、促膝長談一定少不了酒。但是如今人際關係淡化了，好友也少了，所以喝酒的機會就更少了。」也有人表示：「如果有去居酒屋喝一杯的錢，我寧願留給自己。」

這麼看來，年輕人不買車、不去喝酒還真如yohneda所說，最大的原因就在於「經濟惡化導致收入減少」以及「興趣愛好的多樣化」。

不過，在網友的討論中，年輕人「家裡蹲」還出現了一個共同的理由，那就是「電腦的普及」。網友Turbokai認為：「只要有台電腦，就能簡單消磨掉一天的時間。上網能購物、玩遊戲或聊天，即使閉門不出也可以做很多事情。所以慢慢的就變得一直待在家中，對外出旅行也沒了興趣。雖然這麼理解有些牽強，但是電腦的出現是越來越多年輕人『家裡蹲』的最大原因。」

⑥ 日本的國際婚姻介紹所 （原文見 P.132）

P.132▶在日本的婚姻介紹所裡登記的外國人，有身分保障，因此他們是住在國外的、單純對日本感興趣的外國人。

與居住在國外的外國人相遇、交往，最後到結婚，這一過程如果不透過婚姻介紹所，通常很難實現。

婚姻介紹所提供國際相親、交往、結婚申請等必要的出境手續辦理服務。一旦結婚，還會協助辦理簽證等各種官方手續。

另一方面，雖然有人也在日本相親，並建立國際婚姻，但是由於登記的外國人

很少，很難找到符合自己條件的人。

不過，和去國外參加相親活動，花費在100萬日圓以上相比，在國內參加相親活動的費用大多不到一半。

國際婚姻的優點是能互相理解對方的立場，並互相支持。給人的印象是工作方面能得到對方的理解，育兒方面對方也能積極配合。日本的男性、女性大多不願與父母同住。但是，在中國等國家則認為與父母同住是理所當然的事情。

日本女性對男性提出的條件越來越高，而男性渴望的理想女性範圍也越來越狹窄。但是，國外的男性或女性首先從見面開始，條件也不像日本人那樣限制得那麼死。

在國際婚姻的相親活動中，那些能充分展現自我魅力、關心對方、心胸寬廣的人，很受歡迎。相親過程中不要只考慮對方的條件，更應判斷自己與對方是否合得來。

P.133▶現在有專門的國際婚姻介紹所，但和日本的婚姻介紹所一樣，不同的公司有著不同的體系和收費標準，所以要事先調查清楚。

⑦ 3D 產品對身體的影響 （原文見 P.134）

P.134～135▶最近關於3D電影的廣告增多了。關於3D產品對身體的危害，我們採訪了北里大學醫療衛生學院視覺功能療法學的半田知也副教授、大阪大學研究生院醫學部感覺功能形成學的不二門尚教授，以及NHK放送技術研究所人類·資訊科學研究所的江本正喜主任研究員。

半田副教授説：「3D產品造成的視覺疲勞，一半原因在於眼鏡。」這其中，最容易感覺疲勞的是「快門眼鏡」。這種眼鏡以電池帶動，每秒鐘以60～120次的速度閃爍。其次導致疲勞的就是電影院裡常見的「偏光眼鏡」。這種眼鏡影像只從一個固定方向進入。最不累的觀看方式是裸眼觀看。但是，如果裸眼觀看，不僅畫質會變差，而且只要稍微移動位置就很難看到3D效果了。據説在離電視高度的3倍以上的距離觀看就不容易累。3D電影的製作效果可以讓眼睛不休息的持續觀看，但是觀看

電視等的3D畫面，最好還是30分鐘左右休息一次。另外，3D遊戲的畫面，因為可能會有意料之外的3D效果，應特別注意。

如果你在觀看3D畫面時已經注意避免視覺疲勞，但仍感覺眼睛很累時，最好將視線離開畫面。但是，那些原本眼睛就有異常的人可能會受3D畫面的影響，8歲以下的小孩因為視覺還未發育健全，最好不要看3D畫面。

據不二門教授説，近年來3D技術也被用於醫療和教育中。比如DNA等的構造圖就會使用3D技術。但是有一些孩子因為視覺功能異常不能好好的辨識3D畫面，所以還有一種「模擬3D」的方法，即透過附加暗影等來呈現立體感。據説這種方法適合學校學習。另外，不二門老師指出：「3D圖畫由於其飛出效果是固定的，或許是因為很勉強的看著，所以比起飛出效果在一瞬間就結束的3D電影，3D圖畫更會讓人感到視覺疲勞。」

據江本先生説，原本3D影像不到日本全部影像的1%。3D影像採用特殊的攝影機拍攝，很費事，而且所成影像必須盡量減少視覺疲勞，這些事情都很麻煩，因此他認為3D影像今後也不會快速發展。

綜合以上，我們瞭解了3D產品本身是不存在危害的。最近3D產品不斷增多，所以注意不要長時間觀看3D畫面。如果將3D產品和我們一直使用的2D產品平衡使用，我們的生活還會變得更加豐富多彩吧。

第7章 譯文

① 高中女生化妝 （原文見 P.140）

P.140～142 ▶ A

最近，化妝來學校的高中女生越來越多了。上課的時候取出小鏡子把臉照來照去的學生這幾年也明顯多了起來。在現今這個物質氾濫的社會中，孩子們的生活豐富多彩。記事本上貼滿大頭貼，腳上穿泡泡襪等，高中女生有著自己特有的文化。或許化妝也會漸漸成為這些「時髦」高中女生的文化之一。雖然在公共場所化妝這種現象並不僅限於高中女生，但是對於課堂上呼叫器會響這種不分公私場合的行為，我還是不知該如何評價才好。當然，我並不打算否定化妝打扮這件事本身，在任何時代漂亮都是年輕人追求的。但是即便不化妝也可以展現這種漂亮吧。還有，開始上課後課桌上還放著喝剩的瓶裝茶，午飯後天臺上留著垃圾等，看到這些，我就不由得認為她們把自己的私人生活延伸到了公共空間。化妝也是在這種意識之下的行為。

B

那是一個特別寒冷的早晨。我在車站候車室裡等車時，一個穿著泡泡襪的高中女生坐在我的旁邊。

接著，那個女生開始化妝。我心裡一驚，偷偷側眼看她。

首先，她認真刷好睫毛，然後塗眼影，最後抹上口紅。這個過程只花了幾分鐘。她熟練的手法讓我不由得看入迷了。等我回過神的時候，只看到了那個高中女生乘車離去的背影。我在想，她每天都化妝嗎？今天是因為趕時間才在車站化妝嗎？還是上課的時候也這樣做呢？或許這在城市裡是見怪不怪的事情吧。

從她在眾人面前毫不膽怯的化妝模樣，我感覺她不像少女，而是像一個成熟女子。

我經常聽到「時髦」這個詞，那麼高中女生化妝也是「時髦」嗎？

對於這些現象，出生在昭和個位數年的我還是有些吃驚。一瞬間，當年那段清一色的深褐色衣服的女學生時代出現在我的腦海裡。那個年代因為戰爭，我們連制服也沒得穿。

② 網路過濾服務的導入 （原文見 P.144）

P.144 ▶ A

2008年6月11日，（日本）《保證青少年安全上網環境整頓法》出爐。該法律規定只要監護人未提出申請，手機廠商就有義務要對未滿18歲的所有使用者提供網路過濾服務，以此來限制其登陸有害網站。的確，現在日本利用社交網站等將未成年人捲入犯罪的案件接連發生，如何保護青少年使其遠離有害資訊已經成為一個問題。但是，如果使用這樣的過濾服務，青少年會不會失去獨立判斷該網站有無危險的能力呢？

B

因應去年12月日本總務省針對手機廠商提出的導入網路過濾服務的要求，各手機廠商推出了「原則上未成年人均需加入網路過濾服務」的方針。有鑑於近幾年來未成年人被捲入網路犯罪的案件頻發，制度化的使用網路過濾服務可以在源頭上防止未成年人登陸有害、違法的網站。但是，因為網路過濾服務的制度化，會導致無法瀏覽一些健康的社群網站。這恐怕也會阻礙手機文化的發展，甚至妨礙資訊的流通和保護。

③ 媒體報導模式 （原文見 P.147）

P.147～148 ▶ A

為什麼記者們要肆無忌憚的糾纏死者家屬呢？如果自己是死者的家屬，比起悲痛更會感到憤怒吧！

人的死亡必須公諸於世嗎？當自己的母親去世、沉浸在痛苦中的時候，沒必要再品嚐更多的痛苦吧。

但是，有一點不能忘記，那就是總有一些興致勃勃在觀看這些報導的觀眾。

因為有觀眾，所以這樣的報導才會出現在節目裡。如果我們的社會是一個對別人的不幸能感同身受的社會，應該就不會製作出這樣的節目了吧。

雖然也應該改變媒體的報導方式，但我認為人人擁有一顆體恤他人之心才是最重要的。

B

包括我自己在內，每個人都有一種愛湊熱鬧、看好戲的習性，或者說是有一種窺探的慾望。有句話叫「別人的不幸甘如蜜」。或許有人會批評，製作這個網頁本身就是將事件當作是犧牲品。

就算我們再怎麼喜歡窺探別人的隱私，媒體也不能一味的迎合人們的這種興趣。可能作為個人媒體，只要不違法就好。但是，大眾媒體不能僅僅為了迎合人們的興趣，而不考慮公眾利益。我認為如果僅僅從獲取收視率這點出發，是無法合理化媒體的這種行為。

④ 婚後姓氏選擇制度 （原文見 P.150）

P.150 ▶ **A**

與其說夫妻不同姓是拘泥於姓氏本身，倒不如說夫妻不同姓是改善人權的一種手段。夫妻同姓原本就與「夫妻平等」和「尊重基本人權」等理念相抵觸。法律上夫妻應該是平等的，但是結婚的時候，必須選擇其中一方的姓氏。即便當事人雙方不管選擇哪一方的姓氏立場都是平等的，但因為姓氏源自「家庭制度」，傳統的家庭意識認為如果採用了哪一方的姓氏就等同於歸屬了哪一方。選擇夫妻雙方哪一方的姓氏，就會在夫妻的立場上劃分優劣，這是一個大問題。

B

女方改變自己的姓氏迎合男方，這樣的例子占絕大多數，這是因為和家庭意識相同，人們認為男性的地位不應處於女性之下。由於這種男尊女卑仍是廣泛存在社會上的觀念，所以女性為了使人際交往更順暢，從而選擇改變姓氏。

雖然這樣的社會觀念正是問題的根源所在，但由於它和迄今為止的日本文化一同扎根於日本社會，不會簡單的一下子就改變。不過，透過給人們增加夫妻不同姓氏這一選項，可能會縮小家庭意識帶來的社會不平等。如果夫妻不同姓能得到社會廣泛認同，那麼在社會上或者家族範圍內，女性的地位將得到提升。

⑤ 理想的護士（原文見 P.152）

P.152～154 ▶ A

關於護士，有一種觀點認為「與病人分享痛苦和喜悅，對病人的心情感同身受，這才是理想的護士」。這種觀點究竟正確嗎？

的確，護士並非只在精神層面幫助病人。為治病而實施醫療行為才是護士的職責。打針、打點滴，稍有疏失就會帶來嚴重的後果。不能有失誤，要採取合適的處理手段，護士應時刻保持冷靜和客觀。儘管如此，我還是認為能和病人同甘共苦，對病人的心情感同身受，這樣的護士才是最理想的。

對病人來說，疾病帶來的痛苦不僅僅是肉體上的，疾病也會給精神上帶來不安和痛苦。不管醫生怎麼說明治療方法、療效及其副作用，病人都難以真切感受到自己會變成什麼樣。束手無策的不安和痛苦，削弱了病人作為人的自尊心。護士不僅要應付治療，還要照顧病人日常的療養生活。正因為護士是離病人最近的人，因此有必要理解病人的心情，鼓勵病人。護士應該站在病人的立場，對病人的心情感同身受。

綜合以上，我認為「與病人分享痛苦和喜悅，對病人的心情感同身受，這才是理想的護士」這個觀點是正確的。

B

關於護士，有一種觀點認為「與病人分享痛苦和喜悅，對病人的心情感同身受，這才是理想的護士」。這種觀點究竟正確嗎？

的確，護士站在病人的角度，對病人的心情感同身受，這是很重要的。以往的醫療只看到病人生病這種現象，將重點放在疾病治療上。因此，病人被剝奪了作為

人的自主性。然而現在的醫療發生了變化，醫院開始重視病人的自主性，關注病人身為一個活著的人的情緒。儘管如此，也不能說和病人同甘共苦的護士就是最理想的。

很多時候病人受到病痛、不安的折磨。比如，做癌症手術的時候，並不是說手術成功了就不會復發。聽到這樣解釋的病人應該很不安。這種時候，如果護士和病人一起露出不安的表情，反而會加劇對方的不安。這樣一來，病人這種賭一把的心情就得不到鼓勵。護士在接觸病人時應該總是開朗的、不失冷靜的、可以依靠的，這樣病人的情緒才能穩定。

因此，我認為「與病人分享痛苦和喜悅，對病人的心情感同身受，這才是理想的護士」這個觀點不正確。

⑥ 手機（原文見 P.156）

P.156 ▶ A

在此我想列舉一下典型的「日本高中女生喜歡的東西」，其中之一就是手機簡訊。她們一天會收發5～10條左右的簡訊。對方幾乎都是學校的朋友。簡訊的內容一般是社團的會議通知等，除此之外大多是無聊的話題。比如當天的電視節目、作業、社團活動等等。但是，回頭再看簡訊時會覺得聊的內容很空洞。這些話題第二天在學校也可以聊。看電視或者學習的時候根本沒有必要特意拿著手機。

在沒有手機之前我一直覺得手機不是生活的必需品。看到在電車上玩手機的人時，我會覺得對方違反公共道德十分討厭。但是，最近即使在電車上看到有人玩手機，我也沒有什麼特別的感覺了。雖然自己不會在電車裡發簡訊，但周圍發簡訊的人實在太多，也就看習慣了。就像看到了看書、打瞌睡的人一樣。

P.157 ▶ B

有一天，遇到了一件喚醒我的事情。那天我像往常一樣坐在電車裡，我旁邊坐了一位玩手機像是大學生的女孩。這時上來一位60歲左右的老太太，她對女孩說：「我身上裝了心律調整器，能不能麻煩你不要使用手機。」女孩臉上浮現出莫名其

妙的表情，收起了手機。

看到這一幕我的心怦怦直跳。感覺就像自己被人警告了一樣。老太太走開後依然不安的四周張望，心神不定。這讓我有種罪惡感。

在我們發內容空洞的簡訊的同時，還有那些擔心自己的心律調整器被干擾而提心吊膽的人。在公共場所理應遵守規則，此外，我還想重新思考自己和手機的關係。

⑦ 寬鬆教育的理想狀態（原文見 P.159）

P.159▶A

寬鬆教育本來並不僅僅是以減少學習內容為目的的。其原本的目的是減少傳授知識的量，讓學生切實掌握老師教的內容，真正具備基礎學力。但是在實際推行過程中，被徹底貫徹的卻是「刪減30%的學習內容」，其結果就是忽略了「如何讓孩子切實掌握老師教的內容」這個真正目的。另外，迄今為止雖然很多人在思考寬鬆教育的問題到底在哪裡，但大多停留在「是反對還是贊成刪減學習內容」這個問題上，忽略了真正重要的事情。

P.160▶B

孩子的義務教育結束後，我對現在的學校教育深有感觸，學校大幅減少了作業量，嚴厲的指導也變少了，因此學生們想蹺課就蹺課，就算不想蹺課，也會因為不善於（在課堂上）提問而被忽視。

因此，很多孩子必須去補習班才能跟上學習，如果不上補習班將很難應付升學考試。實際上學校也是以「學生在上補習班」為前提授課的。

那些由於種種原因沒能上補習班的孩子，有時會被排除於學問之外。因此也出現了對這樣的教育感到失望的家長。

第8章 譯文

① 關於回收大型垃圾的通知 （原文見 P.166）

P.166～167▶• 請提前兩天致電鴨川清掃中心進行預約。

電話：04-7093-5300（週一至週五8：30～17：15）

• 電話預約時請告知住址、姓名、電話號碼、扔棄的物品以及指定的垃圾回收點。

預約時將告知您垃圾處理券的預約號碼，請記下來。

• 請在下列大型垃圾處理券銷售點，購買足夠的處理券張數。

• 請於申請當天8：30之前將垃圾放到指定的垃圾回收點。

※大型垃圾處理券銷售點

鴨川市政府環境科、××分所、××辦事處、交流中心、市民服務中心、郵局

詳細的垃圾投放方式刊登在《鴨川市垃圾分類與投放方式》（封面）上，敬請閱讀。

• 諮詢電話：

鴨川清掃中心（電話：04-7093-5300）

② 聯誼會通知 （原文見 P.168）

P.168▶各位會員朋友：

秋意漸濃，各位會員可安好？

我們的例行聯誼會今年將於11月15日（下午六點）在以下地點舉辦。

時光荏苒，本屆聯誼會已是第六屆，每舉辦一屆聯誼會都會進一步加深我們的友誼，故懇請諸位百忙之中撥冗參加。

P.169▶另外，由於需要事先準備，請於11月1日前聯繫幹事告知是否參加。

記

平成23年10月15日

1. 日期：11月15日（週四）下午6：00～8：00

　　地點：銀座日航酒店 仙鶴廳

　　東京地鐵銀座線新橋站下車後，從5號出口，步行3分鐘

　　電話：03-3571-2613

2. 會費 5,000日圓（現場繳納）

幹事 山內健太郎

電話：03-1234-5678

③ 大自然體驗活動「葡萄收成節」活動通知 （原文見 P.171）

P.171～172▶值此秋高氣爽的時節。

在此祝大家身體健康！

今年炎熱的夏季已經遠去，又迎來了葡萄收成的季節。由於高溫，葡萄顆粒較小，但十分甘甜，令人欣慰。

此次有關人士還籌備了收穫後的燒烤晚會。

期待您的踴躍參加！

記

時　　間：平成23年9月8日 上午10：00

地　　點：市民中心

參加費用：每戶4,000日圓（最多4人）

費用當天現場收取

限定人數：20人

其　　他：衣著輕便並攜帶工作手套。

　　　　　雨天照常進行。

報名方法：

透過郵件、傳真或明信片報名參加，並寫明（1）住址（2）參加人員的姓名以及年齡（3）聯絡電話。填好後請將郵件、傳真或明信片發送至金澤交流中心企劃科。

郵寄地址：

〒：□□□－□□□□□□市□□□町□－□

傳真：□□□－□□□□E-mail：□□□@□□□□

（諮詢電話：□□□－□□□－□□□□）

報名截止日期：8月30日下午5：00（寄達）

當報名人數超出預定人數時，將以抽籤決定，敬請見諒！

④ 簿記培訓班招生啟事 （原文見 P.173）

P.173～174▶江別市民活動中心自主講座簿記培訓班現招收學生。

初學者至資格考試報考者均可報名。小班制，個別輔導，也歡迎再次報考者報名。

開課日期：10月9日（週二）開始

時　　間：18：30～20：30（每週二、週五）

課　　程：基礎講座 2小時×16次=32小時

　　　　　演習講座 2小時×8次=16小時

班　　　級：3級商業簿記

招收人數：4名

講　　　師：長尾吉（野幌簿記補習班）

學　　　費：9,600日圓（每月）

報名方法：

●請將報名資訊發送至如下郵箱位址，透過郵件報名。

　ebetusi@XXX.ne.jp

＊檔案名「XX講座報名」

＊必填內容

　○姓名（全稱並注音）

　○聯繫電話

　○簿記學習經歷

　　‧有 或 無

請務必仔細閱讀以下內容

　※報名為以郵件提前預約制。

　※兩人以上一起報名時，請務必寫清楚報名人數。

　※ 填寫內容有誤或不清晰時，可能會有無法受理或受理延遲的情況，敬請見諒！

　※ 如果報名後3天內未收到報名受理完成的郵件，請您在確認不是郵件接收設定的問題後，撥打011-374-1460與我們聯繫。

　※您的個資僅用於與您聯繫。

⑤ 關於整頓社區內停放自行車、摩托車的通知 （原文見 P.176）

P.176▶平成24年10月吉日

各位住戶

都市之家股份公司

管理中心

金澤市泉本町6丁目81番地1

電話：076-234-5678

關於整頓社區內停放自行車、摩托車

真誠感謝您租賃本公司的房屋。

本社區內自行車、摩托車數量增多，一直存在停車困難的現象。

為了掌握自行車、摩托車車主的資訊，我們每戶發放了1張停車券。請在停車券上填寫公寓名、房間號、姓名，並於10月28日之前貼在您的自行車或摩托車車身明顯可見處。

另外，為了辨別需要處理的自行車，我們在自行車車體上繫了塑膠繩，請從您的自行車上自行取下塑膠繩。

沒有貼停車券，且還留著塑膠繩的自行車將被視為廢棄自行車，我們將在10月28日（星期日）之後，統一處理。

（有需要多張停車券的住戶請聯繫本公司。）

給各位住戶添麻煩了，還請務必諒解公共住宅的實際情況，感謝您的大力支持。

⑥ 櫻花英語教室 （原文見 P.178）

P.178～179▶櫻花英語教室的諮詢師，會根據您學習英語的目的，以及想要達到的程度，用一個小時來測試您的英語程度之後，諮詢人員會為您推薦最合適的方

案。

我們按照情景和標題，準備了上千個以上話題的教材，為您提供豐富的選擇。在為您介紹適合您學習目的的學習計畫的同時，我們還會為您詳細的介紹如何收費。原則上費用是由上課次數和時間長短決定的。

課程名稱	課程特點	上課安排	學費
英語會話入門課程 （基礎、初級）	針對相應的商業場景，重視實用的英語口語基礎課程	每週一次80分鐘 共40次／固定開班	130,000
日常英語會話課程 （適合所有程度的人）	以小組和班主任負責的形式，快樂、扎實的學習	每週一次80分鐘 共40次／固定開班	160,000
時事英語會話課程 （中級、高級）	就日本新聞乃至世界新聞，用英語發表意見	每週一次80分鐘 共40次／固定開班	160,000
一對一課程 （適合所有程度的人）	學習內容、時間、學習期間都量身打造	一週一次 40分鐘×兩節課	一次16,274～
網路課程 （入門～高級）	在自己家和英語為母語的老師上會話課	一次50分鐘， 自由預約制	一次1,782

⑦ 洗衣機銷售資訊 （原文見 P.180）

P.180▶提供免費送貨到府安裝服務。

全自動洗衣機AP-60GK（W）（免費標準安裝）

商品代碼：63210

■基本送貨費用：免費　　■送貨分類：送貨到府含安裝

■關於商品配送

準備好配送的商品後，由電器行與您聯繫。

※有關送貨時間，請在電器行與您聯繫時商量決定。

【商品介紹】

・從兩個吸入口將大量的風吸入槽中，高速運轉甩乾水分，進而縮短晾曬時間。

- 使用高濃度洗衣精浸泡衣物，然後蓄水洗滌，深度清除衣物汙垢。

P.181 ▶【規格】

- 洗滌、脫水容量：5kg

- 標準適用水量：100L

- 額定功率（50Hz／60Hz）：450W

- 耗電量（50Hz／60Hz）：100Wh

- 所需時間：約45分鐘

- 外形尺寸（寬×長×高）：563×604×957mm

- 機體寬度：520mm

- 重量：約25kg

【注意事項】

訂貨前請確認商品是否有足夠的置放空間。

如果事先未確認置放空間導致商品無法搬入，將由客戶承擔配送、運回費用，敬請諒解。

訂購洗衣機前，請確認排水口的位置。

安裝洗衣機時，如果洗衣機正下方有排水口，或由於防水底座尺寸不合等因素，導致排水口置於機體正下方時，需要購買「正下方排水配件」。

販售價格：25,350日圓（含稅）

① 壁壘 （原文見 P.184）

P.184～185▶日本人和在日本生活的外國人，這兩者之間有一道無形的「壁壘」。

　　高中二年級在巴西留學的時候，我感受到了這道「壁壘」，在那裡我認識了一位在日本生活了**18**年的日系巴西人「清（人名）」。由於父母來日本打工，他一歲時就來到日本。在日本期間，他被同學們譏笑為「外人（對外國人的歧視用語）」，還受到了老師的差別對待。不僅在學校，在社區裡他也被孤立，碰到了日本這道「高牆」。清回顧自己在日本時的艱難經歷説：「這是日系巴西人共同面臨的問題。」那個時候，我深信正是由於日本人和在日本生活的外國人之間的「文化壁壘」，才導致有的人被置於像他那樣的處境。

　　從巴西回國後，我想打破這道「壁壘」，於是開始當起在日外國人的日語輔導志工。並由此得知，大約有一萬名外籍義務教育適齡兒童拒絕上學，為此我頗受打擊。僅僅是「文化壁壘」就導致這麼多的孩子不去上學，這也太奇怪了，於是我開始思考是否還存在別的「壁壘」。而在我繼續做志工的時候，無意中發現了另一道「壁壘」，那就是「心靈壁壘」。這是我們日本人無意中製造的「壁壘」。因為日本是一座「孤島」，所以有一種很強的文化中心主義思想，正是這種思想造就了這道牆。我也在巴西留過學，在那裡幾乎感受不到「文化壁壘」。但是作為志工和外國人接觸的時候，我卻明顯感覺到了「壁壘」的存在。我很遺憾自己無意識中製造了這道「壁壘」。我十分想打破日本人和在日本生活的外國人之間的「壁壘」。

　　為此，我認為日本首先應該拋棄文化中心主義，接受多元文化。我立志要在日本構建多元文化共生社會。現在日本是一個非多元文化主義的多元文化共生社會，我們與在日本生活的外國人之間還存在著很多「壁壘」，但這個現狀卻被大家忽視了，這樣一來，我們就不能和他們真正的相互理解。

我希望打破擋在我們之間的堅固「文化壁壘「和「心靈壁壘」，為構建日本的多元文化主義社會貢獻一份力量。

② 金錢是人與人溝通的「潤滑劑」 （原文見 P.186）

P.186～187▶我認為金錢是一種類似「潤滑劑」的東西。說得更簡單點，金錢是用來購買物品的，而不是用來奢侈的。

我認為金錢是一種讓自己按自我方式生存下去的手段，也是愉悅他人的手段。讓自己的靈魂閃亮有各式各樣的方法，金錢只是其中的一種。

當然，身為一名經營者，必須要支付公司租用的辦公室房租及員工薪水。這些現實的部分也需要錢。但是，我認為錢是一種讓日常生活更加順利的潤滑劑，比如「為了人際關係更好，買個禮物什麼的」、「為了生活更便利買個東西」。

原本公司就是將從客戶那裡獲得的錢進行分配，獲得利益。這是把顧客給與的「感謝」變成了錢。老闆這個頭銜並不意味著金錢。剛才也稍微提及了一下，最近在和那些年輕的、立志創業的人交談時，我總覺得他們當中很多人都誤以為只要有了老闆這個頭銜，就肯定年薪頗豐。

在這裡我希望大家一定要明白，老闆應從公司盈利中扣除各項開支後仍有盈餘時，再決定自己的薪水金額。支付員工薪水、房租等種種支出之後，剩下的才是老闆的薪水，不能先決定老闆的薪水。這份心情對那些立志要當創業者的人來說真的很重要。

當公司出現財政赤字或資金不足時，最能變通的就是老闆的薪水了。但員工的薪水卻不能像這樣一會兒漲一會兒減，房租等經費開支也是如此。出現資金不足時，老闆必須自己承擔盈虧，或者至少必須以這樣一種心態去創辦公司。我曾經也是如此。實際上，在剛創辦就業課那艱難的半年時間裡，我的薪水就是零。

③ 對未來的投資 （原文見 P.189）

P.189～190 ▶ 2009年12月7日在丹麥哥本哈根召開的《聯合國氣候變化綱要公約》第15次締約國會議成為繼2005年《京都議定書》生效之後最重要的會議。此次會議將確定2013年以後各國如何推行減排的相關對策。日本鳩山首相表明要削減25%的溫室氣體排放量，那麼在受到全世界的關注下，政府是怎麼考慮這件事的呢？

我們請教了民主黨應對全球氣候暖化對策總部的總司務長，同時也是積極致力於應對全球氣候暖化並出席《聯合國氣候變化綱要公約》第15次締約國會議的外務大臣福山哲郎先生。

我們年輕人現在應該採取什麼行動？

福山先生回答：「因應全球氣候暖化對於人類來說是一個漫長而嚴酷的考驗，但它也可能成為創造新繁榮的希望之路。因為這一問題不能馬上解決，所以這一思維必須傳承給下一代。希望繼承該事業的人們認可前輩做的事情，在批判的同時，也能作為執行者將其影響擴展至周圍的人。

報紙上說應對全球氣候暖化會給現在的家庭，甚至我們的下一代造成負擔，我們對於這個問題很關注。

針對這種觀點，福山先生説：「人們説削減溫室氣體排放的對策會給消費者帶來經濟上的負擔。但是所謂的『增加負擔』只是危言聳聽。就像為了普及太陽能發電和環保車，國家採取支持措施一樣，希望大家能正面認識這樣的負擔其實是在投資未來。」如果一味的説「負擔增加」了，其實是剝奪了國民挑戰氣候變化的權利。環境問題也是與未來相關的，大家應該同心協力克服困難。政府應該把這種負擔的真正意義傳達給民眾。

到現在為止我們採訪的非政府組織的人都説，將溫室氣體排放量削減25%不足以抑制全球暖化。對於這一點福山先生以一種冷靜的態度回答：「首先考慮眼前的25%，其他的一步一步進行下去就可以了。」

我想在這種經濟不景氣的情況下，很多人不願意再去承擔應對全球氣候暖化帶來的負擔。但是，正如福山先生所說，我們應該這樣想，全球氣候暖化對策的負擔是在為未來投資。政府也應該呼籲，這種負擔會讓我們未來的生活更富足，這樣國民對全球氣候暖化的認識才會改變。

④ 便利商店的發展 （原文見 P.191）

P.191〜192▶便利商店是在經濟高速增長期之後的二十世紀七〇年代前半期在日本出現。隨著經濟快速增長，人們的生活方式和工作方式發生了變化，人們開始重視省時省力。進入八〇年代，清晨和深夜也營業的便利商店開始真正普及。

即便在經濟不景氣的九〇年代，便利商店的店鋪數也不斷增多。非正式雇用人員支撐著新店開業，另外，由於單身人士和工作女性進店消費的增加，便利商店不斷導入並更新資訊技術。結果，在便利商店裡，人們可以支付公共費用，並透過ATM機提取現金，甚至可以收取網購的商品。最近，還有一些店提供乾洗服務和送貨到家服務，便利商店和我們的生活聯繫越來越緊密。

現在經營便利商店的各大公司，陸續在東亞和東南亞各國開設新店。在日本，由於為便利商店主要消費族群的年輕人不斷減少，總人口也不斷減少，所以此項行動志在找到開拓事業的新方向。

像這樣，從我們身邊的便利商店的變化中也可以看到社會以及社會模式，發生著巨大的改變。

⑤ 秋日的大阪和京都 （原文見 P.193）

P.193〜194▶在涼爽的秋風徐徐吹來的9月，我決定去京都欣賞紅葉。和以往的旅行不一樣，既可以使用日本航空公司里程累積特價票，也可以自費決定行程。話雖如此，其實我也就是定下大致行程後，在網上預約了飯店和觀光巴士罷了。

日本航空公司線上預約自己的機票很簡單，但是我不明白如何預約同行妻子的機票，只好打電話預約。大阪市的網頁上有日語、英語、中文、韓語的城市介紹，

但很遺憾觀光巴士的線上預約系統尚未建立，我只能打電話到大阪。這一點京都的觀光巴士更先進。線上預約後，就會發來寫著預約號碼的確認郵件。大概因為京都是一個國際旅遊城市，擁有先端技術的優秀企業也多吧。

儘管是9月下旬，但已經很難預約京都11月下旬連住三天的飯店了。這次旅行是在「911事件」之後，隨著國際旅遊，尤其是赴美旅遊人數的銳減，人們開始將目光轉向國內旅行，而11月又是京都賞紅葉的時期，知名度高的飯店連住三天的空房已經沒有了，一兩天的倒是有。這是在以日本航空公司為代表的飯店檢索服務網頁上，搜索後得出的結果。這和當時的新聞報導說「由於飛機和飯店預約取消急劇增多，旅行社開始陷入困境」，給人的印象有點不一樣。

最後，我在偶爾會利用的「旅行之窗」上預訂了位於商業街盡頭、位置很好的京都皇家飯店。上面明確告知今年已完成改建，但顯示的住宿費卻很便宜。我閱讀了「旅行之窗」上的顧客評價，裡面多少有些讓人不放心的評價。到底會是什麼樣的房間？直到入住之前這種不安一直伴隨著我。但實際上，那是一家讓人感覺物超所值的、很乾淨的飯店。只不過，窗外只能看到旁邊教堂的水泥屋頂，有點像監獄。房間內溫度無法調節，只能維持飯店設定好的溫度，對我們來說有點太熱了，而且窗戶還打不開。不過撇開這些不講，價格倒是十分低廉。

從關西機場到飯店有大巴接送，所以在大阪我們決定入住距JR大阪站很近的希爾頓飯店。如果在大阪只住一晚，「旅行之窗」上就會列出很多飯店的名單。我們很快看到了希爾頓飯店的雙人房。但我們沒有直接進入飯店預訂頁面，而是一條一條看到最後。在接近最後的時候出現了希爾頓頂層加一千日圓帶早餐的選項。這樣一來房間的品質有了保障，帶早餐另加一千日圓，也很划算。於是在此處點進了預約頁面。

除此之外沒有什麼需要擔心的了。只要跟隨著踩下的步伐，輕鬆自在的享受旅行的過程就可以了。從出發到回家，一直是出人意料的最佳天氣。我用數位相機拍了250張左右的照片，其中幾張京都的紅葉照片自認為是傑作。總之，這次的秋日之旅真的很棒。

⑥ 罐裝咖啡的價錢？ （原文見 P.196）

P.196～197▶我們從一位從事罐裝咖啡生產的人士那裡請教了許多問題。

因此，今天就來談談罐裝咖啡。

• 罐裝咖啡的價錢

大家知道罐裝咖啡的價錢嗎？

不是指銷售價格，而是指罐中所裝咖啡的價錢。

一罐罐裝咖啡，基本上是按照以下的成本製造的。

咖啡費用	15日圓
罐子費用	20日圓
罐裝加工費用	5日圓

共計40日圓

就算是高級罐裝咖啡，其中咖啡的價格也差不多只有16日圓。

因此，罐子的費用是最貴的。

說到在容器上最花錢的，也並不僅限於罐裝咖啡……

結果是，40日圓的東西按120日圓左右銷售。

的確，流通、自動販賣機中常年冷藏或者加溫等也需要花錢。

這可能是沒辦法的事情。

• 透過商品名得知內裝何物

那麼，每一罐罐裝咖啡使用多少克的咖啡豆呢？

可以從罐裝咖啡罐體列出的「成分表」推測。

品名	每100克咖啡豆使用量（生豆換算）
咖啡	5克以上
咖啡飲料	2.5克～5克
含有咖啡的清涼飲料	1克～2.5克

即便是含量最高的「咖啡」也只含咖啡豆5克以上。

按生豆計算是5克，就意味著烘焙之後的豆子大約為4克。

一瓶200克的飲料，只要含烘焙之後的豆子8克以上，就稱它為「咖啡」。

總感覺咖啡飲料和含有咖啡的清涼飲料中，咖啡含量也太少了。

順便說一下，只要含有3%以上的固體乳成分，就被劃分為「乳製品飲料」。

⑦ 關於高中生打工 （原文見 P.199）

P.199 ▶ A

現在的初中生和高中生整天都在玩電子遊戲和線上遊戲，特別是暑假期間。我認為高中生最好打打工。透過打工，既可以累積工作經驗，更重要的是還可以培養責任感。擁有責任感對於他們的人生來說非常重要。另外，打工還可以提高他們的時間管理能力，讓他們知道時間的重要性。珍惜時間對於成功來說也很重要。但是，如果打工時間過長的話，就會出現不好的一面，所以一定要多加注意。學習、運動和工作，三者之間取得適當的平衡是成功的關鍵。為了使夏天的打工成為很好的經歷，我認為父母有必要給孩子一些克服困難的建議。

B

關於高中生打工，調查結果如下：贊成打工的人數占總調查人數的88%，反對的人數占11.8%，也就是說贊成打工的人占絕大多數。

贊成打工的主要理由是「打工具有『社會學習』的一面」。總之，好像有不少人認為在不影響學業的前提下，透過打工累積社會經驗也不是件壞事。

　　另一方面，反對的人僅僅占了百分之十幾，其理由是「學生的本分是學習」、「光顧著打工而蹺課真的好嗎？」、「打工賺的錢都亂花了，所以沒有必要」等。反對派和贊成派表示了同樣的擔心。

⑧在校學生、教職員工圖書館使用說明 （原文見 P.202）

P.202～203▶以下內容是給學校內部人員的兩館通用的使用說明。對於下面沒有記載的內容請參照各館網頁。

圖書館內的注意事項

　　（1）禁止飲食、吸菸、閒聊、朗讀。

　　（2）禁止用手機打電話、攝影。

　　（3）請保管好自己的貴重物品。

　　（4）資料的遺失、汙損、損毀，設施、設備的損壞，需要賠償。

進出圖書館

　　大學生、研究生：憑「學生證」進館以及借閱。請注意，忘記攜帶學生證可以進入圖書館，但不能外借圖書。

　　教職員、研究員、準研究生、旁聽生：根據相關規定，在櫃檯領取「圖書館使用券」。借閱圖書時需要出示「圖書館使用券」。

借出、歸還

借書手續

• 借閱一般圖書、雜誌類書籍時，請在一樓的櫃檯出示學生證或「圖書館使用券」。

還書手續

• 借閱的圖書請在歸還日前歸還到櫃臺。

• 圖書館閉館期間請將書歸還到還書箱中。（雜誌、**CD**、**DVD**等請不要投入還書箱中）

• 從圖書館、圖書室借出的圖書，在九處館室中任一處均可歸還。

• 請注意，雜誌及從上述範圍以外的資料室借出的資料，請歸還至原圖書館（室）。

續借手續

• 僅可延長一次借閱時間。另外，裝訂雜誌、視聽資料等不能延長借閱時間。

• 歸還期限內持學生證或「圖書館使用券」及圖書，到櫃檯申請延長借閱，或網路申請。

原來如此 系列 J044

JLPT新日檢【N2讀解】滿分衝刺大作戰：
64篇擬真試題破解訓練＋8大題型各個擊破！

徹底加強作答實力，滿分衝刺大作戰！

編　　　著	郜楓、張鴻
日文主編	楊麗榮、張蟲
審　　　訂	(日)明日山幸子、(日)村上弘桂
顧　　　問	曾文旭
總 編 輯	王毓芳
編輯統籌	耿文國、黃璽宇
主　　　編	吳靜宜、郭玲莉
執行主編	姜怡安
執行編輯	李念茨、林妍珺
美術編輯	王桂芳、張嘉容
封面設計	西遊記裡的豬
法律顧問	北辰著作權事務所　蕭雄淋律師、幸秋妙律師

初　　　版	2019年6月
出　　　版	捷徑文化出版事業有限公司
電　　　話	（02）2752-5618
傳　　　真	（02）2752-5619
地　　　址	106 台北市大安區忠孝東路四段250號11樓-1

定　　　價	新台幣320元／港幣107元
產品內容	1書

總 經 銷	采舍國際有限公司
地　　　址	235 新北市中和區中山路二段366巷10號3樓
電　　　話	（02）8245-8786
傳　　　真	（02）8245-8718

港澳地區總經銷	和平圖書有限公司
地　　　址	香港柴灣嘉業街12號百樂門大廈17樓
電　　　話	（852）2804-6687
傳　　　真	（852）2804-6409

本書圖片由Shutterstock提供

捷徑Book站

本書如有缺頁、破損或倒裝，
請寄回捷徑文化出版社更換。
106 台北市大安區忠孝東路四段250號11樓之1
編輯部收

【版權所有　翻印必究】

國家圖書館出版品預行編目資料

JLPT新日檢【N2讀解】滿分衝刺大作戰 / 郜楓、張鴻編著. -- 初版. -- 臺北市：捷徑文化, 2019.06
　面；　公分（原來如此：J044）

ISBN 978-957-8904-78-1(平裝)

1. 日語　2. 能力測驗

803.189　　　　　　　　　　　108006860